闘ふ鷗外、最後の絶叫

Nishimura Tadashi
西村正

作品社

闘ふ鷗外、最後の絶叫

はじめに

晩年の鷗外（大正5年）

若い人の本離れがひどい。

四六時中スマホをしているのだから当然だ。でも明治の二大文豪はと聞くと、夏目漱石と森鷗外ぐらいかなと答えてくれる子もいる。彼らは高校の「現代国語」で漱石か鷗外を勉強したはずだ。

ではもう少し本好きの子にどっちが好きかと聞くと圧倒的に漱石が多く、鷗外は少数派だ。

「なぜなんだ！」と鷗外ファンの私は憤る。

理由は、鷗外作品全般に共通することだが、(一)やたらと漢文調の文体がいただけない、(二)筆致があまりにも淡白すぎてスリリングなところがない、(三)ユーモアがない、(四)なにか陰鬱さが漂う、というところである。女の子の中には「舞姫」を読んで、男の栄達のために彼女を捨てるなんて許せないと息巻く子もいる。

確かに漱石の「我輩は猫である」はユーモラスだし、「夢十夜」はシュールな展開に引きずり込まれてしまう。「坊ちゃん」も肩がこらない。青春小説の「三四郎」も、大人たちには自分の純情だった頃を投影しながらニンマリ笑える。漱石は畳の上でゴロンと寝転んで、リラックスして楽しめるが鷗外はこうはいかない。ひとつは彼が漱石と違い武士階級出身の人であり、「官の人」、陸軍軍人でとっつきにくいイメージも大いに関与している。

そこで鷗外が苦手という人は、一度でもよいから彼の鬼気迫る遺言を読むことをお勧めしたい。

鷗外文学に対する考え方が一変すること請け合いである。

遺言は人生の姿見である。つまり人生哲学を濃縮したものと言える。その意味で鷗外の遺言状はユニークを通り過ぎて衝撃的である。

あまりにも有名なので全文を記す（これだけは堅苦しさを我慢してお読みください）。

余ハ少年ノ時ヨリ老死ニ至ルマデイッサイ秘密ナク交際シタル友ハ賀古鶴所君ナリ
ココニ死ニ臨ンデ賀古君ノ一筆ヲ煩ハス
死ハ一切ヲ打チ切ル重大事件ナリ　奈何ナル官権威カト雖此ニ反抗スル事ヲ得スト信ス
余ハ石見人森林太郎トシテ死セント欲ス
宮内省陸軍省皆縁故アレドモ生死別ルル瞬間アラユル外形的取扱ヒヲ辞ス
森林太郎トシテ死セントス　墓ハ森林太郎墓ノ外一字モホル可ラズ
書ハ中村不折ニ委託シ宮内省陸軍省ノ栄典ハ絶対ニ取リヤメヲ請フ
手続ハソレゾレアルベシコレ唯一ノ友人ニ云ヒ残スモノニシテ何人ノ容喙ヲモ許サズ
大正十一年七月六日
森林太郎言
賀古鶴所書
（『鷗外全集』三八巻、一一二頁）

ポイントは、
一、親友賀古鶴所を遺言状執筆者と認定
二、自己の死についての信念を主張
三、葬式では外部からの修辞をいっさい拒否、栄典類の墓石刻入拒否
四、前記の要求に対し何人の容喙（干渉）も拒否

という強い表明である。

特に二の自己の死についての考えは、「死は一切を打ち切る故に、自分を取り巻く権力と言えど自分には干渉できないぞ。ザマアミロ」と吼える激しさがあるのだ。

何らかの怨念のマグマが死の床に噴出したようである。さらに加えて息を引き取る最後の言葉も凄まじい。「馬鹿馬鹿しい」の一言であったという（平上［一九七〇］、二頁）。

軍医としては最高位階の軍医総監（中将相当）、陸軍医務局長、軍医学校長を歴任した医学博士、官途では博物館総長兼図書頭の高等官一等にして勲位は従二位勲一等。文学面では数多くの小説、戯曲、翻訳、俳句などをてがけ、当時すでに名声高き大文豪にして文学博士。

この光り輝く一生のどこが「馬鹿馬鹿しい」のか。

臨終に居合わせた家族や関係者は唖然とさせられたことであろう。いや後世の我々鷗外ファンにとっても永遠の謎であり続けるのだ。この「馬鹿馬鹿しい」の一言に捕われてから私はどんどん鷗外にのめり込んでしまったのだ。決して彼の作品が素晴らしいと感じてファンになった訳ではない。

この遺言と最後の言葉には、なにか拭い去れない怨念が秘められているのだろうか。わたしはこの怨念を理解せずして、彼の文学を理解できないと思うようになった。逆に彼の怨念を理解できればスッと彼の難解な世界に入っていけるということである。

鷗外の怨念とは彼の挫折からはじまる。よって我々はその挫折を理解できれば、彼の怨念を介して難解な鷗外ワールドの入場券を手にすることができるのである。

その特異な挫折の原因は、自分の中に天才作家と軍医の二人の自分がいることである。

もっとも二重人格を扱ったスティーブンソンの小説「ジキル博士とハイド氏」のように、一人の人物に二つの人格が現れても、それぞれが、かわりばんこに活躍するのなら鷗外のような挫折は生じないであろう。しかし鷗外森林太郎の場合、一つの自我のもと、二つの人格が交互ではなくいつも同時に共存するのだ。この二人はそれぞれの分野で他の追従を許さず、いつもトップを走り続けているが、二人が非凡過ぎるがゆえに競合し、どちらかが一位を譲ることができないのだ。——軍医も作家も共にトップを譲れない。

これほど葛藤に満ち満ちた自我が存在し得るものであろうか。

際限なく空気を入れ続けられるゴム風船がいずれ破裂するように、際限なく葛藤を注入され続ける自我は破滅する。やがて鷗外の行き着く先は永遠の「不満家」、すなわち「足るを知る」ことができず青い鳥を求めさまよい続ける悲劇が待っているのだ。

鷗外文学の研究書や評伝は星の数ほどあるが、一人の人間の中の軍医と作家の相克が挫折、怨念へとつながっていったことを究明したものは少ない。

鷗外文学の醍醐味は、文学活動と軍医活動を分離するのではなく、左右両睨みで追いかけていかなければ決して理解できないのである。

ばかばかしい夢想だが、私はふと鷗外を蒸気機関車のように思えてならない。

名門森家の敷いたレールの上を、ＳＬは濛々たる煙を吐いて驀進する。

なにを思うか、時々、両横から車体よ飛べ、とばかりに蒸気を線路わきにたたきつける。

急こう配にさしかかると、一瞬身震いし、プシューと鼓膜が破れんばかりの耳をつんざく蒸気を噴出させる。喘ぎながらもポーォーッ！と悲鳴のような汽笛をあげて、ますますピッチを上げる。

このエネルギッシュな蒸気機関車のパワーの秘密は何だろうと思ってしまう。石炭と火と水の三つだが、三つを別々に分析しても意味がない。三つがそれぞれ自分の領分を主張しあい、一つになった時初めて爆発的なパワーがでるのだ。

鷗外という機関車も、軍医と作家と、そのベースになる出自の三要素を同時に融合させエネルギーにして驀進する。

この本はこの三つを分離せず、できるだけ同時進行で三つの相互関係を考察するのが狙いである。あたかも鷗外と二十四時間起居を共にし、あれやこれやと走り回る鷗外にくっついて取材したように工夫した。鷗外の威厳にあふれた表情をほぐしたい、苦み走った顔を崩したい、けれども現代人の視点で言いたいことは言わせてもらうというコンセプトで書き上げた。

夢の中で鷗外が本音と弱音を吐きながら、ニヤッと笑ってくれることを期待しながら……

私は、鷗外のあまりにも意表を突く、ユニークすぎる遺言から彼の世界に入っていった。

今では鷗外が好きで好きでたまらない。

この本が「鷗外はちょっと」という人にとって、彼の遺言からスタートする鷗外ワールドのガイドブックとしてお役にたてば望外の喜びである。

プロローグ

三鷹・禅林寺

鷗外の墓（著者撮影）

東京駅からJR中央線で快速電車に三十分ほどゆられると三鷹駅に着く。吉祥寺を越えたあたりから、一面に広がる灰白色の街並みにちらほらと緑の点が増え、昔の武蔵野の面影が濃くなっていく。

三鷹の駅から南東へ歩いてゆくと、幅は広くはないが深さのある小川につきあたる。深さがあるといっても土手が高いだけで、川底で申し訳なさそうにチョロチョロと清水が流れている。全く平凡な小川で気にも留めず行き過ぎてしまいそうである。土手の上には遊歩道が整備され、土手の斜面から生い茂った木々が緑のトンネルをなしている。

ということは昔から水量は少なかったのか。

いやそうではなかったはずだ。この川こそかつては「人喰い川」と呼ばれた、あの太宰治の入水自殺で有名になった玉川上水なのだ。

昭和二十三年太宰は代表作「斜陽」を書き上げた後、愛人の山崎富栄と六月十三日深夜、玉川上水に飛び込んだ。水量が多く六日後にやっと下流で遺体が発見されたという。

一周忌をむかえ太宰の墓が近所の禅林寺に建てられた。

昭和十九年の彼の作品「花吹雪」に次の一節がある。

「この寺の裏には、森鷗外の墓がある。(中略)ここの墓地は清潔で、鷗外の文章の片影がある。私の汚い骨も、こんな小奇麗な墓地の片隅に埋められたら、死後の救いがあるかも知れない……」

(太宰［一九九〇］、二二一頁)

いかにも太宰らしい自虐的な一文であるが、彼が自分よりはるかに文壇の大先輩の、しかも作風も性格も全くかけ離れた明治の大文豪に傾倒していたかどうかはっきりしない。

松尾芭蕉がはるか昔の源平時代の武将、源義仲（木曽義仲）を慕うあまり、死後は義仲の墓の隣に埋めてほしいと遺言し、その通り実行した弟子の又玄が「木曽殿と背中合わせの寒さかな」と一句読んだのは有名な話である。しかしこれと同じぐらい太宰が鷗外に私淑していたわけではないであろう。

遺族は太宰の気持ちを酌んで鷗外の墓の斜め前に葬ったのだが、遺体が発見された六月十九日は「桜桃忌」と名付けられ今でも全国から多くのファンが集まり法要が営まれる。

また普段でも青春巡礼のスポットになっているらしく、かわいらしい花束が供えられ華やいだ雰囲気だ。私が訪れた時も若い女性達が思いつめたように祈りを捧げていた。文学少女たちなのであろう。

これに対し斜め向かいの鷗外の墓は重々しく寂莫とした感じである。

もちろん命日には遺族は来られるのであろうが、目立たない普通の墓であり、当たり前だが華やかさはない。墓石には大きく森林太郎と彫られているのみでシンプルそのもの、とても位階を極めた人の墓とは思えない。勲位、軍の階級はもとよりペンネームの鷗外の名さえないのである。

我々は彼のことを、文学と医学（軍陣医学）を見事に両立させた異能の人とのイメージでとらえている。明治の生んだとてつもない有名人だ。

しかしこの墓の簡素さはなんだ。

これでは大文豪鷗外の墓を期待してきた人は、あまりのシンプルさに意外な気持ちになるであろう。

しかしこれこそ彼の希望した墓であり、あの世から「これでいいのだ」と言っていることは前述の遺言をみれば一目瞭然である。

やっぱり遺言から始まるのだ。複雑きわまる鷗外探究の旅は。
私はますます鷗外ワールドのパスポートは遺言にありとの信念を強くした。

第一章

津和野の神童から東京の天才へ

鷗外の生家（著者撮影）

明治五年（一八七二）初め、森家は引っ越しの準備で大わらわであった。

東京へ行くのである。前年の廃藩置県でお殿様は新政府に強制的に東京に移住させられたが、家臣達は秩禄処分で収入が絶たれ困窮し、主君に付き添うも地獄、旧藩に残るも地獄。でも森家は不思議な明るさに包まれていた。

一家は津和野藩開闢以来の神童、嫡男林太郎を盛り立てて東京に出て、一旗揚げようという決心がついたからである。

特に林太郎への母峰子の野望は際限なく広がった。

「このまま田舎に残って医業を続けてもどんどん逼塞してしまう。うちの子の頭は世間広しといえども誰にも負けない。中央に出して立身出世させ、森家の家運をこの子に託そう。」

勝気な峰子が親馬鹿ではなく、心底から一家の家運を託するに足ると確信したこの麒麟児に迫りたい。

藩校養老館

森鷗外、本名林太郎は文久二年（一八六二）一月十九日（旧暦）、石見国（島根県）津和野藩の御典医（藩医）の家に生まれた。

八歳で藩校養老館に入学した頃より傑出した才能は周囲を驚かせた。教科書は「四書」「五経」「左伝」「史記」「漢書」など。漢字ばかりの難解なものばかりだ。現代人は読み下し文でも困難だろう。なにも藩校側は子弟に丸暗記を望んでいたわけではない。概念だけをわかってくれればよいと考えていたが、林太郎だけは一読だけで漢文を難なく覚えきってしまうのだ。

余裕のある彼は、父からオランダ語と英語の手ほどきを同時に受けてもすぐに吸収できた。漢籍を難なく覚え、外国語もスッと記憶できる頭とはどんなものだろう。あたかも写真に撮って頭脳にインプットするようなものだ。写真的記憶能力ともいえる。余裕のある林太郎は日常の勉強をこなしつつ、片っ端から蔵の本を読み始めた。

彼の「サフラン」という随筆に次のように記している。

「私は子供の時から本が好きだと云われた。少年の読む雑誌もなければ、巌谷小波君のお伽噺もない時代に生まれたので、お祖母さまがおよめ入りの時に持って来られたと云ふ百人一首やら、お祖父さまが義太夫を語られた時の記念に残ってゐる浄瑠璃本やら、謡曲の筋書をした絵本やら、そんなものを有るに任せて見てゐて、凧と云ふものを揚げない。独楽と云ふものを廻さない。隣家との子供との間に何等の心的接触も成り立たない。そこでいよいよ本に読み耽って、器に塵の付くやうに、いろいろの物が記憶に残る。そんな風で名を知って物を知らぬ片羽になった。大抵の物の名がさうである。」

（『鷗外全集』二六巻、四五九頁）

つまり普通の子供は見向きもしないような大人向きの本を、旺盛な好奇心で水を吸い取る吸収紙のように、苦労しなくても記憶できる特殊な才能があるということだ。

私もかつて浪人時代にこのような天才にお目にかかったことがある。

ある日、友人らと模試の終わったあと廊下で正解について議論していたが意見が割れた。たまたま成績最上位組の友人が通りかかったので彼を議論の輪に呼び込んだ。立ち話で問題用紙もない中、なんと彼は英語の長文をスラスラと読み上げ、アンダーラインの設問の四つ五つある選択肢もまた正確に再現し、我々に正解を教えてくれたのである。

　数学の難問にいたっては設問が短いとはいえ、問題用紙のグラフやら図表やらをそのまま紙に再現し、「自分はこう式を展開した」と気負うことなくスラリと教えてくれた。皆、唖然とした。

　彼の頭の中には答だけではなく、問題そのものも記憶されているのだろうか。まるでカメラで物を写すように。だとすれば写真的記憶能力としか言いようがない。このような連中と入学試験を競わなければならないとは、前途に横たわる暗雲を思わざるを得なかった。▼1

　余談だが、この神童をサポートした母峰子の存在を忘れてはならない。

　彼女は「四書」などを子供が寝静まってから何度も自習し、林太郎より一歩前を進み、息子の勉学を手伝った。ここまでは現代の熱心な教育ママと同じ。違うのは、一家の興廃を嫡男だけに背負わせ、退路を断ち、息子と一心同体化したことだ。

　詳しくは後述するが森家はこの少し前、先祖の不祥事のためお家断絶の瀬戸際にあった。

　男勝りの母峰子は養子を取り、死ぬような思いで家を守ってきたのだ。そしてこの猛母は林太郎が大人になってもゴッドマザーとして君臨する。

　後年、林太郎の大学卒業後の進路や、結婚、家庭生活などの主導権を握り、自宅（千駄木の「観潮楼」）や別荘（千葉県日在）の設計をしたり、息子の文学作品のほとんどに目を通し、アドバイスをしたり校正を手伝ったりもする。

　林太郎のほうもさしたる反抗もせず一生を母と共依存の関係で過ごすのである。

幕末から明治にかけてまれに見るマザコン息子と言えようが、武家社会における母に孝養を尽す意味合いとは少し異なる気がする。鷗外の人生は母峰子抜きでは語れない。

十一歳の医学生

明治五年六月、十歳になった林太郎は父静男（静泰改名）とともに上京、旧藩主亀井家の下屋敷（墨田区）に一時身を寄せた。一か月後、南葛飾郡小梅村の借家に移り父と子の生活が始まった。父は主君亀井侯の御典医を続け毎日のようにご機嫌伺いに出かけ、家では生活のために開業医として一般の患者を診療した。翌年、遅れて祖母、母、弟、妹が上京してきた。田舎から出てきた仲の良い一家が、不安ながらも和気藹々と、しかし元藩士らしく凛として生活し、お殿様一家を大切にするといった典型的な上京組の士族の生活は、林太郎の妹、小金井喜美子の「鷗外の思いで」に書かれている（小金井［二〇一四］、二四〜八頁）。

明治六年、林太郎はなんと十一歳で当時の日本でただ一つの官立医学校である第一大学区医学校（東大医学部の前身）の予科に入学した。

実はまだ入学年齢に達していなかったため万延元年（一八六〇）年生まれの一三歳と、二歳年上にサバを読み入学してしまったのである。

それにしても十一歳とは今でいうと、まだ小学校五年ぐらいの子供ではないか。学制が今と違うとはいえ現代の我々の理解を越える。

そういえば上京時の家族写真があるが、林太郎は幼いオカッパ頭の少女のようだ（武家の男児は、金太郎のようにオカッパ頭にすることがある）。

津和野より上京のころ

ちなみにこの第一大学区医学校という聞き慣れない名前は翌明治七年、東京医学校と改称し、明治十年（一八七七）、東京大学医学部、十九年には帝国大学医科大学と改称されるのである。[▼2]

鷗外の学生生活は彼の自叙伝的小説「キタ・セクスアリス」に詳しく紹介されている。登場人物の実名を微妙に変えているが、注意して読んでいくとだいたい誰かわかるようになっている。

このころは教育制度がいい加減なもので、十三歳以上であれば入学資格があったがほとんどが十六、七から二十代まで様々で、実年齢十一歳というのは群をぬいている。林太郎のこの若さ、いや幼さが寄宿舎生活での受難の道を招くのだ。

学業に関しては相変わらず天才ぶりを発揮していたようだ。十一歳の子供が大人に混じり「学校の課業がむつかしいとも思わぬ」とうそぶいていたらしい。

写真的記憶能力は天下無敵であった。

天才の勉強法はどんなものであろうか。

なんといっても林太郎の勉強法はノートの取り方に特徴がある。

まず、一教科に二冊ノートを用意する。一冊目は講義のポイントを、二冊目は、外来語の語源をギリシヤ語やラテン語までたどり、参考事項として書き込む。こうすれば時間がないときでも、一冊目に目を通せばガイドラインになり、二冊目をみると、器械的に丸暗記しなくても語彙数が飛躍的に増える。天才には、勉強法をいかに効果的に自分流にアレンジするかという才能も含まれる。千駄木の鷗外記念館に展示してある彼のノートが見学者の目を釘付けにする。すべてドイツ語の流暢な字体で記録され、あたかも高級な参考書だ。

はるか年上の同級生は彼のことを、勉強は抜群だが小憎らしい奴だとの妬みを持っただろう。

恐怖の寄宿舎

思春期にさしかかったノーブルな林太郎は、初めて親の庇護を離れて、年長の低俗な学生の巷に放り込まれる。そこで大人になる洗礼を受けていく体験を綴ったものが、自伝的小説「ヰタ・セクスアリス」である。低俗学生の中でも、林太郎の克己心、頑固ぶりが生き生きと描写されているので面白い。長いが引用する（なお『ヰタ・セクスアリス』の中の金井イコール林太郎と読み代えて頂きたい）。（以下、『鷗外全集』五巻、八三〜一七九頁）。

寄宿舎にはいる前のことである。「ヰタ・セクスアリス」に次のような経験が述べられている。

金井は授業の帰り寄宿舎というところへ寄ってみた。

同級の男は最初親切に金井の話を聞いてやったり、金平糖や焼き芋を出してくれて気をひいていたが、何回か寄るごとに金井もだんだんなにか下心を感じるようになってきた。

「……そのうちに手を握る。頬ずりをする。うるさくてたまらない。僕にはurning（同性愛者）たる素質はない。もう帰りがけに寄るのがいやになったが、それまでの交際力の惰性で、つい寄らねばならないようにせられる。ある日寄ってみると床がとってあった。その男がいつもよりもいっそううるさい挙動をする。血が頭に上って顔が赤くなっている。

そしてとうとう僕にこう言った。

『君、ちょっとだからこの中にはいっていっしょに寝たまえ。』」

なんと金井は同性愛者に迫られたのである。力で押さえ込まれ必死で抵抗する金井。そのうち二、三人が同性愛者に加勢する。

「僕はふとんを頭からかぶせられた。一生懸命になって、はね返そうとする。上から押える。どたばたするので、書生が二、三人のぞきに来た。『よせよせ』などという声がする。上から押える手がゆるむ。僕はようようはね起きて逃げ出した。………」

幼い同級生は年長者のおもちゃだ。金井は初めて同性愛者の実体を知ったのである。同級生は多くは二十代なので、学校でも金井は何事をするにも暴力的に抑え込まれていた。友人もできない彼は同級生を避け、学問に没頭せざるを得なかった。

しかし金井も寄宿舎に入らざるを得ない日が来る。

一生にわたって厭な奴……モデルは医学部・軍医の同期生、谷口謙

「キタ・セクスアリス」を続ける。

「学校にはいったのは一月である。寄宿舎では二階の部屋を割り当てられた。同室は鰐口弦という男である。この男は晩学のほうであって、級中で最年長者の一人であった。白あばたの顔が長くて、前にしゃくれたあごがとがっている。……」

金井はなんと牢名主のような男と同室になってしまったのである。

彼は女をただ性欲に満足を与える器械にすぎず、金で自由になるものとみていた。世の中に神聖なるものは絶対ないという、大いに斜に構える男であった。

彼は金井を保護はしない。しかし牢名主の貫録のおかげで誰も部屋にちょっかいをかけにくる者はいなかった。

鰐口は外出する時「おれがおらんと、また穴をねらうばか者どもがくるから、用心しておれ」と言って出かける。

金井も防衛のため短刀を一本、向島の実家からそっと持ち出し懐に収めていた（こんど同性愛者に襲われたら、短刀で反撃するつもりだ。幼くてもサムライの子である）。

ある寒い夜、鰐口の部屋に友達が集まり鍋をしようということになった。当然同室の金井に声をかける

かということになった時、鰐口は金井を横目で見てなんとこう言い放ったのである。

「芋を買う時とは違う。小僧なんぞは仲間に入らなくてもいい。」

これは金井が憎いため「はみご」にしたのであろうか。

いや、そうではない。

人が大勢集まって煮食いするのを、年少者に一人ぼんやりしてながめさせて苦痛を与えてやろうとするからかいなのだ。

「僕は皆が食う間外へ出ていようかと思った。しかし出れば逃げるようだ。自分の部屋であるのに、人に勝手なことをせられて逃げるのは残念だと思った。さればといって、口につばのわくのをのみこんでいたら彼らに笑われるだろう。」

そこで金井は最中をたくさん買ってきて、食べながら本に集中する。

「皆がおりおり僕のほうを見る。僕は澄まして、机の下から最中を一つずつ出して食っていた。」

まさに武士は食わねど高楊枝……鷗外の自尊心とともに梃子でも動かない頑固さを垣間見るようなエピソードである。

ところで彼は金井の言葉を借りて、鰐口は「犬のように何にでも鼻を突っ込み、ぐじゃぐじゃにして汚す」と軽蔑している。つまり相手の心の中に鼻を突っ込み、人の尊厳を踏みにじり、人の苦痛を面白がる犬的人間だとボロクソに書いている。この鰐口とは、後にドイツ留学で一緒になる谷口謙をモデルにしている。実在の人物である。ここまで書かれた谷口は、「ヰタ・セクスアリス」を読んだとしたら、どのような感想をもらすであろうか。

生涯の親友

林太郎一五歳、東京医学校が東大医学部となりその四等本科生になった年である。「ヰタ・セクスアリス」では去年の暮れの試験に大淘汰があり、おもに軟派学生の過半数が退学になったとある。金井をつけねらった同性愛者も含まれる。

「このころ僕に古賀と児島との二人の親友ができた。古賀は観骨《かんこつ》の張った、四角な、あから顔の大男である。………淘汰（試験）のあとで、寄宿舎の部屋割りが決まって見ると、僕は古賀と同室になっていた。鰐口（前の同室の牢名主）は顔に嘲弄の色を浮かべて、こう言った。『さあ、あんたあ古賀さあのところへいってかわいがってもらいんされえか。あはははは』」

金井は恐る恐る割り当てられた部屋に行った。ところがこの大男は意外に陽性だ。金井がまじめに本類を整理しているのに、古賀はよくちょっかいを出す。

古賀に「ふむ、君はおもしろい小僧だ」と言われて金井はカッとくる。

金井は徐々にこの大男に打ち解けるが、おりにふれこの大男に「おもしろい小僧だ」を連発されている。前の牢名主と違い、今度の大男は年の離れた金井のことを、こましゃくれてはいるが可愛くてたまらなかったのだろう。同室生活は、几帳面な金井の方が、だらしない大男を毎朝苦労して起こし続けたようだ。この大男こそ、林太郎生涯の親友になる賀古鶴所である。

林太郎の女遊び……「ヰタ・セクスアリス」考

「ヰタ・セクスアリス」についてちょっと脱線する。

この小説は明治四二年七月発行の雑誌「スバル」第一巻第七号に載った。鷗外四八歳の時の作であるが、風紀を乱すものとして月末に突然発売禁止になったいわくつきの小説である。

発禁しなければならないような大層なものではない。現代の官能小説のほうがよほど扇情的である。

内容は、金井少年が子供の頃、蔵のなかで春画を見て興味津々、子供なりに分析することから始まり、思春期になって悪友たちと大人になるための洗礼(dub)を受け、性に目覚めたというたわいもない話だ。

その後の女遊びにしても金井こと林太郎は、吉原遊郭通いをたったの二回、待合遊び(今でいえばホテルに風俗嬢を呼ぶこと)も一回しただけだ。事後の性病の罹患に怯え(医学生だから当然である)、過保護の母親も心配するなど、いわゆる「ええ氏(良家)のぼん」の脱線話に過ぎない。吉原での一回も、女郎と腕相撲をしただけのたわいもない話である。

この「ヰタ・セクスアリス」の文学上の評価はさまざまである。

鷗外の一番弟子を任じる斎藤茂吉は、「性欲については、正常のものから病的のものまで知り抜いていた鷗外先生」の作品は「日本の自然派小説家などの取り扱った浅薄な性欲感とは実に雲泥の差異のあるもの」と絶賛している。

「人生は性欲だけではないという思想とともに、インポテンツでない健全な性欲の持ち主がどう性欲を処理するかという根本思想を開示したもの」というが、茂吉先生も大げさではないだろうか（斎藤［一九五〇］、一〇三〜七頁）。

ドンファンやカサノバであるまいし、たかが数回の女遊びで性の深淵まで迫れるとは思えないし、かといって谷崎潤一郎的な、めくるめく倒錯の性愛に耽溺する経験もない「お坊ちゃん」の武勇伝だ。斎藤茂吉がここまで評価できる内容は何であろうか。実際、中野重治や三島由紀夫らは「つまらん小説」と切って捨てているのは、斎藤茂吉が評価するほど内容に思想性を感じていないからではないか（座談会「森鷗外と現代」［一九七六］、一七〇頁）。

発禁の原因は陸軍内の森鷗外の微妙な位置にあると思われる。これは後述する。

明治一四年（一八八一）七月九日、林太郎は東京大学医学部始まって以来の十九才という若さで卒業した。彼に次ぐ若年者は二二歳でほとんどが二五歳以上であった。

成績は全卒業生二八名中、八番であった。

彼ほどの天才がなぜ首席でないか。不思議に思われることだろう。

じつは四か月前、卒業試験の真っ最中、下宿屋「上条」から出火があり林太郎のノートがほとんど焼けてしまったからである。ちなみに親友、賀古鶴所は二六歳になっており席次は二一番であった。

勉強好きの林太郎は研究の道を進みたかった。

東大をトップクラスで卒業すると文部省の官費留学生としてドイツへ留学できるが、八番では無理であり悶々としていた。今で言う就職浪人だ。

林太郎はブラブラしているわけにいかず、父静男の橘井堂医院を手伝いだした。

彼の短編小説「カズイスチカ」（臨床記録の意味）のなかに、大学を卒業したばかりの息子が父の古臭い医業を手伝っているシーンがあるが、どうも開業医はしっくりこなかったようだ。

森家の栄光を担って……陸軍軍医へ

森家の将来を背負う長男を一介の町医者に甘んじさせることは両親のプライドが許さなかった（開業医に対してずいぶん失礼なと思うが）。

同期の卒業生のうち、親友の賀古鶴所も含む六人がすでに陸軍入りを決めていた。

六人組はすべて在学中から陸軍の貸費を受けていた、いわばひも付き学生だったのだ。

林太郎には思いもよらなかったコースだ。しかし同級生の小池正直が陸軍軍医部に、林太郎の天才ぶりを宣伝してくれ、ようやくこの年の暮れの一二月一六日、陸軍軍医副（中尉担当官）としてこのコースにぎりぎりすべりこみセーフとなった。

妹、小金井喜美子は「森鷗外の系族」のなかで、弾むような筆致で記している。

「陸軍へお出になると決まってから、新しい軍服や附属品が次々に届くのが皆の気分を明るくしました。金銀のモオルの附いた礼服はきらきらと綺麗でした。初めて拡げて見た時、『なかなか目方のあるものだね』お祖母あ様は珍らしさうに袖を持ち上げて仰しやいました。……」

（小金井［二〇〇一］、二三四〜五頁）

金モールの軍服に身を包み、颯爽と新調した人力車に乗り出勤する森家の嫡男を見て、家族全員、一族の明るい未来を夢見たことであろう。なかでも母峰子は、夫の帰宅の時の車夫の掛け声より、息子のほうの掛け声が活気があるなど、親馬鹿ぶりを差し引いても自慢の息子をみる目は限りなく期待に満ち溢れている。

林太郎は衛生学に興味を持ちだしていた。しかし研究の場として陸軍入りを望んでいたわけではない。賀古への手紙が残っている。

—矢張双親共ノ意ニ遵ヒ陸軍省ニ出仕ノ外ハ無御座候—
（やはりふた親どもの意に従い陸軍省に出仕のほかはござ無く候）
賀古鶴所宛書簡　明治一四年一一月二十日
（『鷗外全集』三六巻、一頁）

衛生学

ところで衛生学とはどんな学問であろうか。

広辞林をひいてみると、「個人および公衆の健康維持、向上、疾病予防などを目的とする学問。遺伝、感染症、環境、社会的要因などが人間に及ぼす影響を研究する。」となっている。なにか範囲が非常に広く、他の専門領域を導入して発展させるような学問である。不埒な学生だった私は、衛生学の初めての講義で老教授が「衛生学はハイギーン（hygiene）といって、ギリシャ神話の健康の女神、ヒギエラ（Hygeia）からきたんだよ」と、長々と冗漫な話をするものだから、いっぺんに嫌いになってしまった。

生化学、生理学、病理学、細菌学、ウイルス学、栄養学など一つ一つはっきりとした系統を持つ学問を混ぜ合わした、なにか寄せ鍋のような気がして講義をさぼり続けた。

寄せ鍋のそれぞれの食材を個々に賞味すればよいのであって、わざわざごった煮を食べなくてもよいと級友たちと相談し、三回目以降の講義の出席者は二、三人になってしまった。

同じ分野でも公衆衛生学は統計的、疫学的な手法を使っているのでわかりやすいし、なにより医師国家試験の必修であるから出席率は極めて高かった。勉強嫌いな学生とはこんなものである。今となって老教授に失礼なことをした気持ちでいっぱいである。

後日譚がある。

後年、鷗外が長男於菟（おと）に語った言葉である。鷗外が於菟に進路を相談された時のこと、

「おれは陸軍に入る時に将来『予防医学』の必要を思って衛生学を選んだ。しかし仕事をしてみると衛生学は純正な独立した科学ではない。少しくわしく入ろうとするとたちまち化学、細菌学、病理学の範囲に及ぶ。お前は基礎医学の中でもほかのものをするがよかろう。」と言ったという。

（森於菟［一九九三］、九九頁）

我々は「それみたことか！　鷗外先生だって、ごった煮の衛生学を無視しているぞ」と勇気百倍、ますます衛生学をさぼる大義名分にしたが、鷗外は純粋に、大学か研究所で、アカデミズムあふれる研究を切望していたのである。

この道で良かったのか

鷗外の同僚は、彼が役所の帰りなどよくどこかへ行って古文書を探し歩いて、役所の仕事はあまり熱心ではなかったと述懐している。また自身も「この仕事は僕の柄ではない」と言っていたそうである。別の同僚は、鷗外が源氏五十四帖の歌を漢詩に訳したことを聞いた（山田［一九九二］、六頁）。

文学者タイプの鷗外にとって親の勧めで入った陸軍は、入省はしたもののしっくりこなかったし、さりとてアカデミックな研究もできるわけではない。

しかし陸軍省の仕事にはあまり熱心ではなかったとはいえ、課題であるプロシア陸軍の衛生制度全集をあっという間にドイツ語から翻訳し、「医政全書稿本」十二巻に編集した彼の処理能力と語学力に皆は脱帽せざるを得なかった。

一見、趣味道楽にうつつを抜かしているように見えても、有り余る才能が本業の仕事を十全に推し進めていたのである。天は二物を与えることも有る。

いっぽう鷗外は学者気質のせいか、父のようにいや先祖の御典医のように、目前の患者をなんとかしようという臨床医としてのハングリーさがもう一つ見えない。

一般社会の、何もない平和な時は良い。しかし、戦時の、しかも軍隊という閉鎖社会の特殊な環境では、彼のようなエリートを絵で描いたようなやり方には、必ず挫折が待ち受けている。

まだ駆け出し軍医の彼は将来の悲劇など知る由もない。

註

▼1　教育ジャーナリストの小林哲夫氏によれば、神童の定義は「パターン認識がすぐれている」ということである。これまで受け取った多種多様な情報（パターン＝文字、画像、音、におい）を、だれよりも多く取り入れて血肉とし、これらをベースにさまざまな問題を瞬時に解いてしまう能力であるという。コンピューターでいえばデータベースを詰め込むメモリ容量が多い。それを処理できるCPU速度がずば抜けている、といった「性能」が良いことを言うのだ。具体的にいえば視野に入った対象物を映像として、そのまま記憶中枢にインプットできる人がいる。写真的記憶術だから本人は努力を要しない（小林［二〇一七］、四二～四頁）。

▼2　第一大学区医学校（東大医学部の前身）のルーツは江戸幕府の洋学所、医学所までさかのぼる。大学東校、東校などいくつも名前を変えややこしいが、我が国で初めての正式な官立の医学教育機関になるのである。
国はこのエリート校一校だけでは日本の西洋医を賄えないので、各藩の医学校などを整備し官公立甲種医学校とした。明治一八年に二一校となり、一部は現在の国公立大学医学部の母体になる。

しかし地方の医学校が専門学校であるのに対し、大学と名のつくのは東大一校である。私立の医学校に至ってはカリキュラムもはっきりせず、教育機関とみなされていないところもあった。東大の絶対的権威はこういうところから来るのであろう。

第二章

ドイツ留学

ミュンヘンにて（明治19年8月27日）ヴェルナー写真館
左、内科医・岩佐新。中、画家・原田直次郎「うたかたの記」の主人公のモデル小説「文つかい」の表紙絵と挿絵を画いた。右、鷗外

腐れ縁の上司、石黒忠悳との出逢い

自慢の息子が社会人になって就職すると、父親としては息子の上司に「不肖な奴ですがよろしく」と挨拶したいものだ。鷗外の父も自宅近所の料亭に一席を設け、陸軍省のトップ松本順（良順）初代軍医総監を招いた。この宴に息子の直属上司の石黒忠悳軍医部次長が同席した。

目的は天才の誉れ高い鷗外はどんな奴だという好奇心と、軍陣衛生学を学ばせるためドイツに派遣するに値するかを吟味するためである。

石黒はたちまち彼の非凡さを見抜き、留学生として白羽の矢を立てた。陸軍の東大出身者のなかでは鷗外が初めてであった。洋行したくてたまらなかった鷗外は石黒に心の底から大きな恩義を感じたが、後にこれが終生にわたる腐れ縁になろうとは、この時知る由も無かった。

留学目的は陸軍兵食の研究である。

なぜ兵隊の食事がそれほど問題になるのであろうか。それは当時、日本人の国民病と恐れられた脚気は死亡率も高く、軍隊の中でも蔓延し、その対策が喫緊の問題となっていたからである。

では脚気と「メシ」とどう関係するのか。

海軍は脚気と「メシ」とは密接な関係があるとふんでいた。そして白米中心食が脚気を誘発し、麦飯にすると脚気を予防できると主張し、実際に成果を上げていた（栄養障害説）。

陸軍は脚気とは伝染病であり、脚気菌を発見することが第一で、「メシ」すなわち栄養とは関係ないとの立場であった（伝染病説）。

このように脚気の対策をめぐって医療・衛生面でも陸海軍は激しく対立していたのである。

陸軍は海軍より圧倒的に所帯が大きい。もし、脚気が「メシ」と関係あれば、陸軍は兵食の全面変更を余儀なくされる。予算がとても足りない。

陸軍軍医部を仕切っている石黒次長は秘かに思っていた。

「陸軍兵食の現状維持のために、森林太郎の頭脳を使おう。森に現行の白米中心兵食が、海軍の勧める麦飯より優れていることを証明させ、合わせて脚気と関係ないことを世に問おう。」

真理を追求するのではなく、官僚の自己保全を賭けた大博打の勝負に、この若き陸軍のエースはドイツへ派遣されるのである。

もちろん鷗外はこの時、醜い官僚主義の舞台裏を知らない。

我々が此の舞台裏を知るためには、今では絶滅したといってよい脚気を理解して初めて分かってくるので、後の第五章でしっかり述べる。ただここでは、みずみずしい感性を持った青年鷗外が、個人の名誉、一族の誉れ、国家への貢献はもちろん、なにより学問への情熱を胸に秘め、ドイツへ旅立ったことを記すだけにしたい。

青木周蔵特命全権公使

明治十七年十月一一日、ベルリン。

ウンター・デン・リンデン（菩提樹下通り）の石畳。舞い落ちる木の葉、鉄道馬車。

カフェのテーブルでささやくカップル。コーヒーの香り。薔薇の花束を売る少女。

夜は、ガス燈とまばゆい電気の「燈火の海」。
ロングスカートの、地に着きそうな裾をひるがえして歩く女。香水の残り香。

「余は模糊たる功名の念と、検束に慣れたる勉強力とを持ちて、忽ちこの欧羅巴の新大都の中央に立てり。何等の光彩ぞ、我目を射むとするは。何等の色澤ぞ、我心を迷はさむとするは。」（舞姫）

（『鷗外全集』三八巻、四〇七頁）

ベルリンの目を刺すような眩い光も、華やかな色彩も、俺の向学心の前には「なんぼのもんじゃい」との自負心あふれる一節である。

ベルリン到着の翌十月十二日、鷗外は訪独中の橋本綱常軍医監のもとへ挨拶に行った。彼は鷗外を色々な人に会わせてくれる。

翌一三日鷗外は橋本と、ベルリン視察中の大山陸軍卿に挨拶に行き次いで日本公使館に行った。

特命全権公使、青木周蔵への表敬訪問である。

青木周蔵は半生を、外国との不平等条約改正に捧げた偉大な外交官で、後に外務大臣にまで上り詰め子爵までなった人である。この青木との初対面は鷗外にとってよほど印象的だったのであろう。のちに「大発見」という短篇に詳しく述べている。

公使館の中へ通され、取次が出てきたときの描写である。

「……若い外交官なのだらう。モオニングを着た男が応接する。椋鳥（田舎者）は見慣れてゐるのではあらうが、なんにしろ舞踏の稽古をした人間とばかり交際してゐて、国から出たばかりの人間を見ると、お辞儀のしやうからして変だから、好い心持はしないに違いない。なんだか穢いような物を扱ふやうに扱ふのが、こつちにも知れる。名刺を受け取って奥の方へ往つて、暫くして出てきた。

（祖国から出てきたばかりの同胞を田舎者と見下す嫌な野郎だ。……筆者）

「『公使がお逢いになりますから、こちらへ』

僕は付いていつた。モオニングの男が或る部屋の戸をこつこつと叩く。

『ヘライン（おはいり）』

おそろしいバスの声が戸の内から響く。モオニングの男は戸の握りに手を掛けて開く。一歩下つて、僕に手真似で這入れ相図をする。僕が這入ると、跡から戸を締めて、自分は詰所に帰つた。

（公使は日本人の部下にもドイツ語で「入れ」というのか。ドイツかぶれの嫌味な野郎だ。…筆者）

「大きな室である。洋式はルネッサンスである。僕は大きな為事机の前に立つて、当時の公使、S・A・閣下と向き合つた。公使は肘を持たせるやうに出来てゐる大きな椅子に、ゆつたりと掛けてゐる。

（中略）

『君は何をしに来た』

『衛生学を修めて来いといふことでございます』

『なに衛生学だ。馬鹿な事をいひ付けたものだ。足の親指と二番目の指との間に縄を挟んで歩いてゐて、人の前で鼻糞をほじる国民に衛生も何もあるものか。まあ、学問は大概にして、ちつと欧羅巴人がどんな生活をしてゐるか、見て行くが宜しい』

『はい』

僕は一汗かいて引き下がった。」
（下駄や草履は日本の文化だ。自虐趣味の、ますますきざったらしい、すかんタコだ。……筆者）

このS・A・閣下は、明治七年九月から一八年一二月外務大輔に栄転するまで、特命全権公使であった青木周蔵のことである。ドイツ人に多いカイゼル髭を豊かに生やし、眼光人を射る容貌魁偉の人であった。留学生時代と外交官時代を合わせて二十数年も滞独したというから、感覚はドイツ人そのものだった。

さらに公使は若い鷗外に諭すように語りかけた。

「学問とは書を読むのみをいうのではない。欧州人の思想はいかに、その生活はいかに、その礼儀はいかに、これをさえ善く観れば、洋行の手柄は充分である」（『鷗外全集』四巻、六一九～三三頁）

鷗外は感動した。

単に先端の技術に心を奪われるだけではなく、その根底のヨーロッパの思想、文化、風俗すべてに見聞を広めよ……

この言葉に鷗外は今、夢の国にいる幸せをしみじみ噛みしめたであろう。日本での窮屈な、監視されるような世界から一足飛びに自由の国に来ることができたのである。彼は青木公使を尊敬したに違いない。そして後に彼の恋愛問題に青木の思考が大いに影響するのである。

では青木周蔵とはどんな人であろうか。

青木は長州の村医の長男として天保十五年（一八四四）に生まれ、後に藩医青木家の養子となる。明治元年に長州藩留学生としてドイツに留学するが、医学から政治学に転科した変り種である。後輩達を日本の近代化のために、多種多様の分野に進むよう指導した。

青木は岩倉使節団の通訳を務めた後、明治六年外務省に入省、翌年駐独公使として再びドイツに赴任中、美しい女性と恋仲になった。エリザベート・フォン・ラーデというプロイセン貴族の令嬢だ。

やがてエリザベートと結婚を決意したものの、なんと青木は妻帯者であった。

青木家のみならず、外務省からも承諾が得られるはずがない。

青木は、義父に対し、妻のために新しい夫を見つけ、その結納金を支払うことを条件に説得し、なんと計三回、妻に新しい夫を紹介し、三回結納金を払った。

一人の愛する異国人の女性を得るために、すべてをなげうつとは聞こえは良いが、自由すぎる風潮がまかり通る現代でも許されることではない。まして当時はやっと武家社会が終わったばかりの封建的な時代だ。鷗外はこの自分の信念のために、旧習と一戦を交えることも辞さない青木の決断力と行動力を、どのような目で見ていたのだろう。

この青木公使に度胆を抜かれたあと、鷗外は再び橋本軍医監と相談し衛生学を履修する順序が決まった。一番目にライプチヒ大学の衛生学教室、二番目にミュンヘン大学の衛生学教室、三番目にベルリンの衛生研究所だ。

前述したが衛生学はシロウトが考える「清潔にする」学問ではない。感染、免疫、栄養、環境などを研究する幅広い学問で、もっと後に衛生学から細菌学などが分離独立して発展してゆくのである（横田［二〇一二］、五八頁）。

したがって鷗外に期待された衛生学とは細菌学が第一、栄養学が第二と考えてよい。

脚気は脚気菌によっておこる伝染病で、かつ白米食は麦飯に優ると証明してほしい。そうすれば陸軍がすすめている白米兵食は正しいとの錦の御旗をもらえると上層部は期待していた。

ライプチッヒで自由を満喫す

明治一七年十月二二日、鷗外はベルリンをたちライプチッヒに着いた。

バッハやメンデルスゾーンなどが活躍した音楽の都で、この文化的な核はライプチッヒ大学であった。この大学は一四〇九年に創設され、ハイデルベルグ大学（一三八六年）に次いで二番目に古い歴史がある。翌二三日、医学部長兼衛生学研究所主任教授のフランツ・ホフマンを訪問した。ホフマンは鷗外を目にかけ、一二回も自宅に招待し好意を示してくれた。

実は東大時代の恩師ベルツはこの大学の出身であり、鷗外の留学前に一時帰国しておりホフマンに優秀な鷗外のことをよろしくと伝えたに違いない。いつの世も教育者は、優秀な教え子は可愛くて仕方がないものだ。さらに鷗外にとって心強かったのは、九歳年上の先輩ともいえるハインリッヒ・ショイベがいたことである。

ショイベはベルツと同じくライプチッヒ大出身で、ベルツと同じくお雇い外国人として来日し、京都府療病院で医学教育に携わっていた。（この病院は後に京都府立医科大学の母体になる）

当然、ふたりとも親日家で共に日本人妻をもらっている。

ショイベはこの時医学部講師であり、ホフマンのもとで研究していたのでこれ以上有難いことはない。鷗外はまことに幸先の良い留学生活のスタートをきったのである。

明治一八年四月二九日、ライプチッヒを訪れたザクセン軍医団長ロオトと知己になった。親切にも彼は鷗外に、近〻ドレスデンで行われるザクセン軍団の負傷者運搬演習を見に来ないかと誘ってくれた。八月二七日から九月一二日まで、彼はザクセン第一二軍団の秋の大演習に参加した。ライプチッヒもすばらしかったがドレスデンの美しい風景にも彼は魅了される。演習中、鷗外は配属された大隊の大隊長とある貴族の城館に泊まらせてもらった。ゲストなので至れり尽くせりである。城主は六十歳の老伯爵で、六人の娘がいたがその中のイイダ姫の美しさに彼は心を奪われた。

花の都ドレスデンへ

鷗外は十月十一日に、ライプチッヒ生活を切り上げてドレスデンに移り住むことに決心した。ドレスデンの冬季軍医医学講習会に参加し、ザクセン軍医監ロオトに軍隊衛生学を指導してもらうためである。約一年のライプチッヒ滞在は、日本茶の分析やさまざまの栄養試験を繰り返し、それはそれで実験技術の腕を上げるためのトレーニングに役立った。

ロオトはライプチッヒから途中で移ってきた鷗外に気をつかい、明治十九年（一八八六）の元日に、ザクセン王宮に新年の挨拶に参上する栄誉を与えてくれた。その後、鷗外は何度も王宮舞踏会にも参加し、国王夫妻や居並ぶ貴族たちと知り合うチャンスに恵まれた。

ザクセン王国の首都ドレスデンは、ライプチッヒに劣らず文化の香り高い都市で宮廷文化も華やかだった。しかも国柄がプロイセンのように禁欲的でなかったので、鷗外は楽しくて仕方がない。一般の舞踏会、夜会、コンサートへ連日のように通っていたという。

二月の宮中舞踏会で鷗外は偶然、数カ月前、泊めてもらった貴族の城館の娘、イイダ姫と再会する。姫は王宮の女官になっていたのである。創作意欲をかきたてられた鷗外は、日本へ帰ってからイイダ姫をモデルに「文つかひ」という短編を書いている。

姫は親のすすめる嫌な縁談を断るために、王宮を駆け込み寺として使ったというフィクションであるが、西洋女性の凛とした自立心を流麗な雅文体でおとぎ話のように描いている。

ところで鷗外はライプチッヒを引き上げる直前、留学一年間の総括として「日本兵食論大意」という論文を書いて上司、石黒軍医部次長に送っている。独断でドレスデンにフィールドワークに行っても、「やることはやってますよ」とのアリバイのようなレポートだ。

要は、脚気予防のために海軍がしきりに洋食を勧めているが、米食中心の日本食は栄養学的にみて、パンと肉中心の洋食に比べ全く遜色なしと断じ、ゆえに兵食を洋食に変える必要なしと主張しているのだ。

この鷗外の報告を読んだ石黒は安心した。

海軍が脚気予防に洋食が良いからといって、同じように陸軍が取り入れると、パンのみならず、肉、卵、バター、チーズなどの副食も必要になり、所帯が大きい陸軍の出費は今までと比べ物にならないほど増大するからである。実際に、白米が一番の贅沢と思っている兵隊の口には、慣れない洋食など無理に決まっていると石黒は思っていた。

石黒は早速、翌年の陸軍軍医学会で、森林太郎のレポートとして発表している。

しかし彼は不満も感じている。肝心の脚気との関係、すなわち米を食べても脚気にならないとの証明になっていないではないか。

親分石黒の無理な注文には、論点をずらそう

しかしこれは石黒の無理筋というものだろう。

「ある原因候補が脚気になる」ことの証明は、

（1）疑わしい物（この場合は白米）をどんどん食べさせ続ければ証明できる可能性がある。

現に日本ではすでに遠田澄庵という漢方医が主張している（第五章参照）。

（2）原因候補の脚気菌を発見し、これを動物に注入し脚気を発症させることになれば伝染病と証明できる。

逆に「原因候補が脚気にならない」証明は方法論的に難しい。

原因候補を全人類に、永遠に投与し続け、一例も脚気が発生しなかったことでしか証明できない。「ない」ことの証明は悪魔の証明と言われるゆえんである。

そもそも西洋には脚気がないことがわかっていたはずである。病気の研究は流行地で行うのが原則だ。いくらドイツ医学が世界一だからといって、脚気患者がいない国に行って研究など出来るはずがない。

鷗外がドイツへ行って一年後、医学界に激震が走った。

脚気の伝染病説を信じていた東大の衛生学初代教授緒方正規は、明治一八年四月の官報に脚気菌を発見したと発表したのである（実際は間違いで、北里柴三郎に否定される）。

その後緒方は文部省役人、東大教官、衛生局員、陸海軍医官、開業医など約千人を集め、大々的に講演会で脚気菌発見を打ち上げた。脚気菌の標本、脚気菌純培養液および下肢麻痺のネズミまで供覧されたと

いう。

栄養障害説をとる海軍軍医大監高木兼寛は厳しく反論したが、石黒陸軍軍医監は、脚気菌発見の賞賛演説を行った。もともと石黒は脚気菌の存在を盲信していたのだ。

さあ、ここで海軍の高木にとどめを刺さなければならない。石黒は勇み立った。

そのために秘蔵っ子の鷗外をドイツに行かせたのだ。

天才の誉れ高い鷗外に、白米食は洋食に劣らないという証明と、白米は安全である（脚気にならない）という証明をさせなければ、と。

いくら鷗外でも、前者は証明できるが、後者は「悪魔の証明」でできるはずがない。

頭脳明晰な鷗外がこのことをわからないはずがない。

彼は、白米食は洋食に劣らないという論文を上司に郵送し歓心を買い、脚気の病因論には触れず、巧みに論点をずらしたのである。

「うるさいオッサン（石黒）を大人しくさせるために、喜ぶようなレポートを送らなきゃ」ぐらいに思っていたはずである。

ところがである。

明けて明治一九年正月、石黒から「何をしとるか」という叱責の内容の手紙が届いた。

「（一月）三日（日曜）。石黒氏の書至る。曰ふ軍事を学ばんとて多く日を費すこと勿れ。宜く普通衛生の一科を専修すべしと」

（「独逸日記」『鷗外全集』三五巻、一二四頁）

鷗外は面食らった。

前述のように日本では、前年東大の緒方正規衛生学教授が脚気は脚気菌によって引き起こされる伝染病であると発表し、石黒も賛同しているではないか。普通衛生の一科を専修せよとは、いくらなんでも緒方がやったことを、一から苦労してもう一回やり直せ（追試）という意味ではないだろう。まさか脚気が皆無のこのドイツで、脚気菌をもう一度発見せよというバカな命令でないはずである。

やはり衛生学的に、白米は脚気の原因でないことを早くしめせという「悪魔の証明」を求めてきたのだ。それにしても日本にいるうるさい「オッサン」は、鷗外がもたもたしていることをなぜ知ったのだろうか。

――この頃の鷗外は「独逸日記」に夜な夜な、舞踏会や夜会に行ったことを頻回に記している……

花の都のドレスデンで、若き日本のエリート軍医がネイティヴに近い語学力を武器に、ドイツ美人に囲まれ社交界に華々しくデビューした姿を、他の、あまりドイツになじめない留学生はどう見ただろうか。

きらめくシャンデリアの下、鷗外は金髪碧眼に交じって臆することなくワルツを踊る。パートナーのウエストを支え、彼女の白手袋の手を高々とリードし、流麗なステップを踏んで、緩急自在、風のように舞る舞る鏡の中の自分……

おのれの姿を見てうっとりしたであろうが、他の留学生は「このドイツかぶれが、浮かれやがって」と、やっかみに満ちた視線を送ったに違いない。嫉妬から発した鷗外批判が、日本に届いたという記録はないが、うるさい「オッサン」は彼のことを注視していたのである。

ナウマンに冷や水を浴びせかけられる

ハインリッヒ・エドムント・ナウマンは今、鷗外がいるザクセン王国マイセン出身で、東京帝大地質学教室の初代教授になったお雇い外国人である。

在日中は、日本の地質図を作成したり、ナウマンゾウ（古代象）の化石やフォッサマグナ（中部地方の断層帯）を発見したり、日本の文明研究に情熱を注ぎこんだ親日派と思われていた。

三月六日、鷗外は地学協会の年祭に招かれて出席した。ところがこのナウマンが演台に立つや初っ端から日本の近代化を蔑む大演説を始めたのである。明治維新にしても外圧により無理やりなされたものであるから、政治制度や文化の導入も無批判的な模倣にすぎず、身の丈に合っていないというのだ。さらに日本人は文化的に低い民族なので、猿真似はできてもヨーロッパ文明の神髄に触れることはできないということまで言い放ったのである。

これを聞き、鷗外は気も狂わんばかりに激怒したが、反論の時間は許されていなかった。

「六日。（中略）是より舞踏の余興あり。余は舞踏をすること能はざるを以て、家に帰り眠に就けり」

（「独逸日記」『鷗外全集』三五巻、一三二～三頁）

ナウマンの演説を聴いてサッと会場を立ち去り、家に帰ってふて寝をしたとある。この日より鷗外はぴったり舞踏会に行かなくなったという。

何が起こったのか。

ナウマンの言葉が骨身に滲みたのである。

たしかに彼は抜群の語学力でドイツ社会に溶け込んだ。しかしあくまで日本人は日本人でドイツ人になれない。六頭身の黄色人種にドイツ美人は話を合わせてくれるが、舞踏会ではどう思っていたのか。

みんなナウマンと同じ考えなのか。

たしかに日本政府は鹿鳴館を建て、西洋人を呼び、政府高官や婦人たちは着慣れないタキシードやイブニングを身に着け、よろけそうに踊っている。

見かけだけでも欧化したところをみせ、一流国の仲間入りしたい卑屈な下心は丸見えだ。——このような感情が一瞬、鷗外の心底に噴出したのだ。

ナウマンの冷や水は冷たすぎた。

その冷たい水も当たっているところがあるだけに聡明な鷗外はよけいにこたえた。しかしながらなぜ鷗外は発狂せんばかりに激怒したのか。それはナウマンの講演の一句一語がわが身を切り刻むように彼は受け取ってしまったからだ。

逆切れ

他人から赤裸々な真実を指摘された時、人はなにゆえに逆切れするのか？

これをフランス文学者、鹿島茂氏は著書「ドーダの人、森鷗外」のなかでフランスのモラリスト、パスカルの「パンセ」を引用し、自己愛のためだと明快に解説されている（鹿島［二〇一六］、二〇二～三頁）。

すなわちこのやっかいな「自己愛」は、自分の欠点を、自分と他人の目に触れないよう、覆い隠そうとして全力を尽くす。しかし、万が一その欠点を暴かれたとしたら、最も不正で罪深い情念を芽生えさせる、というものらしい。確かに自分の致命的な短所を指摘され、当たっているだけに逆上、逆切れすることは、人間ままあることである。

一つの例を考えてみよう。

「忠臣蔵」の殿中松の廊下のシーンを考えてみる。もちろん創作話としても、案外、人間の本質をついている部分である。

浅野内匠頭（長矩）は播州赤穂の田舎大名であるが、幕府に光栄にも勅使（天皇の使者）饗応の大役を仰せつかった。勅使をもてなす典礼に詳しくないので、田舎者と侮られないため礼儀作法を身に着けようと必死で努力していた。

本番の日、指導係の高家筆頭、吉良上野介がイジワルをし、典礼作法を教えてほしいとの浅野長矩の懇願を無視し、怒り心頭に発した浅野が刃傷に及んだわけであるが、多くの芝居、映画、ドラマの脚本家は、吉良の最後の捨て台詞……「この田舎侍が」を起爆薬にしているし、われわれ観客もこの言葉によって浅野に憑依して吉良を切りつけたくなる。

パスカル流にいうと、浅野は礼儀を知らない「田舎大名」という事実に抜きがたい恨みを抱いており、その事実を覆い隠すことに全力を尽くしていたが、これを公衆の面前で暴露されると、最も不正で罪深い情念に訴えることしかできなかったのだ。

しかしナウマン論争では、ナウマンは日本人全体の文化的後進性を一般論として指摘しただけであり、吉良の浅野に対するような個人的な侮辱ではない。

なぜ鷗外は、我が事のように激怒したのか、なぜあれほど熱心だった夜の社交会に参加しなくなったのか。

それは、「日本人全体の文化的後進性」＝「西洋を猿真似している自分」であると捉えたからだ。

つまり鷗外のなかでは、日本という国家、藩医の家系としての一族、そして自我という三者が不可分の関係であり、日本を辱められることは、とりもなおさず自我を傷つけられたのだ。

ではどうするか。

パスカルがいうように、自分にとって不都合な真実を破壊しなければならなかったのだ。すなわち、猿真似を直ちに中止し、日本の優位性を世に示すことしかない。

「毛唐に負けるものか」と、鷗外はにわかナショナリストに変身したのである。

人が、自分の認めたくない欠点を指摘された時、自身が傷つくことから逃れるためには二つの楽な方法があるらしい。

「自己疎外」と「自虐」である。

自己疎外とは、ヨーロッパにおいて日本は文明の遅れた後進国と指摘された時、前述の青木周蔵公使のように「日本人は、下駄を履いているような国民なので文明を取り入れるのは難しい」というような態度である。自分が日本人であることを疎外して、外側に置き、そこから評論家然として、自分以外の同胞を揶揄するのなら、なるほど自身は傷つかないであろう。自分は特別な日本人だというエリート意識が自分を救ってくれるのだ。

「自虐」はさらに「自己疎外」を進めたもので、自分の外側に疎外されたもう一つの自己が、自分の内側の本来の自己を苛めて快楽を得ることであるらしい（鹿島［二〇一六］、二〇三〜四頁）。

浅野内匠頭も、「田舎者はこんなに滑稽ですよ。もっと見てやって下さい。皆さん笑ってやってください。馬鹿さ加減にあきれるでしょう。ハハハ、こんな儀礼上のややこしい決まりがあったのですか。自分ら田舎者から見れば、天子様の決まりごとは珍しいことばかりで度胆を抜かれますわ。これだから田舎者はいやですね、ハハハ」と「自虐」に走ることができれば、自身が傷つくこともなければ、お家断絶もなかったが、武家社会の人間にはどんなことがあってもできることではない。

武家社会出身の鷗外には、自己疎外や自虐によって傷つくことから逃げる才能はない。敢然と闘うしか道は残されていなかったのである。闘う鷗外の真骨頂である。

ミュンヘンへ……鷗外の心やすらぐ日々

楽しかったドレスデン生活も、最後のナウマンの講演でいっぺんにしらけてしまった鷗外は、三月七日午後九時、汽車でドレスデンを発ち、翌八日朝、ミュンヘンに着いた。

彼は焦っていた。兵食と脚気との関係は究明できていないいままである。

ここはひとつ心機一転、世界的な衛生学の権威、ミュンヘン大学のペッテンコーフェル教授と著名な栄養学者、フォイト教授の力にすがろうと思ったが、結論から言うと、ここでも脚気の研究はできなかった。

——しかし何とかしなければ。

ミュンヘンに来て七カ月後の明治一九年十月、ドイツの「衛生学雑誌」第五巻に「日本兵食論」という大論文を発表したが、これも前のライプチッヒの論文の焼きなおしに過ぎない。フォイト教室の最新式分析機器のおかげで、より詳細になっただけである。

しかし彼は「やっとこの論文であのうるさい『オッサン』も納得してくれるだろう。もっとミュンヘンを楽しまなくっちゃ」と勝手に一息ついたのである。

忙中閑あり、鷗外は好奇心の赴くまま、観劇に、小旅行に余暇を楽しんだ。

バイエルンの地は、森あり、山あり、湖あり、空気は澄み、水清く、まことに風光明媚な地である。彼は景勝の地、シュタルンベルグ湖に何度も足を運んでいる。風景描写の少ない「独逸日記」のなかで、この地の記述が際立って多い。鷗外がミュンヘン大学に来て三カ月後、第四代バイエルン国王ルードイッヒ二世がこの湖で溺死した。まだ四〇歳の若さであった。

王は慶応元年（一八六四年）、一八歳の若さで即位するが、幼少よりゲルマン神話や騎士伝説に魅了され、夢と現実との区別がつかなくなっていた。統合失調症であったので「狂王」とよばれる。

音楽と建築にのめりこみ、オペラ作家ワーグナーのパトロンだけならまだしも、ディズニーランド城のモデルといわれるノイシュバンシュタイン城を始め、フェイクキャスルを次々建造しだした。

国家予算を湯水のように消費されては、政府もたまらない。

王は六月一二日、国の存続を危ぶむ重臣たちに廃位させられ、シュタルンベルグ湖畔のベルグ城に幽閉された。

その夜、王は湖畔に散歩に行くと言い出し、侍医を伴って城を出て、翌朝、岸部で二人とも水死体で見つかったのである。

死体に争った跡があったので、さまざまの憶測が生まれた。

ロマン主義が大好きな鷗外は、芸術の守護神であるこの青年国王に憧憬を持ったに違いない。

王の死を、日本からの留学生とドイツの若い女性の悲恋にからませ「うたかたの記」という短編を書いた。湖畔の美しい風景描写と、「狂王」の史実が絡まった美しい小品である。これは帰国後の明治二三年、「しがらみ草紙」に掲載された。帰国後の鷗外の作品で、ドイツ三部作といわれる、「文つかひ」、「うたかたの記」、「舞姫」のなかでは一番ロマン主義の色濃い作品である。

ところでこの地ミュンヘンでも、鷗外はナウマンと二回目の論争を引き起こしている。ナウマンはまたもや日本文化の後進性を指摘する論文を新聞発表したので、同紙に堂々の反駁文をドイツ語で掲載した。とことん執念深い鷗外である。

国家と自己とが一体化している彼にとっては、日本=自我へのあざけりは絶対なさねばならぬ仇討なのだ。

夢の都から暗鬱の都へ

明治二十年（一八八七年）四月一五日夕、ミュンヘンを発った鷗外は翌日昼、ベルリンに戻ってきた。細菌学の世界的権威、ベルリン大学のロベルト・コッホ教授に細菌学を学ぶためである。

今までの二つの大学では、兵食の栄養学に関する業績を上げることができたと自負していたが、肝心の脚気菌に関する研究はできていなかった（当然であるが）。

こんどこそ脚気の予防を細菌学方面で取り組まねばと、おのずと気合が入った。

ベルリンに落ち着いた鷗外は、四月二十日、すでに留学していた北里柴三郎に伴われてコッホにあいさつに出向いた。北里は留学中、破傷風菌の純粋培養に成功し、第一回ノーベル医学賞の最終候補者にまでなった駿優である。又、ペスト菌の発見者でもある。前述したが彼は東大の緒方正規の脚気菌発見を明治十八年明確に否定している。

愛弟子の北里が脚気菌を否定する以上、当然親分のコッホも同じ考えとするほうが素直であろう。

つまり、鷗外は脚気の細菌学説を考えもしない大学に来てしまったのである。

さらに輪をかけて一番苦手とする人から連絡があった。

五月一二日、直属の親分石黒忠悳がベルリンに来るとの知らせが届いた。

カールスルーエで開かれる国際赤十字総会に出席するためであるが、もう一つどうしても鷗外にハッパをかけなければならない理由が出てきたのだ。

麦飯を兵隊に食わせれば脚気が出ないとの報告は、海軍だけではなく、陸軍内でも出てきていた（詳しくは第五章で述べる）。追い詰められた石黒が頼れるのは、陸軍軍医界きっての駿優、わが愛しい子分の鷗外しかない。

しかるに鷗外は、ドレスデンで宮中舞踏会などにうつつをぬかして、先進国生活を満喫して脚気の本質に迫る成績をだしてはいないではないか。石黒はイライラ感を隠せない。

しかし、もともと脚気がない国への留学をしくんだ石黒に間違いがあろう。脚気頻発国のわが国で研究できる体制を作ることが最優先だったのだ。

ベルリンに着くや否や石黒は思いのたけを鷗外にぶつけた。聡明な鷗外は、無理筋をわかっていたに違いないが、ぐっと飲み込んだ。ここはひとつ親分に協力せねばとの、自己保身の気持ちが湧いたとしても無理はない。最大限のゴマをするのである。

鷗外は親分の代わりに、赤十字総会参加の書類を作ったり、各地の見学のお伴をしたり、通訳をしたり八面六臂の活躍をした。腰ぎんちゃくのようなものだ。

二三日から二七日までカールスルーエで開かれた赤十字総会で、鷗外は、十二分に親分の顔を立てることができた。石黒の許可を得て、日本代表としてドイツ語で堂々の演説をし、各国代表から万雷の拍手を浴びたのである。親分は大満足である。

さらにウイーンで開かれている万国衛生会へ日本を代表して赴く石黒のお伴をして、彼はこまねずみのように通訳や身の回りの世話をやいた。ゴマすり作戦大成功。滞独中の石黒は少しソフトになった。

十月九日、鷗外はベルリンに帰ったが、その後も当然のことながら脚気に関するNeues（ノイエス。ドイツ語で新しい物）を発見できなかった。それでも数編の論文を書いている。

「日本における脚気とコレラ」という論文は総論的な内容であり、コレラの病因に迫るものではない。「下水道中の病原菌について」はいかにもコッホの細菌学教室らしい論文であるが、脚気とはなんら関係ない。鷗外はますます焦る。

明治二一年になった。

そろそろ、あしかけ五年にわたる長い留学生活にピリオドを打つ日が近づいてきた。

しかし鷗外の心は晴れなかった。帰国すれば石黒のプレッシャーは、今にもまして強くなることは目に見えている。しかし、それよりもっと、心を痛める現実があったのだ。

女あそびか純愛か

昔から男の発散は、酒、博打、女と相場が決まっている。

ゴチゴチの軍人精神に固まった将校留学生はともかく、青雲の志を胸に潜め、異国の地で勉学に励む青年たちはストレスをそれぞれにうまく発散している。女は手軽に娼婦を愛人にすることから、一流の令嬢と恋愛関係に陥ることまで様々であった。

陸軍から、脚気の問題解決の糸口を探れとの重圧に答えられない鷗外とて例外ではない。彼もまた、ベルリンへ来てあるドイツ人女性と知り合い、深い恋に陥るのである。

女性の名を、エリーゼ・ヴィーゲルトという。

この女性は鷗外の名作「舞姫」のヒロイン、エリスのモデルになったことで有名であるが、小説はあくまで小説であり、どこまでが鷗外の実体験によるものか、従来より諸説紛紛であり、また、女性の素顔がはっきり見えないことより、鷗外ファンにとって永遠のミステリーであった。

鷗外に恋人がいるとの最も古い資料は、「石黒忠悳日記」の明治二十年十月八日の一部にある。前述の万国衛生学会に参加して、ウイーンからベルリンへ帰る汽車の中の会話の記載である。

「車中、三人の懺悔話アリ。奇、極ル。例ニ依ッテ、森、最モ罪多シ。石黒、之ニ次グ。谷口、割合ニ少ナリ。………」

（「石黒忠悳日記」『鷗外全集』月報三六巻、九頁）

森が一番罪が多いとはどういうことだろう。詳しい説明が必要である。

三人が車中で話していたのは、いわゆる「女の付き合い方」である。

国際学会という大仕事を終え、謹厳な上司もかしこまった部下も気が軽くなり、軟らかい話になったのだ。
谷口とは鷗外の同級生の谷口謙で、同じくドイツに留学しており石黒に同行していた。かなり女好きである。鷗外は学生時代、寄宿舎で一緒だった彼を、「ヰタ・セクスアリス」のなかで品性下劣と酷評している。よほど嫌いだったとみえる（同小説の中の鰐口弦のモデルである）。彼にとって女はただ性欲を与える器械に過ぎず、たえず蛇の蛙を窺がうように女を狙っているというのである。
「独逸日記」に云う。

「伯林（ベルリン）には青楼（娼館）なし。故に珈琲店は娼婦の巣窟と為り、甚だしきに至りては、十字街頭客を招き色を鬻げり」
（「独逸日記」『鷗外全集』三五巻、一三〇頁）

日本の遊郭的なものはなくても、ストリートガールは街の繁華街にはあちこちいる。谷口はこの彼女たちに顔が効くのだ。彼は在ベルリンの留学生仲間や上司にも、娼婦を斡旋できるほどの夜の帝王だった。「独逸日記」明治二十年六月二六日には次のように記されている。

「夜谷口を訪ふ。谷口の曰く。僕は留学生取締と交際親密なり。既に渠のために一美人を媒すと」
（同　一六六頁）

留学生取締とは福島安正大尉のことで、公使館附きの武官であったが、陸軍留学生のお目付け役であった。後に日本に帰る時、馬でシベリア縦断の単騎行を決行し、来る対露戦の情報を手に入れた。日露戦争では満州軍参謀として活躍し、後に陸軍大将になる。

この煙たい上官にも美人娼婦を紹介するなどなかなかの策士である。

万国衛生学会において、鷗外の大活躍のおかげで石黒が大いに面目をほどこしたその夜、谷口が酔っぱらってこっそり鷗外の許へやってきた。

「明治二十年九月二十六日、谷口酔中余に謂いて曰く。今回の会　君の尽力多きに居る。僕力の君に及ばざるを知る。然れども僕微りせば誰か能く石黒のために衽席（寝間、転じて娼婦のこと）の周旋をなさんと」

（同　一七五頁）

能力ではかなわない谷口のやっかみだ。「お前は確かに俺より優秀だ。けれど親分のために女を紹介はできないだろう」とまことに低次元の捨て台詞だ。

石黒の回想。

「去年（明治二十年）八月一六日雨。福島、谷口ト共に某場（珈琲店）ニ至リ初めて此人ヲ知リ（中略）夫ヨリ八月廿日ヲ約シ八月廿日ニ其家ヲ訪フタルヲ最初トシテ此二十一ケ月、其清楚無比、加之温順にして頗ル［徳カ］アリ……」

（「石黒日記」『鷗外全集』月報三八巻、八頁）

清らかでおとなしく、素直な彼女に石黒はたちまち心を奪われた。いつも渋い顔をしている石黒軍医監も、帰国するまでの十一カ月、にやけた顔をしていそいそ美人の彼女の部屋へ通ったのだ。つまり、短期契約の現地妻である。彼女はいつも好んで青い服を着ているので、彼の日記には蒼山と記されている。幼少の頃両親を失っている石黒は、同じように幼い頃、母に先立たれた蒼山が貧しさから抜け出すため、やむなく春をひさいでいることに同情を寄せていた。（坂本［一九八二］、一五頁）

ドイツに来る日本人留学生がみんなこうだとは言わないまでも、金で決着がつく女遊びにうつつを抜かした者も多かった。もちろん、まじめに現地女性と交際し結婚した人もいるが、当時の状況からみて国際結婚は多くはない。

話を戻そう。

ウィーンからベルリンへの帰途、車中での「三人の懺悔話」とは、石黒、谷口、鷗外のベルリンでの女性交友の話である。

谷口は女を遊びの対象としか見ないので、特定の女と深い関係にならない。女との切れ目は金でスパッとできる。したがって相手を泣かすことがない。だから罪が軽い。

石黒は不特定多数ではなく一人の愛しい現地妻を囲っているが、相手も娼婦である以上別れは覚悟の上で、最後は金で解決できるから、お互い情が残るがまずまず許せる。

一番問題なのは鷗外である。

俗な言葉でいうと、シロウトの女に手を出して情を交わして、果たして立場上結婚できるのか。大日本帝国陸軍軍医としての使命と両立できるのか。老婆心ながら、石黒は森家のことも心配する。代々続く御典医の家長の嫁に外国人女性が馴染めるのか。

明治一四年施行の「陸軍武官結婚条例」は、少将以上の将官の場合、勅許（天皇の許可）が必要で、下士官以上は陸軍大臣の許可が必要であり、相手の女性は品行方正であることの証明書が必要であった。外国人女性との結婚の決まりはないが、陸軍八十年の歴史の中で、例外がたった一例（花島騎兵中尉の結婚）あるだけで、士官以上が外国人女性との結婚を認められたことはないという。（坂本［一九八二］、二三頁）

迫りくる別れの日

石黒は自分と同じく、鷗外も帰国のおりには別れるものと思っていた。

やがて彼らに帰国の日が近づく。

明治二一年六月二六日の「石黒日記」には帰国前日の夜のことが記されている。

石黒は蒼山とシャルロッテンブルグ通りのレストラン、ラウールで最後の食事をした。彼女は名残惜しそうに石黒の目をじっと見つめ、心を押し殺して言葉を継いだ。

「もとより旅のお方と永くはご一緒できないと覚悟は決めておりました。でも、たった一年とはいえ、他の客と違って、言い尽くすことができない情愛というものに包まれました。私の最後の願いは貴方が健康で、無事日本へ帰られ奥様やお子様と再会されることだけです。これから貴方はロンドン、パリへ行かれますが、美しい女性がいっぱいいるでしょう。貴方が遊ばれるにしても、病気がない人を選んでくださいね。」（筆者意訳）

石黒はどんな気持ちになったであろう。

「予、此二思フ。余ガ徒二此人二親ムモ、尚、此ノ惨愴ノ情アリ。彼ノ多木氏、昨今、中情（心情）如何ゾヤト」（多木とは森林太郎をさす隠語。木の字が多いので多木と石黒がよく使った）

（「石黒日記」『鷗外全集』月報三八巻、八頁）

つまり、自分は一時の遊びとしてこの女と親しんだだけなのに、わかれとなるとこの淋しさ、悲しさ、空しさはなんだ。多木氏（林太郎）はどんな気持ちになるだろう。との意である。

いわんや金で解決できないシロウト娘との別れは、どれほど辛くなるか。

石黒は一途な森に対し、つねづね相手にどれほど辛く、悲しい思いをさせるか。「そこを良く考えよ、林太郎」と諭しており、ウィーンからベルリンの車中の「三人の懺悔話」で「森、最モ罪多シ」といったのである。石黒、谷口だけでなく、ベルリンの日本人社会のなかで、鷗外がシロウトの女性とつきあっていることは知る人ぞ知る事実だったのである。

第三章

帰国

エリーゼが宿泊した築地精養軒

故国への航海

明治二一年（一八八八）三月二三日付けの帰国辞令が六月末に到着した。七月五日、石黒は鷗外達を伴ってベルリンを発ち、ロンドン、パリ、マルセーユへと向かった。パリより汽車でマルセイユへ向かう車中のことを「石黒日記」（七月二七日）に次のように記されている。

「今夕、多木氏（鷗外のこと）、報セテ曰ク。其情人、ブレーメンヨリ独乙船にて本邦ニ赴キタリトノ報アリタリト」

（「石黒日記」『鷗外全集』月報三八巻、一〇頁）

エッ！　彼女と円満に別れたのではなかったの？　と石黒は驚いたに違いない。そしてこいつは何を考えているかわからないと思ったであろう。

恋人エリーゼ・ヴィーゲルトは自分の乗船予定の手紙を、パリのホテル気付けで鷗外に送っていたのだ。七月二九日、フランス船アヴァ号は、石黒、鷗外の他、五人の日本人を乗せてマルセイユを出航した。このころ、エリーゼもまたすでに洋上の人であった。彼女の船、ブラウンシュバイク号は七月二五日、ブレーメンを出ていた。——愛しい鷗外を追うように。

鏡のような地中海を、アヴァ号は滑るように東進する。地中海の夏は爽やかな風に包まれる。けだるくて眠くなる日が続く。やがて船はスエズ運河を抜け紅海に入った。

長い長い航海の無聊を慰めるために、石黒と鷗外は漢詩を作りお互いに見せ合っていた。

昔の武士のたしなみとはいえ、即興で難解な漢字を駆使し韻をふみ、披露しあうという教養は現代人にはちょっと想像できない高尚な趣味だ。「石黒日記」には石黒作九編、鷗外作二編が記されている。石黒は稀代の悪筆?でその書体は読めたものではない。しかし彼の漢詩の原文を読み下し、「石黒忠悳、森鷗外のアヴァ号船上漢詩の応酬」というそのものズバリの論文がある（高橋陽一〔二〇〇六年〕、三九〜五八頁）。

「無題」（石黒作）
人間翠柳を得ず
紅海無情は水態の事
夜半の船窓人の進むを知る
郎は後舟を望み儂は前舟を望む

人間とは世の中、翠柳とは青々とした柳のことでエリーゼの瞳のことである。

世の中翠柳を易々と手に入れられるものではないと、のっけから鷗外に一発かましている。

紅海が無情なのは水が変わるのと同じ。深夜、船窓から海を見ていると、彼女の船が近づいてくるようだ。男は後ろの船を見つめ、女は前の船を見つめている、という意味だ。

石黒は、アヴァ号の鷗外を追いかけている船上のエリーゼを漢詩にして鷗外に贈ったのである。一見、林太郎の心情を深く惻隠しているように思えるが……

アヴァ号は八月九日、紅海を過ぎ、アデンに寄港後インド洋に入った。

激しく船が揺れたためか鷗外の日記（還東日乗）は珍しくとぶ。九日の記。

「涙門」（鷗外作）
笈を負うて三年鈍根を嘆く
東に還るも何を以てか天恩に報いん
心に関るは独り秋風の恨みのみならず
一夜帰舟は涙門を過ぐ

涙門とは紅海とインド洋の境目の狭い海峡名であり、笈を負うとは遊学のことである。鈍根は才能がないこと。――秋風の恨みとは時の移ろう早さを嘆くさまである。

意味は、留学して三年、不器用な自分が情けない。帰国して、どのようにして天皇陛下の恩義に報いることができるのか。あっという間に年を重ねてしまっただけでなく、一夜明ければ、船は涙の門という名の海峡を過ぎてしまったのだ。涙の門を過ぎるという結句に、彼の帰りたくない、という心の絶唱が聞こえる。

茫洋たるインド洋、晴れた日の風はデッキチェアに横たわる鷗外の頬をやさしくなでる。うらはらに鷗外はますますブルーになってゆく。

恋人とどうなるのか、十分研究業績を上げられなかったこと、自分をやっかむものが多く誹謗中傷があること、せっかく身に着けた先端の学問の成果を、はたして祖国で発揮できるのか。

――けだるい、まるで時間が止まったようだ。ベルリンのことも夢を見ているようだ……

これに石黒はすぐに一詩を返した。

「前韻に和して反って寄す」（石黒作）
君の家学の淵源を究むるを羨む
著篇身に等しく　世に傳わること喧し
東に帰る　豈に明主に酬いるのみならんや
又雙親　日び門に倚るあり

家学とはその家の世襲的な学問で、御典医の家柄をさしている。淵源とは根本のこと。意味は、森家が代々医学一筋だったのがうらやましい。

君自身の著作も背丈ぐらいに多く、世間の人が広く読んでいる。

この度帰国するのは、天皇に酬いる為だけではない。

両親は毎日、門のところで君の帰りを待っているぞ。

石黒は上司として、部下が全力投球できなかった悔いを「そんなことないよ、君はよくやった」とねぎらっている。なんと優しい上司だろう。

しかし、石黒は一筋縄ではいかない人間だ。転句と結句には、親、家の問題があるぞときっちり釘を刺すことを忘れない。鷗外が外国女と結婚するようなことがあれば、森家に顔が立たないばかりか、陸軍上層部から留学中の管理責任を問われるのだ。石黒は、徹頭徹尾自己保身第一主義者であった。

船はコロンボ、シンガポールを経て東シナ海を北上する。日本に近づくにつれ鷗外は滅入る。

航海の最後のほうは、鷗外もやけくそになる。上海を出て一昼夜、九月四日に詠める歌。

「酔太平　呈況斎（石黒のこと）先生　森林」

翻せば雲、覆せば雨　　（杜甫の歌より手の平を返すごとに雲を作り雨となるという人情の移ろいやすいことをいう）

肌膚粟を生ず　　（同棲していた相手に追いかけてこられて慄然としている）

却って思ふ顧辨して纔讒を憂うるを　　（顧辨…周りを気にすること、纔讒…告げ口）

白屋に居るに如く無し　　（同棲などせずに元の粗末な下宿に居ればよかった）

遺臭か　はた流馥かを知らず　　（遺臭…悪評を後世に残すこと　流馥…名声が広まること）

吾が命蹙まる　　（命が縮まるような思いをしている）

何ぞ哭するを須いん　　（泣いてみたところで何になる）

猶一雙の知己の目有り　　（それでも懐かしい一対の目があるのだ）

春水の緑よりも緑なり　　（春の雪解け水の緑よりももっと緑の目だ）

――汚名、名声などどうでも良い。私のことをわかってくれるあの瞳さえあるならば。

彼女の瞳は春の水よりも、もっと青く澄んでいる……というような直截的な感情を石黒にぶつける。

石黒も鷗外に押されて簡単な漢詩しか返せない。

「况斎（石黒）戯評」
其眼緑於春水緑者　其人何在乎　蓋在後舟中
（読みやすいように空白を空けた）
（「石黒日記」『鷗外全集』月報三八巻、一二頁）

その瞳が緑の人はどこにいるのか、まさしく後ろの船にいるのだね、という意味である。開き直る鷗外、追認せざるを得ない上司の構図が見て取れる。研究者の中にはこの石黒との漢詩の応酬を根拠に、鷗外が陸軍を辞める固い決意を持っていた、という人もいるがどうであろうか。そうでないことは後で、妹喜美子の述懐でわかる。

船は、鷗外の心を忖度もせず、船足をあげて浦賀水道を越えた。感傷に浸る間もなく横浜港に到着。九月八日であった。二日前の六日、香港で船をゲネラル・ヴェルデル号に乗り換えたエリーゼは横浜に向けてすでに出航している。

鷗外ら一行は汽車で新橋駅に至り、赤十字社の差し回しの馬車で陸軍省に復命した。足かけ五年のドイツ生活はあっという間に過ぎ去り、鷗外は二七歳になっていた。

復命したその日から、彼は陸軍軍医学舎（後の軍医学校）の教官となり、一一月二二日から陸軍大学校教官を兼ねることになった。

しかし鷗外の心は晴れない。

縁談そしてエリーゼの来日

鷗外の帰国を待っていたかのように、彼の周囲はざわつきはじめた。

妹の手記に次のようにある。

「洋行して帰った時、早速縁談をいわれたのは西氏です。御養子紳六郎氏の姉君、赤松男爵夫人の長女で登志子という方でした。『小さい時から知っている。林の嫁はあれに限る』といわれるのでした。……」

（小金井［二〇一四］、三一頁）

西氏とは森家と同じく津和野藩の御典医の家系で親戚にあたる西周（あまね）のことである。幕末、榎本武揚らとオランダに留学し、幕臣になった人で、新政府でも重用された。鷗外が学生の頃、一時、下宿させてもらっていた。

彼が横浜に着いたその日、海軍中将赤松則良男爵の長女登志子が、仲人役となる西周邸を挨拶に訪れた。一七歳の誕生日を迎えるところであった。

いっぽう帰国のまさにその夜、尽きない話のあとで、家族は鷗外の爆弾発言に卒倒する。

妹、喜美子の談。

「八日、お帰りの晩に、お兄い様はすぐ其話をお父う様になすったそうです。ただ普通の関係の女だけど、自分はそんな人を扱ふ事は極不得手なのに、留学生の多い中では、面白づくに家の生活が豊かな様に噂して唆かす者があるので、根が正直の婦人だから真に受けて『日本に行く』といったさうです。踊もするけれど手芸が上手なので、日本で自活して見る気で、『お世話にならなければ好いでせう』といふから、『手先が器用な位でどうしてやれるものか』といふと、『まあ、考へて見ませう』といって別れたのださうです。」

（小金井［二〇〇一］、一一六頁）

この妹の記述がどこまで真実を語っているかわからないが、金目当ての押しかけと悪意をもって捉えている。一家にとって大切なお兄様が、どこの馬の骨かわからない外国女に取られるのだから無理もない。いっぽう鷗外の方も、家族を心配させないように普通の関係の女といっているが、何が普通の関係なものか。ベルリンで同棲し、将来を誓ったことなど、誇り高い一族のなかで言えるわけがない。

それにしても自分の家族の前で、恋人があたかも「金目当て」と言われながら反論しないとは、彼は恋愛の当事者意識のない傍観者であり、あまりにもひどい。家族の前では口ごもる鷗外もベルリンではエリーゼとの結婚を夢見ていたはずだ。

「舞姫」のなかで鷗外がモデルの豊太郎が、「余が借しつる書を読みならひて、漸く趣味をも知り、言葉の訛をも正し、いくほどもなく余に寄するふみにも誤字少なくなりぬ」と言っていることが本当ならば、実生活では、鷗外がエリーゼにドイツ語の正しいスペルや文法を教え、田舎訛を標準語に正し、教養をつけようとしているのだ［彼女は現ポーランド領のシュチェチン出身］（『鷗外全集』三八巻、四七二頁）。

ネイティブなドイツ人に正しい文法を教えるとは、改めてかれの非凡さに驚くが、この努力もエリーゼに教養面でも向上してほしいとの思いであり彼の深い愛情に違いない。ドイツの最後の日、エリーゼとどんな話をしたか分からないが、別れ話はなかったと思うほうが自然である。

それどころか、示し合わせたように時間差で違う船に乗船するなどの細工や、貧しいエリーゼのために渡航費を何とかやりくりしたこと、石黒との漢詩のやりとりでわかるように航海中の彼女へのつのる思慕の情を思うと、彼はやはりエリーゼを熱愛し、結婚したかったに違いない。

鷗外のエリーゼへの書簡は残っていない。しかし、たった一つ彼がエリーゼに記した自筆のメッセージが残っていることがわかっている。東京大学総合図書館所蔵の独訳英語小説（Charles Reade著「Singleheart and Doubleface」）という本の扉に綴られている（邦題名・一つの心と二つの顔）。

Diesen Roman lies ganz am Ende der Fahrt,wenn du nichis mehr zu lessen hast. Am liebsten lies ihn nicht. Er ist nicht des Lesens werth. Colombo, 16.8.88.M

（この小説は航海の終わりに、他に何も読むものが無くなった時に読んだ方がいい。できれば読まない方がいいよ。これは読む価値はないよ）

（林［二〇〇五］、二三二頁）

彼は在独中もエリーゼと読書し感想を述べ合うなどして、彼女を教育してきたのだと思う。ミュージカル、マイフェアレディのように。

そしてメッセージの最後に一九八八年（明治二一年）八月一六日、コロンボとあるのは、この日寄港地で彼女のために書いたことを示しており、もし彼女の手に渡っていたら投宿予定のホテルに託していたものと思われる。

ではなぜこの本が東大図書館にあるのか。鷗外の死後、遺族は多くの蔵書を母校に寄付したのでその中の一冊だと思われる。ということはエリーゼが来日中、鷗外に会った時に返した可能性も考えられなくはない（コロンボで託せなかった可能性もあるが）。

いずれにせよ二人の交際は、幾多の障害が控えているものの、結婚を前提とした真面目なものであったに違いない。

帰国二日後の九月十日、西周夫人升子、森家を訪問、正式に赤松登志子との縁談を申し込む。

煩悶の日々

九月一二日、台風の中を、エリーゼを乗せたゲネラル・ヴェルデル号は横浜港に投錨した。

再び、妹喜美子の記述、

「あわただしく日を送る中、九月二十四日の早朝に千住からお母あ様がお出になって、お兄い様があちらで心やすくなすった女が、追つて来て、築地の精養軒に居るといふのです。私は目を見張つて驚きました。

『此間から話に来度いと思ったけれど、来客がつづくし、それに耳に入れずに済めばとも思つたものだから。今朝篤（次兄篤次郎）は大学（東大）へお知らせに往つたよ。御相談を願わねばならぬので、夜は千住へ来て頂く様にするから、更けても心配しないでおくれ。』

大急ぎで又お帰りでした。」

（小金井［二〇〇一］、一一五頁）

次兄篤次郎が相談しに行った相手は、喜美子の夫、東大医学部教授の小金井良精である。

エリーゼは築地精養軒に投宿した。

森家の中でも母峰子の狼狽ぶりは、傍で見ておれないほどの取り乱しようだった。

鷗外はただの嫡男ではない。没落しかかった貧乏士族の希望の星なのである。もし彼が海軍中将男爵家の子女との縁談を破棄し、身分の低い西洋女と結婚したら確実に陸軍内の立身出世は潰えるのである。母峰子のすがる相手は小金井良精しかない。恥も外聞もなく、娘婿になんとか別れさせてほしいと懇願した。

この日から小金井良精の精養軒通いが始まる。

彼の日記や喜美子の手記に毎日のように作戦会議が開かれたような記載があるし、鷗外の親友の賀古鶴戸も動員されている。森家の総力戦である。

小金井は鷗外の東大時代の数年先輩でドイツ留学から帰り、東大の解剖学の教授をやっていた。彼もまた、ドイツで現地女性と恋愛関係があった。深いものであったかどうかわからないが、ドイツ語も堪能で女性の気持ちもわかる。

鷗外は当面、別れ話をこの年長の義弟にすべて任しエリーゼと会わないつもりであったが、実際は彼女に会いに行っている。まわりから止められても、愛しい人と再会したい衝動を抑えることができなかったのだ。

これが別れ話をややこしくする。

小金井の日記。

「(十月)四日、十二時、教室を出て築地西洋軒に至る。林太郎氏の手紙を持参す。こと敗る。ただちに帰宅」
(星［一九七四］、一四〇頁)

敗るとは別れ話が白紙に戻ったことか。日記に詳しく記載がないが、エリーゼからすれば、二人でしみじみ話しあいたいのに、第三者が恋人の気持ちと称する手紙で解決しようとする態度は屈辱であっただろう。恋人林太郎の意気地の無さをなじったかも知れない。

この後、女性の件に関し、小金井の日記はしばらくとぶ。しかしこの間の石黒日記には、森のみならず、彼の母、弟篤次郎、妹喜美子、森の直属の上司、石坂惟寛軍医学舎舎長などが石黒の元へとっかえひっかえ来訪したとある(「石黒日記」『鷗外全集』月報三八巻、一三頁)。

研究者の中にはこれをもとに、森がエリーゼとの愛を完遂するため陸軍に辞表を提出し、周囲が慌てて火消しに走ったという仮説を立てる人もいる。しかし一次資料を見る限り森の辞表提出は見当たらない。

連日連夜、苦しい話し合いが続いたかもしれない。

そして、

「一五日、午後二時すぎ教室を出て、築地に至り、今日の横浜行を延引す」と小金井日記にあるから、この前後にエリーゼは帰国の意志を固めたかも知れない。

森家の中でも、弟、篤次郎はエリーゼに気を使ったようだ。

「……お兄いさん(篤次郎)は町の案内などをします。気楽な人ですから、エリス(エリーゼ)ともすぐ親しくなったのでしょう。私が『どんなようすですか』と、お兄いさんに聞きますと『僕は毎日、語学の勉強をしているよ』と笑って平気なので、人がこんなに心配しているのにと、ほんとににくらしく思いました。」

（小金井［二〇〇二］、一一七頁）

エリーゼはホテルに缶詰めになっていたのではなかった。森家の一員であっても篤次郎の、不安で淋しいエリーゼをなぐさめてあげようとの思いに、我々も救われる気がする。

そして、

「かれこれしている中、日も立ってだんだん様子も分ったと見え、あきらめて帰国しようかといい出したそうです。そこで日を打ち合わせてお兄い様もお出になり、色々と相談していつの船という事もきまりました。それが極まってから、忙しいので二、三日間を置いて、また精養軒へ行って見ましたら、至って機嫌よく、お兄さん（篤次郎）と一緒に買物したとて、何かこまこました土産物を並べて嬉しそうに見せたそうです。手仕事に趣味のあるという人だけに、日本の袋物が目にとまって種々買ったそうでした。その無邪気な様子を見て来て、

『エリスは全く善人だね。むしろ少し足りないぐらいに思われる。どうしてあんな人と馴染になったのだろう。』

『どうせ路頭の花と思ったからでしょう。』」

（小金井［二〇〇二］、一一八頁）

と喜美子は述べている。

喜美子は手記で、嫡男を絶対的なものとし「お兄い様」、次兄篤次郎を「お兄さん」と使い分けている。篤次郎はエリーゼと接触するうち、彼女の人の好さ、可愛らしさを感じてきたが、喜美子のほうは夫や次兄から外見は小柄で美しい人ということしか聞いておらず、路傍の花と呼んでいることより、行きずりの遊び女としかとらえていない。

横浜港

小金井良精の日記を続ける。

「一六日、午後二時すぎ教室を出て、築地西洋軒に至る。林太郎氏きたりおる。二時四五分、汽車を以て三人同行す。横浜、糸屋に投宿す。篤次郎氏、待ち受けたり。晩食後、馬車道、太田町、弁天通を遊歩す」

翌朝七時半、重く長い汽笛を一声、船はゆっくり横浜港を出港した。鷗外の視野から船はだんだん遠ざかる。鷗外は船が豆粒になるまで、石のように立ち尽くしていた。

エリーゼこの時、まだ二二歳。

恋人を信じ、将来を夢見たこの乙女は一カ月半の心細い船旅の末、当時の西洋から見ると地の果ての、言葉が通じず文化もまったく違う異国にたった一人でやってきた。

彼女の寂寥感は如何ばかりか。

そして憧れの国で待っていたのは、煮え切らない恋人と一カ月に及ぶ煩悶と孤独の日々だった。エリーゼの出発の報を首を長くして待っていた喜美子は、夫に出発の様子を尋ねた。この時、夫は「なんとか、機嫌よく帰って行ったよ」としか言えなかったであろう。母峰子とともに、大切なお兄様のことしか考えられなかった喜美子へは、言葉の選択が難しかったのだ。

後に彼女は手記に述べている。

「人の群れの中に並んで立って居るお兄い様の心中は知らず、どんな人にせよ、遠く来た若い女が、望とちがって帰国するといふのはまことに気の毒に思はれるのに、舷でハンカチイフを振って別れていつたエリスの顔に、少しの憂ひも見え無かったのは、不思議に思はれる位だつたと、帰りの汽車の中で語りあつたとの事でした。」

（小金井［二〇〇一］、一一八頁）

憂いの表情が少しも見えなかったのは不思議でもなんでもない。

喜美子は、エリーゼが森家の意向を淡々と自分の宿命として受け入れ、すべてを受容した後の凛たる表情を汲み取れなかったのであろうか。

自分も武家の子女であれば女の潔い自尊心を理解できると思うのであるが。

一般論であるが、男女のもつれで破局が来た場合、女性の方が毅然としており、男の方がいつまでもジクジクしているように思える。

喜美子はこの後に、「誰も誰も大切に思つて居るお兄い様にさしたる障もなく済んだのは家内中の喜びでした」と書き、他の手記には、

「……だんだん周囲の様子もわかり、自分の思違へしてゐたことにも気が附いてあきらめたのでせう。もともと好人物なのでしたから。

その出発に就いては、出来るだけのことをして、土産も持たせ、費用その他の雑事は次兄が奔走しました。（中略）在京は1カ月足らずでした。思へばエリスも気の毒な人でした。留学生達が富豪だなどといふのに欺かれて、単身はるばる尋ねて来て、得るところもなくて帰るのは、智慧が足りないといへばそれまでながら、哀れなことと思はれます。

後、兄の部屋の棚の上には、緑の繻子で作った立派なハンケチ入れに、MとRとのモノグラムを金絲で鮮やかに縫取したのが置いてありました。それを見た時、噂にのみ聞いて一目も見なかつた、人のよいエリスの面影が私の目に浮かびました。」

（小金井［二〇一四］、一〇五～六頁）

と記している。

喜美子は、異国の人と言えど恋人を追って来たエリーゼに、同じ女性として、一応同情心を寄せている。しかし、金に釣られた恋愛だの、少し智慧が欠けるだの、帰国の時はできるだけのことをしてやっただの、極め付きは「人の言葉の真偽を知るだけの常識にも欠けている、哀れな女の行末をつくづく考えさせられました」とまで言っているのだ（小金井［二〇〇二］、一一九頁）。

やはり兄にはふさわしくない相手から逃げることができて本当に良かったとの思いが処々に見られるのだ。

鷗外ファン、特に女性達はエリーゼにエールを送ることはあっても、とても森家の女性陣の態度にたいし、共感はもてないだろう。

まして、往路は一等船客で来た彼女にたいし、帰路は次の寄港地（神戸？）までだけ一等船室にのせ、それ以降二等船客に戻した事実をどう考えたらよいのか。

たった一人で淋しく帰ってゆく森家嫡男の〝元〟彼女の気持ちを汲み取ることはできなかったのか。

往路の旅費は鷗外が出したとする説と、エリーゼの親が出したという説がある。

しかし、帰路は森家が出したのは違いない。森家の経済の問題があるとはいえ、鷗外の父、静男の千住の医院は繁盛していたし、軍医のサラリーもある。

一等船室を二等に値切った森家の気持ちに寒々としたものを感じるのは私だけであろうか。

すべてが終わって、鷗外が小金井宅へ仲介の労の礼に訪れた時、喜美子は兄に慰めの言葉をかけた。エリーゼの妊娠のことについて尋ねると、兄は「それは後から来ようと思ふ口実だつたのだらう。流産したとかいふけれどそんな様子もないのだから、帰って帽子会社の意匠部に勤める約束をしてきたといっていた。……」と答えたそうである（小金井［二〇〇〇］、四〇頁）。

子供ができる可能性があったということだ。

いきなり妊娠のことを兄に切り出すとは、彼女は夫、小金井からエリーゼの妊娠の話を聞いていたのだろうか。

もしそうだとすると、エリーゼは鷗外の義弟小金井に、鷗外の子を宿し、流産までしたと打ち明けたのかも知れない。見知らぬ国で、たった一人で異国人へ切々と訴える姿は、哀れを通り越して我々の心に突き刺さる。

森家の嫡男が世の中で一番大切と信じる母と妹は、この時冷静に鷗外の心情を包み込むことはできなかったろうし、また鷗外自身も、積極的に自我の展開ができなかった未熟者であった。

後世の我々は、これを親離れしていないマザコン男の悲恋と解釈するのはたやすい。が、そのような評論家然たるとらえ方では鷗外ワールドに入っていくのは難しい。

この心の傷は生涯にわたって鷗外を苛み、その心の疼きと悲嘆こそが名作「舞姫」の誕生につながるのであるが次章に譲りたい。

第四章

天下の不機嫌男、周囲に八つ当たりす

鷗外最初の妻・登志子

恋に終止符をうたされた鷗外は悲嘆にくれるというよりは毎日イライラしていた。意に染まぬ結婚、上司石黒の過大な要求……この鬱積を、エネルギーとして外へ噴出させねば収まりがつかない。

おもしろくない結婚生活

エリーゼが日本を去っていっきに結婚話が進んだ。

媒酌人は鷗外の上司、石黒忠悳が順当であったが、彼は固辞し西周になった。石黒は外国人女性と色恋沙汰を起こした鷗外の媒酌など、後になって面倒が起こってはたまらないと思っていた。実は鷗外もエリーゼの滞在費や帰りの旅費などの金策で、石黒に負担をかけていたらしい。九月二一日の石黒日記に「森林太郎来る。旅費の事ヲ談ズ」とある（「石黒日記」『鷗外全集』月報三八巻、一二～三頁）。

石黒に金の面倒まで見てもらったとあっては、ますます頭が上がらない。

三月六日、海軍中将男爵赤松則良の長女登志子と結婚し、五月末不忍池に近い上野花園町の赤松家別邸を新居とした。なぜか鷗外二人の弟と登志子の妹二人も同居した。

赤松本家より老女と女中がついてきたが、妻の家の格式が森家より高過ぎ、あまり居心地がよい生活ではない。

鷗外は政略結婚で、好きでもない女を押し付けられたとブツブツ思っている。

この頃から文学作品の翻訳や創作を開始。訳詩集「於母影」を発表し、その稿料をもとに文芸雑誌「しがらみ草紙」を創刊した。

夜は幸田露伴、内田魯庵などの文学青年たちが入れ替わり立ち代わり出入りするようになり、午前様になっても議論が続き、さながら文学愛好家の梁山泊のようであった。

客が女中に時間を尋ねた時、眠そうに「もう、十二時です」と答えたのが鷗外には気に入らず、「まだ、十二時ですと言え」と怒られたという。

新妻登志子は、何か自分は相手にされていないと感じていたのではなかろうか。

いっぽう、鷗外のほうも、森家の秩序のなかに明白な異質な秩序が侵入しつつあると感じるようになり、日々けわしい表情が多くなってきた（山崎正和［一九七二］、二六五頁）。

医学者・森林太郎、海軍を敵にまわす

海軍軍医団は「イギリス海軍に脚気なし」という根拠で兵食を麦飯に変えている。しかも麦飯で脚気を制圧したと世間にほざいている。石黒は気に食わない。「林太郎、何とかしてくれ」と森に迫る。そこで陸軍でも兵卒を使って人体実験を計画。帰朝の翌年六月から十月まで陸軍兵食試験が施行された（詳細は第五章）。

一一月二四日、この成績を森は大日本私立衛生会で発表した。

「非日本食ハ将ニ其根拠ヲ失ハントス」という、いかにも石黒好みの演題であった。

要旨は、世界的な栄養学者フォイト（鷗外がミュンヘン大で教えを受けた先生）のタンパク質の出納計算に誤りがあり（糞便中の窒素を計算していない）、修正すると日本食は不消化分を考慮しても西洋食に劣らない

というものであった。

一般に、どんな栄養価の高いものでも、腸で吸収されなければ何の価値もない。つまり蛋白質は多いがそれが吸収されにくい麦と、蛋白質が少ないがそれが吸収されやすい米との勝負だ。消化吸収の面でみると、米のほうが麦よりもはるかに吸収が良いので、タンパク質に少し気をつければ日本食は素晴らしいということであり、これは今も真実である（ただしビタミンは当時発見されていないので考慮に入れない）。

石黒は大喜びである。森の研究成果を堂々と海軍にぶつけ、久しぶりに留飲を下げた。

しかし鷗外はいつも一言多いのだ。

よせばいいのに「ローストビーフに飽くことを知らないイギリス流の偏屈学者のあとについて非日本食を唱え……、ある権力家の説をただちに認めて教義となし、この偽造の通則から根拠のない細則を作り…………」と最後にぶちまけた（『鷗外全集』二八巻、八六頁）。

なんのことか。ローストビーフの好きな学者とは、イギリス帰りの高木兼寛だと誰でもわかる。

森は海軍にけんかを吹っかけてしまったのだ。[3]

日本医学会への喧嘩状……長老にだって鉄槌を食らわすぞ！

軍医界の長老、橋本綱常、石黒忠悳らは全国の開業医に呼びかけ、日本医学会の設立を企てた。名前は仰々しいが、親睦と交流のため百円を拠出させる仲良しクラブであった。

参加資格に学歴は関係なく、医術開業免許を持っているならだれでもよかった。

潔癖な鷗外にとって日本医学会とは、ドイツ流に「学術論文を書いている者こそ資格あり」というアカデミーでなければならなかった。彼は激しく誌上で長老達を攻撃した。

このためにせっかく長老達の推薦でなった医学雑誌「東京医事新誌」の主筆を、わずか十ヵ月で罷免された。

しかし鷗外はめげない。主筆罷免後わずか一カ月で、向こうを張って「医事新論」を創刊する早業を見せた。この雑誌はもちろん彼の理想の実験的医学を唱えるものである。文芸誌「しがらみ草紙」を創刊して、立て続けに医学雑誌とは企画力もすごい。

「医事新論」創刊の辞に「余は我志を貫き我道を行はんと欲す。吾舌は尚在り、未だ嘗て爛れざるなり。我筆は猶在り、未だ嘗て禿せざるなり。」(弁舌の武器になる舌はただれていず、筆も擦り切れていない)と自分の信じる正義と心中することを高らかに宣言した。

「情実と利害関係だけで動く医学界を何とか改革しなければ」との純粋な正義感は、日本医学会を利用して医の世界のドンたらんとした上司石黒にとっては、まことに煙たいものであった。

「統計論争」と「没理想」論争

われわれは、自分の意見に異なるものに対して絶対許さないという、鷗外の病的粘着気質を医学論争以外にも見る。

「統計論争」とはまことに些細なことから始まった。

「統計」という用語はもともと鷗外の弟の同級生、呉秀三(日本精神医学の草分けの東大教授)が、statistics(スタティスティクス)から名付けた。ところがある専門家から命名について反対があった。鷗外は後輩の肩をもつあまり、その専門家に「そもそも統計学なんぞ科学でない」とやらかしてしまった。数字だけを駆使して結論を導く手法は自分と相容れないのである。両者とも収まりがつかなくなり、間に入った呉は周旋に苦しんだという。

いっぽう「没理想」論争とは文学での闘いである。まことにどうでもよい屁理屈論争だ。

まず鷗外が喧嘩をふっかけたのは坪内逍遥である。彼は文藝評論書「小説神髄」で、物語の登場人物を「聖人君子」ではなく、ナチュラルに描くことを提唱した。一言でいえば小説に、喜怒哀楽、愛欲、嫉妬、絶望、諦観など心の葛藤を自然に注入すれば、小説を美学の世界まで昇華できるという一種のノウハウ本である。

それまでの日本文学は勧善懲悪中心の平面的なものに過ぎなかった。この本は後の二葉亭四迷など「言文一致運動」に大きな影響を与えたので、日本の近代文学は「小説神髄」から始まったといってよいだろう。ところが鷗外は、とことん写実主義を前面にだす逍遥が気にくわない。理想やロマンがないからである。

明治二四年、逍遥は「早稲田文学」に「シェークスピア脚本評注」を掲載した。「綺麗ごと（理想）に走らずに、ありのままを表現するシェークスピアはすばらしい」と絶賛しただけなのに、鷗外に「理想を封じる（没理想）とはどういう事なのだ」と「しがらみ草紙」上で難癖をつけられたのだ。

「理想こそが小説の核であり、それは無意識の中にある」ことを信念にする鷗外からすれば、「理想」を馬鹿にするような逍遥は不倶戴天の敵である。逍遥は面食らった。逍遥はただ、「小説を書くときに、理想でなく現実を等身大に描くことが大切ですよ。これが『没理想』なんですよ」と信じることを言っただけなのに。

「ハルトマン哲学」を笠に着ることは、権威を利用することだ

攻撃的な鷗外は、自分の傾倒するドイツの哲学者、エドアルト・フォン・ハルトマンの「無意識の哲学」を武器に持ってきて逍遥を叩きまくる。つまり「無意識下の理想を求めれば、芸術の本当の価値を手にすることができる」というハルトマン哲学を言い募るのだ。

たとえば鷗外は、「花の色を美しいと感じるのは目で感じるからではなく、無意識の領域で先天の理想がそのように感じさせているのだ。」とわかりやすく（?）ハルトマンをわれわれに通訳してくれているが、これですら凡人にはさっぱりわからない（『鷗外全集』二三巻、一九〜二三頁）。

ドイツかぶれの鷗外はかの国の哲学者を持ってきたのだが、そんなに遠い国の学者を持ってこなくても、わが国でもはるか昔に有名な西行法師は同じことを言っている。――「自分は花を詠んでも花を詠んでいると思ったことはなく、月を歌っても月を歌っているつもりはない。」――つまり花と月を自然の景物として詠まず、自然の精髄を通して仏性を歌おうとしたのである（上田［一九八五］、二一六頁）。――わかるような、わからないような……

とうとう嫌気がさしてきた逍遥は「やっぱりわからん。そもそも鷗外先生自身が自分の意識のもとで考えた無意識とやらの哲学はどんなものか教えてください。」と居直った。

これに対して鷗外曰く、「答えは烏有先生（ハルトマンのこと）に聞けば『無意識の哲学を読め』とおっしゃるだろう」というものであった。

これでは答えになっていない。

両者の論点がずれていて、いつまでいってもすれ違いなのだ。逍遥の「没理想＝現実」と鷗外の「理想＝無意識」とは違う概念であり、線路のレールのように交わることがない。この論争はたとえば、北海道のヒグマと北極のシロクマが闘ったらどっちが強いかというようなもので、それぞれの生存基盤が全く違うので議論自身が無意味であるのと同じである。よって「没理想論争」は「すれちがい論争」といわれる所以である。

ハルトマンという権威を利用して相手を自分の土俵に誘導し、圧倒的有利な態勢で相手を叩くというのが鷗外の十八番なのだ。後の脚気紛争の時にドイツ医学の権威を利用して、「白米至上主義」を押し進めるのも同じ思考だ。

とうとう「没理想」論争は逍遥が「先づは論戦中止の御照会までに……」（早稲田文学「小羊子が矢ぶみ」）と白旗を上げたことになっているが、現実は逍遥が鷗外のしつこさに根負けしただけではないか。「もうやっちゃ居れねえよ！」とぐらい思っていたことだろう（坪内［一八九六］、二三五～六頁）。

それにしてもこの逍遥に対する執拗さはどこから来るのか。

鷗外が五年あまり日本を留守にしていた間、逍遥は「小説神髄」や「当世書生気質」を大ヒットさせ、「読売新聞」の文芸欄の主筆になり、文壇を牛耳りかねない勢いになっていた。文芸面でも人後に落ちるのを諒としない鷗外の強烈な嫉妬心も、この執拗さの一つの原因ではなかろうか。

鷗外は親友の幸田露伴に「君は好んで人と議論を闘わして百戦百勝であるが、泳ぎが上手な者も水に溺れ、騎乗が上手な者も落ちることがあるし、いつか新たな敵が現われて敗れることになるだろう」と忠告を受けている（『鷗外全集』二五巻、一二二五頁）。

すべての論争をもう一度整理する。

1、今井武夫（統計学者）との統計論争（東京医事新誌）
2、大沢謙二（東大教授）と「非日本食論」での論争（同）
3、岡田和一郎主筆（東大教授）と「日本医学会反対」の論争（同）
4、私立済生学舎医育法の批判（医事新論）
5、石黒らの日本医学会を批判（衛生療病誌）など
6、坪内逍遥との没理想論争

鷗外は文学でも医学でも己と説を異にする者には、たとえそれが先輩であろうと世に知名の学者であろうと、ひるまずに応酬するのである。

「舞姫」の誕生

陸軍兵食試験（森が軍医学校で自ら実地した人体実験、第五章に後述）が終了した翌明治二三年（一八八九年）一月、「國民之友」第六九号の新年附録に小説「舞姫」が発表された。そして翌年一月までに「うたかたの記」、「文つかひ」のドイツ留学をもとにした三部作が描かれた。兵食試験の忙しい中いつ執筆していたのだろう。

後者二作は前々章で述べたので触れないが、「舞姫」は最も有名な作品というだけでなく鷗外の屈折した心理を最もストレートに表した作品ゆえに避けて通れない。

あらすじ

物語は帰途、サイゴン港における主人公の回想から始まる。

1、太田豊太郎はベルリン大学で法律を学ぶ官費留学生である。

2、ある日、不遇の極みにあり、身を売られそうになる貧しい踊り子エリスと知り合った。

3、豊太郎は当座の援助をしたが、やがて同情が恋愛感情に発展し同棲するようになる。

4、留学生仲間からの讒言にあい、官職を辞めさせられた。

5、親友相沢のはからいで新聞社の通信員としてつつましくエリスと生活できるようになった。

6、親友相沢は、豊太郎の才能を惜しみ、欧州視察に来た実力者、天方伯の知遇を得るべく随員としてロシアに行かせ、エリスとの別れを画策する。

7、豊太郎も将来を考え、エリスとの離別を決心する。

8、相沢からことの真相を打ち明けられたエリスは、子を身ごもったまま発狂する。

箇条書きで書いてしまうとストーリーも単純で身もふたもないが、本作は二葉亭四迷の「浮雲」と双璧をなす、初めて近代的人間像を赤裸々に描いた作品として、日本文学史上大きな位置をしめる作品になった。まだ私小説を楽しむことがなかった当時の人は新鮮な息吹を感じたことだろう（「舞姫」は完全な私小説ではないが）。

鷗外は、自身が火の粉をかぶらないように巧みに、フィクションと事実を織り交ぜている。太田豊太郎が鷗外そのものかというと必ずしもそうではない。小説と事実を対比して順に見ていきたい。

1、軍医でなく法律を学ぶ留学生と変えてあるのは、軍をだすと刺激が強すぎるからである。
2、鷗外とエリスのモデル、エリーゼとの出逢いは不明である。
3、鷗外が金銭的な援助をしたかわからないが、同棲していた可能性は大である。
4、留学生仲間の悪口、讒言はあっただろうが、陸軍の覚え目出度いエリートが官職を辞めさせられるほどのことはない。まして女遊びは上から下まで皆しているのだ。
5、あり得ない。
6、エリーゼとの付き合いは、ほどほどにとの石黒の忠告はあり得た。
7、エリーゼとの離別は日本でのことである。
8、エリーゼの妊娠は不明であるし、エリーゼは精神病になっていない。

　ざっと俯瞰してみても私小説というよりフィクションの要素が多く一対一の特定のモデルは存在しないようだ。

　主人公の悲劇性の第一は官職を罷免され、経済的に行き詰ったことだが、これは実在のモデルがいる。武島務という三等軍医だ。

　彼は鷗外よりも一歳年下で、埼玉県秩父郡太田村（現秩父市）出身である。

　鷗外が武島の出身地の太田と林太郎の林を豊に変えたものを主人公の名前にしたのだ。つまり太田豊太郎は武島務と森林太郎の合体なのである。

　武島の父は漢方医で、彼は医院を継ぐため西洋医学を勉強しに明治一三年上京した。病院の見習いをしつつ、私立の東亜医学校に入学し、医術開業試験に合格した。

中列左端が鷗外、その隣が武島、右から四人目が谷口。前列右から三人目が石黒

この学校に在学中、軍医本部勤務であった鷗外の講義を聞いたのが二人の最初の出会いである。

明治一六年、三等軍医に任官。二人の男の子がいたが不幸なことに共に夭折。気を取り直して留学を志すも、彼は東大卒のエリートではない。武島の父が金を工面して、なんとかベルリン大学へ私費留学できた。鷗外の下宿とは近く、留学生仲間の記念写真にも鷗外の隣に写っている。

武島の父は息子への送金を、娘婿（武島の義兄）に頼んでいたが、この学資は使い込まれ、実はベルリンへ届いていなかったのだ。

一文無しになった武島は、義侠心に熱い鷗外や北里柴三郎ら学友の援助とバイト（医事新聞への寄稿）でなんとか食いつないでいたが、やがて限界が来た時に下宿を放り出された。

「舞姫」の主人公・武島、讒言にあう

明治二〇年十月二六日「独逸日記」（『鷗外全集』三五巻、一七九頁）

「武島務に逢ふ。……石君（石黒）の至るや命じて其職を辞せしむ。……其離職に至るは、其讒（密告）に由ると。……」


鷗外が毛嫌いしている同級生谷口謙は、留学生取締の福島駐在武官に、一文無しの武島のことを「日本陸軍軍人の面汚し」と密告しそれが石黒の耳に入り免官になったのである。

太田豊太郎の免官はこの事実がベースになっている。

谷口謙の告げ口を真に受けた福島駐在武官は、後に間違いだったことに気づき大いに後悔したがあとの祭りである。鷗外は力になってやれなかった己の非力をずっと嘆くとともに、仲間を裏切る陰険な策謀家・谷口謙への憎しみはますます強くなっていった。

実際の武島は向学心に燃える好青年だった。

放校になった後でも勉学の夢は捨てられず、とりあえず、ドレスデンの貿易商社に就職し復学の道を摸索していた。しかし不幸なことに二七歳で肺結核で客死したという。日本の官僚組織のノンキャリアに対する冷たさを、鷗外も身に染みて思い知ったことであろう。

主人公の太田豊太郎が判明した以上、ヒロインのエリスが気になるところだ。

本名がエリーゼ・ヴィーゲルトとわかっていても、鷗外を追いかけて日本に来たことがわかっていても、森家の人々の手記に彼女の印象が記してあっても、あまりにも朧すぎる。

いったいどんな女性なのだろう。


「今この所を過ぎむとするとき、閉ざしたる寺門の扉に倚りて、声をのみつつ泣くひとりの少女あるを見たり。年は一六、七なるべし。かむりし巾を洩れたる髪の色は、薄きこがね色にて、(中略)この青く大いなる物問ひたげに愁ひを含める目の、半ば露を宿せる長き睫毛に覆はれたるは、何故に一顧したるのみにて、用心深き我が心の底までは徹したるか。」(「舞姫」)(『鷗外全集』三八巻、四六九〜七〇頁)

「舞姫」の中の太田豊太郎とエリスが出会う場面である。

この後、豊太郎はエリスを家まで送って行き、部屋の中に案内され、エリスをしみじみ見つめた印象を次のように記してある。

「彼は優れて美なり。乳のごとき色の顔は灯火に映じて微紅を潮したり。手足のか細くたをやかなるは、貧家の女に似ず。………」

おそらく鷗外も、ブロンドで色白く、長い睫毛のブルーの瞳をもった、ほっそりした華奢な少女に一目ぼれしたのであろう。

竹久夢二の美人画の西洋版といったほうがピッタリくるかもしれない。

森家にはエリーゼの写真はもとより手紙類など一切残されていない。彼女は永遠の謎の彼方に行ってしまったと信じられてきた。

エリーゼの写真

平成二五年（二〇一三）八月二九日、新聞各紙は「舞姫」エリスのモデルとみられる女性の写真をいっせいにスクープした。発見者はベルリン在住の女性作家、ジャーナリストの六草いちか氏。

しかし新聞に発表された写真はどうだ。

でっぷりとした中年のおばさんではないか。

エエッと思ったが、よく考えると四一～五二歳ごろと推定されるとあるので、こんなものかと納得したがエリスを偶像化したい人は見ない方が良いだろう。

それにしてもどうやって写真を探し出したのか。

エリス探しの類書は多い。エリスの本名はすでにエリーゼ・ヴィーゲルトと解っていた。

これは森家の日記にあるエリスが来た日の、横浜に着いた外国船の乗船名簿に、エリスとよく似たエリーゼ・ヴィーゲルトという女性の名前が載っていたのを発見した研究者がいたからだ（昔は外国との往来が極く限られており、各英字新聞は出入国者をいちいち掲載していた）。

写真に至るまでの経緯は氏の労作（『それからのエリス』講談社）を読んで頂くと、気の遠くなる作業の連続だとわかる（六草［二〇一三］）。

エリーゼの住所録を、ネット検索、各地公文書館、教会の洗礼記録はもとより、エリーゼが鷗外との別れ際に述べた「縫製業をする」とのつぶやきをもとに職業録まで調べ「それからのエリス」に邂逅したのである。

それによると、鷗外と知り合ったのは二十歳ぐらい、来日して三日目に二十二歳の誕生日を迎えたそうである。

エリーゼは帰国後、縫製業で自立し、のち帽子職人としてアトリエを持ち、一九〇五年、三九歳で二歳

エリーゼ・ヴィーゲルト（左）と夫のマックス・ベルンハルト（右）

年上のユダヤ系ポーランド人と結婚をしている。その後、第二次世界大戦を生き延び、一九五三年八月四日、八十七歳でベルリンの老人ホームで死去したことが確認された。

六草氏の探索はこれで終わらない。エリーゼの死亡届などを基に、何回も失敗しながらエリーゼの妹の孫に辿り着き、所蔵されていた夫とのツーショットの写真に巡り合うのである。四一～五二歳の頃と推定されるもので落ち着いた温和な表情である。裏面には本人の直筆で、妹エルスベスの誕生日を祝うメッセージが書き込まれている。氏は鷗外に教わった成果か、非常に美しい筆跡であると評価している。

子孫は「大伯母は思ったことをテキパキとやりモダンな人だったようだ」と話し、また親族の誰もがエリーゼは日本へ行ったことを知っていたと六草氏に語ったという。

我々は、鷗外との恋がやぶれても、森家の人々の前では精いっぱい元気を装い、涙ひとつ見せず、凛として日本を立ち去っていった健気な彼女はその後どうしただろうか、どうかドイツで幸せになっていて欲しいと秘かに願う。

うら若い異国の女性を一族総出で追い返した後、「路頭の花」、「人の言葉の真偽を知るだけの常識にも欠けている、哀れな女の行く末」とエリーゼを蔑み、「誰も誰も大切に思っているお兄い様にさしたる障りもなく済んだのは家内中の喜びでした」（小金井喜美子談）と追い討ちをかける森家の人々（小金井［二〇〇二］、一一八～九頁）。

このエリーゼに対する屈辱を同じ女性としてなんとか晴らしたい、という情念を女性なら誰もが持つのではないだろうか。氏の力作はこれに答えるものである。

エリーゼへの生きながらの鎮魂歌

ところで鷗外が新婚生活を送った上野公園西端の坂にある赤松男爵家の別邸は、その後ホテルになった。明治二三年から二四年にかけ、鷗外はドイツ三部作「うたかたの記」、「舞姫」、「文づかひ」をここで順に書き上げたことは前述した。これらを執筆した部屋や庭が保存され「舞姫の間」として公開されていたが、令和二年惜しくも閉館となった。

三部作のうち「舞姫」を一番に発表したのは、自分自身の心のこだわりを一刻もはやく精算したいがためであった。はるばる異国から自分を信じて追って来た恋人を守ってやることができず、一族総出で非情にもドイツへ追い返した彼女への想いが、彼をして懺悔の思いに駆り立てたのだ。

鷗外は「舞姫」の中で心の叫びとして、激しい自己叱責の言葉を発している。

「浮世のうきふしを知り」、

「人の心の頼みがたきは言ふも更なり、われとわが心さへ変わり易きをも悟り得た」、（『鷗外全集』三

八巻、四六六頁）

「脳中には唯だ己れが免ずべからぬ罪人なりと思ふ心のみ満ち〳〵」……　（同　四七八頁）

エリーゼへ生きながらの鎮魂歌を奏でることにより、二人の記憶を永遠のものにしたかったのだ。ただし、自分と家と陸軍のため、この鎮魂歌には安全弁をつけなければならない。

創作と真実の境界をあいまいにすることだ。だからできあがった小説は、内情をよくわかった人には知る人ぞ知る作であり、内情を知らない人にとっては単なる悲恋小説なのだ。安全弁は有効に働いている。

ところで「舞姫」が完成した時、いち早く賀古鶴所はそれを読み、作中人物の相沢謙吉（恋人エリスを捨てよと勧めた親友）に自分を擬してよく書けていると単純に喜び、弟篤次郎は千住の家で家族たちに読み聞かせた。妹の小金井喜美子に至っては、本当によく書けている、読む人も情にせまって涙声になると言ったという。

エリーゼを非情にも追い返した人たちが、どこまで鷗外の気持ちをくみとっていたのであろうか。「よく言うよ」である。彼の心中の贖罪感を誰一人として忖度する者はなかった。

鷗外はこの時期出版した訳詩集「於母影」のなかに、ドイツの詩人フォン・シェッフェルの「別離」を漢訳して載せている。キーセンテンスだけをピックアップするとますます直截的というより官能的ですらある。

別離（書き下し文）

嬌眸曾て眄を流し　福祉吾が期せし所なりしに
往事一夢に帰し　茫々として追ふべからず
玉腕如し枕にすべくんば　吾が心安らかに且つ夷らかなりしに
往事一夢に帰し　茫々として追ふべからず
禍福は来去に任せ　君と永く相ひ思はむ
往事一夢に帰し　茫々として追ふべからず

愛くるしい瞳に惹かれ、幸せになることを願っていたが
過去のことは一つの夢になってしまい、もはや追慕すまい
もし貴女の腕枕でまどろむことができたら　どんなに私の心は安らぐだろうか
過去のことは一つの夢になってしまい、もはや追慕すまい
別れた後は禍福を未来に任せて　長く貴女を思うのみである
過去のことは一つの夢になってしまい、もはや追慕すまい
（『鷗外全集』一九巻、五九～六〇頁）

大意はこのようなものであろうか。往事一夢に帰し、茫々として追ふべからず、というリフレーンが胸をうつ。

私には「舞姫」よりもっと直截的に自分の感情をぶちまけているように思える。

漢詩だからこそ照れや気恥ずかしさを自覚しなくてもよく、難解な漢語も知る人ぞ知る（知ってくれれば

よい）という安心感があったからではないだろうか。漢詩の魔力である。

訳詩集「於母影」には一七編の訳詩が収録されている。

詩といえば漢詩をさしていたこの時代に、西洋近代詩のように豊かな人間感情をロマンチックに謳い上げることを目指し、美しい文語体の日本語で書くことが目的の詩集である。

鷗外も有名な「ミニヨンの歌」（ゲーテ）、「オフェリアの歌」（シェークスピア）など文語体で書いているが、この「別離」だけは彼にとって漢詩のほうがしっくりきたのだ。

昼は軍務に、夜は文学談議に、そして空いた時間には「別離」のなかのようなメランコリーな気持ちで新居の一室に閉じこもり「舞姫」を執筆していたのである。

……ランプの燈火のもと、流れるペン先がふと走りを止める。瞼の奥に、やさしい笑顔が朧に浮かんではそっと消える。……とても新婚家庭とは言えまい。

新婦登志子がかわいそうに思えてならない。

離婚

明治二三年九月一三日、長男於菟が生まれたのを機に、鷗外は登志子と離婚した。

わずか一年半の結婚生活であった。

ある日、鷗外は二人の弟をつれて家出し、千駄木の借家に入ったが、義父則良は「お気にいらぬ娘ならば引き取ろう」と激怒し、義母も鷗外の母峰子に「突然、表立ってああなされては則良も男でございますから」と恨み言を言い、急に破談が進行してしまったらしい。

本当の原因は何であろうか。

於菟の回想に曰く。


「父の最初の不縁の原因の主なる点は、その妻（登志子）の醜い所にあったと信じたのである。事実祖母（峰子）は私の母のことを『何しろ鼻が低くて笑うと歯ぐきがまる見えだから。』などといい、『奥さんのきらいなのはがまんできないものだよ。』と父を弁護した。『久ちゃん（弟篤次郎の妻）はあんなに美しく可愛らしい。お登志さんも少しも悪い人ではないのだが、もっと器量がよかったら林（りん）もきらわなかったろう。美しいということは大切な事だ。それに人の性質などは急にはわからないが、美しいのはひとめでわかる。久ちゃんのような美しい人は大がい心持もやさしく可愛らしいものらしい。今度林の嫁にはきれいな人を探さなければいけない。林と仲よくして篤の嫁と二人きれいな人が揃ったら、私はどんなに幸福だろう。』それから祖母は相当の良家の教養ある令嬢の中で美しい人をと懸命にたずね出した。」

（森於菟［一九九三］、一五三〜四頁）


これでは最初の妻は不細工だから離婚したと言っているようなものだ。

男というものは面喰いであるのは理解できるとしても、母の立場から最初の嫁の美醜を論じる峰子は、息子鷗外と一卵性母子ともいえる異様な関係ではあるまいか。

いやはや、森家嫡男の嫁選びは難しい。

鷗外の超人的なパワーの秘密

鷗外の喧嘩相手の逍遥は、結婚生活においても現実を見ていた。

東大学生のころからの深い関係であった根津遊郭の遊女を妻とし、世間の誹謗中傷と自分の葛藤との間で必死に心の折り合いをつけ、理想より現実を見ようとしていた。

いっぽう鷗外は現実を見ない。現実を断ち切り理想しか見ないことで己に救いを求めた。自分の弱さゆえに成就できなかった恋……すなわち恋という「理想」への贖罪であろうか。………政略結婚の精算、異なる文学観の否定、腐った医学界への挑戦………

ここには現実などどうでもよく、ひたすら理想を追い求める激しさを見る。理想と自己の一体化そのものに戦う自分の原点があると悟ったのである。

そう考えると、この不機嫌な時代の鷗外の超人的なパワーは、「自己処罰」と「自己救済」から励起してきたものと思える

「自己処罰」は「舞姫」を書くことにより果たしえた。

「自己救済」は自分を「昇華」させることにより可能となった。

ちなみに「昇華」とは精神分析学の用語で、物事がさらに高い状態へ一段と高められることをいい、自分を鼓舞する向精神薬だ。

つまり敗れた恋愛より、もっともっと高い崇高な目標、「栄養学で勝利すること」、「立身出世し家名を上げること」を人工的に掲げ、猪突猛進するしか自分を救うすべがなかったのである。

註

▼3　森の高木兼寛に対する反感

脚気紛争の前から、どうも森は都市公衆衛生の考え方で、高木に反感を持っていたようだ。森の留学中から政府は、首都東京を清潔に保つ一環として「細民」(貧民)を郊外へ追放し、富者を中央に居住させる計画を立てた。細民はスラムに住んでおり諸疾患の罹患率が高いからである。高木も細民に重税を課し、追い出すことを医学雑誌に提言したが、森は「行政はまず貧者から」と断固反対した(山崎〔二〇一二〕、四七～五三頁)。

第五章

脚気大論争……森林太郎を捻じ伏せた巨人・高木兼寛とは

高木兼寛

教科書にでてくる大文豪森鷗外が、「エッ！　お医者さんだったの！」と驚く若い人が多い。

でも、もし「お医者さん」の姿の鷗外が大医療ミスを犯し、マスコミの前で同僚達と腰を九十度に折って謝罪しフラッシュを浴びるという、いつものテレビニュースのシーンを空想すれば無関心でいられないだろう。もちろんこんな空想などあり得ないが、鷗外が国民病といわれた脚気対策に大失敗を犯したのは事実だ。で、聞きなれない脚気とはどんな病気？　そんなに怖い病気なのと思われる方がおられても無理はない。

脚気なんてしらないよ

原因はひとことでいうと、ビタミンB1欠乏症。飽食、栄養過多の現代にビタミン不足はなく、脚気もない。したがって医者も診たことがない。症状は脚気という名がついているように、両脚から始まることが多いらしい。脚がしびれて、重くなる。（神経障害）次に脚が動きにくくなり歩行障害が現れる（運動障害）。脚にむくみ（浮腫）が現れる。食欲低下、全身倦怠感が発現し（代謝障害）、最後は動悸、息切れで苦しくなってくる（循環障害）。そしてついには心臓麻痺（脚気衝心）で死ぬことも多い結構怖い病気だった。

日本人の主食の米を精米する習慣ができてから増加し、「江戸患い」、「京患い」と称されるように、不思議と大都市の上流階級がかかることが多かった。これはコメの胚芽を捨てた、いわゆる贅沢な美味しい米の食べ方をするようになってからである。捨ててしまった胚芽はビタミンB1の宝庫で、精米した米（白米）にはビタミンB1は殆んど残っていない。田舎や貧しい人々は白米を買う余裕がなく、安い胚芽米を食べざるを得なかったので、皮肉なことに貧民層は脚気の発症率が低かったのだ。

真夏の甲子園球児達は、過酷な炎天下で腹をすかし、白いご飯のどんぶり飯を何杯もかき込んでいる。にもかかわらず脚気にならない。これはビタミンB1の豊富な牛肉、豚肉、牛乳、チーズなどの動物性蛋白質をもりもり食べているおかげであり、白米自身が悪いわけではない。

もっともビタミンという概念が明らかになるのは大正時代で、それまでは脚気は細菌（脚気菌）による感染症との考えが有力であった。したがってこの時代に、栄養学的に白米が一番だとする森林太郎が、脚気の病因を知る由もない。

脚気解決の新しい流れ　薩摩隼人・高木兼寛登場

脚気の原因はわからなくても、麦を中心とした兵食改善で脚気を見事に撲滅させた医者がいる。海軍軍医・高木兼寛。森林太郎よりひとまわり上の嘉永二年生まれ。

結論から言うと森林太郎はこの人物に、脚気制圧という一点において完膚なきまでに叩きのめされたのである。森をエリート校秀才とすると、高木はやたら戦に強い歴戦の野武士といえようか。

幕末、薩摩藩郷士出身の高木は、鹿児島の蘭医石神良策に師事、苦学して頭角を現すも戊辰戦争に巻き込まれる。銃砲を使う近代戦の負傷者の治療など、薩摩藩医の手に負えるところではなかったが、薩英戦争以降薩摩藩と親密な関係になっていたイギリスは、公使館付き医官のウィリアム・ウィリスを助っ人として送ってくれた。

低レベルの薩摩藩医達はウィリスの指導を受け、目を丸くしながら最新の西洋式軍陣医学を体得していった。これが縁で薩摩藩士にとっては西洋医学といえば英国医学というように、非常に身近なものになるのである。

徳川幕府を崩壊させ江戸入城をはたした薩長中心の新政府は、旧幕府の医学所を接収し、医学校兼大病院と名付け一大医療センターにしようと考えた。取締役は高木兼寛の恩師、石神良策にし、病院長はウィリスが務めるという構想であった。後の東京大学医学部の前身である。この人事は維新を成し遂げた薩摩藩の意向に沿ったものであった。

この時より日本の近代医学はイギリス流になるはずだった。

どんでん返し、またどんでん返し　医学界の蘭・英・独戦争

日本に初めて系統的な近代医学を教えてくれたのはオランダだ。

幕府は長崎に海軍伝習所をつくりオランダ流近代医学校も併設、広く門戸を開放した。江戸にも新病院を計画したが、戊辰戦争で幕府は消滅、すべてがご破算になってしまった。

せっかく準備したオランダの設計図、資材、薬品は新政府に没収され、英人ウィリスらの医学校兼大病院に横流しとなった。おさまらないのは長崎医学伝習所のオランダ医ボードウィンだ。彼は日本人の不実をなじった。新政府は怒り狂うボードウィンを懐柔するため、大坂にオランダ流医学校を建て必死でなだめた。

しかしなんたる皮肉か、英医ウィリスもどんでん返しを食らわされた。

仕組んだのは長崎でボードウィンに教えを受けた佐賀藩や福井藩の藩医たちだ。彼らはなにも蘭医ボードウィンの仇を取ろうとしたわけではない。彼らは、「オランダ医学はドイツ医学の亜流」と見抜いてい

た。医学書の原典もドイツ語ではないか。オランダ商館の医師シーボルトもドイツ人ではないか。彼らは源流のドイツ医学に強いあこがれを持つようになっていた。そして新政府推奨の、馴染みのないイギリス医学をドイツ医学に変えようと画策したのである。

ウィリスの力量や高潔な人柄を知り抜いている薩人達は大反対したが、彼らは粘りに粘った。新政府の重鎮になっていた旧藩主達を説得し、ドイツから医師を招聘することを確約させた。薩摩の参議、大久保利通はさすがに良心が痛んだ。ウィリスに対する背信行為だ。相談を受けた医学校取締役の石神良策は、政府が蘭医ボードウィンに大坂で病院を持たせたように、自分達の薩摩藩にウィリスを招き英国流医学教育をやってもらおうと提案した。

ウィリスは突然の運命の変化に驚愕した。けっして愉快な気持ちではなかっただろう。しかし薩摩の人々と再び医療ができると気を取り直し、石神と鹿児島に向かうことになる。

ウィリスは明治二年一二月一二日、鹿児島医学校の校長に就任した。

戊辰戦争後、帰郷していた高木兼寛は居ても立ってもいられず、自分も入学させてもらった。二二歳の時である。イギリス医学の特徴はベッドサイドで患者を診させ、それから考えさせる実践的なものであった。そして何より疫学的な考え方を重視する（疫学とは統計学的手法を用いて、あらゆる健康事象の原因や発生条件を明らかにする学問である）。

いっぽうウィリスを追い出した医学校兼大病院では、その名を大学東校と改称した。

政府は明治四年七月、大学東校に最初のお雇い外国人として、ドイツ人医師をよび一気にドイツ式の教育制度を敷いた。ドイツ医学は学理をなにより重んじ、まず基礎医学を叩き込んでから臨床に応用するというものであり、長きにわたって我が国の医学教育の原点になった。▼4

陸海軍は別々の軍陣医学制度をつくる

明治四年一月、兵部大輔山縣有朋は、陸海軍に軍陣医学の中枢として軍医寮（後の陸海軍医務局）を設置した。国策として陸軍はプロイセン（ドイツ）の、海軍はイギリスの軍事制度を取り入れることになったので、当然軍陣医学も陸海でドイツ流、イギリス流に分かれた。

このおかげでイギリス医学はオランダ医学のように消滅せず、海軍で生き延びることになる。海軍は鹿児島にいた石神良策と高木兼寛を呼び寄せ、当然のことながら軍医寮をイギリス風に仕上げていった。上京した高木はただちに芝高輪の海軍病院で働きだした。

そこで見たのは脚気患者の異様な多さである。

「脚気には手も足も出せもはん。じゃどん、こげんこつ、このまま済ましておいて良かろうはずがなか。」

と焦ったが為すすべがなかった。

高木兼寛はまことに強運の持ち主である。

節目、節目で必ず力強いサポーターが現れる。ある日、彼の薩摩隼人的粗暴さに眉をひそめながらも、その憎めないキャラクターを愛した英人教師が、英国留学を企画してくれたのである。留学先はセント・トーマス病院医学校。明治八年のことであった。

高木と森の留学形態の違い

セント・トーマス病院で、高木はいらいらしていた。脚気の研究ができないのである。ヨーロッパには脚気が無いので当然だ。しかし時間がたつにつれ、この病院の「学理、学問を究めるというよりも、目前の悩める患者を救う」という基本理念に強く感銘するようになっていった。加えてこの病院は、種痘による天然痘の予防や、果汁摂取による壊血病の予防などに力を入れていた。留学中にしっかりこの疫学的思考を身に着けたことが、帰国後脚気との闘いで目覚ましい成果を上げる。高木の留学の財産は、疫学的思考を身に着けたことといっても過言ではない。

高木の英国留学は五年にわたったが非常に優秀な成績をおさめている。さらに明治十二年には王立外科学会の会員に推薦された。日本人会員第一号である。

森の留学に関しては前述したが、高木と随分雰囲気が違うのである。

高木は一つの医学校でじっくりと患者相手に臨床に取り組み、学校のカリキュラムに乗って勉学に励みさえすればよかった。しかも森のように上層部の過度の干渉を受けることもなく、疫学や予防医学の勉強だけでなく、福祉や看護婦教育など、広い意味での臨床医学を学ぶことができた。しかも高木は森のようになまじ文学的な素養や趣味がないため、横道にそれることなく、職人道を一直線に驀進することができた。

森は留学期間中三つの大学を回され、しかもテーマを兵食研究と脚気に限定され、結論をせかされたのは気の毒であった。また石黒忠悳など陸軍高官の訪独時には接待役として駆り出され、研究時間の制約は否めなかった。高木のように優等賞をもらっていないとか、アカデミーの会員に推薦されていないとかは森が勉強しなかったわけではなく、そもそも高木と留学形態が違うのだ。

そのかわり多趣味の森は、自分が医学以上に（?）好きな文学、哲学、美学、演劇の方面に没頭し、これでもかというほど留学中に楽しんでいることは前述した。また舞踏会などにのめりこみ、自分の貴族趣味も満足させたことであろう。これら医業以外の多趣味は、帰国後の彼の医学研究にはなんら貢献しなかったが、鷗外初期のロマンチシズムあふれる芳醇な文学の原点となっていることは確かである。二人の留学の優劣を単純に比べられるものではない。

タフ・ネゴシエーター

明治一三年一一月、高木は英国留学から帰国し、ただちに海軍中医監（中佐）に昇任し、東京海軍病院長を拝命した。三一歳になっていた。

高木は帰国して我が国の保健衛生の遅れに危機感を感じていた。

森林太郎も帰国直後に同じような危機感を抱いたが対処法が全く異なる。森は医学雑誌を創刊し、たった一人でペンの力をもって守旧派を論破しようと試みた。孤高の「文」の人である。

高木はイギリスの母校のような医学校を作りたいという、雲をつかむような野望を持っていた。

手が早い高木は同志を募り、成医会というミニ組織を立ち上げる。成医会の趣意書に「患者を研究対象とみる医風から、病に悩む人間をみる医風へ」とあるのは、東大の「研究室医学」に対するアンチテーゼであった。

明治一四年五月に高木は、早くも成医会講習所という小さな医育機関を発足させ、翌年には貧しい病人のため、有志共立東京病院という施療病院をつくった。名前は立派だが「天光院」という寺の間借りであった。だが今後、資金はどうするのか。

高木は「熱い」だけの医者ではなかった。

しっかりと薩長人脈を利用し、冷徹な計算ができるタフ・ネゴシエーターの側面も見逃してはならない。

そして竹を割った豪放磊落さも彼の武器になるのだ。悪く言えば、「人たらし」か。

帰国後に海軍兵食改善で指示を仰いだ参議伊藤博文とは親しくなっていたが、伊藤からもっと皇族と親しくなることをアドバイスされた。そこで病院の総長に有栖川宮威仁親王をいただき、華族婦人会を中心とする後援会をつくった。次いで鹿鳴館慈善バザーを開いてもらい、成医会の資金の一助にした。高木はこれでも満足しない。さらにとんでもないことを企んだ。

なんと皇后さまを巻き込むことだ。

伊藤博文夫人梅子らと相談し、この施療事業の総裁になっていただきたいと上奏書を提出し、天の助けか、「皇后が総裁就任を承知された」との御沙汰が宮内庁からもたらされた。病院名を「東京慈恵会医院」と名付け、畏れ多くも御下賜金を頂戴したのであった。高木の夢は大きく前進する。

つぎに人材はどうしたのであろうか。

なんと軍医学校生徒を成医会で勉強させ、軍医を慈恵医院で診療に当たらせている。この医院を海軍軍医学校の実習先にしてしまったのだ。

いくら慈善団体とはいえ個人が主催する一組織ではないか。国家の学生と軍医を使うなど、高木の公私混同、職権乱用にはあきれるが、ともあれ昔は、このようなことが許されるのんびりした時代だった。

このような融通無碍の破天荒ぶりは先天的なものもあるが、やはり戊辰戦役をくぐり抜けてきた野武士的な強みであろう。エリート街道一直線の林太郎にはとても真似できない資質ではある。

脚気撲滅に動き出した高木兼寛

高木も森も帰国後軍病院で悲惨な脚気患者に頭を悩ませていたが、解決の女神はまだまだ両者に微笑んでくれない。高木は、まず海軍軍人の生活環境と発症の関係を調べたが、何の手がかりも得られなかった。ある日患者を階級別にした表を眺めていた時、階級と脚気発生率とは関係があることに気づいた。すなわち士官、下士官、水兵に分けると、水兵が一番多く、階級が上がるに従い発生率が下がる。士官にはほとんど脚気がない。若くて元気な水兵のほうが老齢の士官より脚気が多いこのパラドックス。

階級で異なる生活環境は何か。

「そうだ、メシに違いないか」と閃いた。

「軍艦の士官室では、肉じゃがなんぞ食らっておるが、水兵は三度とも、漬物と銀シャリの大盛丼だけじゃ」……イギリス仕込みの疫学思考が冴え渡った。

階級による食事の差を数字で示すと、表のように上と下では雲泥の差である。

水兵の場合、一八銭のうち一〇銭が最低の食費で、残り八銭は副食費に充てるべきだが、実際は家族への仕送りに当てていた。したがって肉（蛋白質）などめったに口にすることがない。

高木は蛋白質摂取が白米の中の未知の有害成分を中和し、脚気を防いでいるのではないかとの大胆な仮説を立てた。そこで階級別に蛋白質と炭水化物の摂取量の比を出した（蛋白質と炭水化物の量比の代わりに窒素と炭素の量比を代行）。

すると脚気の少ない士官層は窒素一対炭素二〇であったが、水兵は一対二八であった。

ちなみに脚気がない英国の健康人標準値は一対一五であった。

高木はこの結果を単純化し「蛋白善玉、白米悪玉」論を上層部に言いつのったが、西洋風に肉食（蛋白食）を取り入れるなどの金のかかる上申など一顧だにされなかった（松田［一九九二、六五〜六六頁］）。

軍艦「龍驤」事件……高木兼寛、明治天皇に直訴す

明治一五年、軍艦「龍驤」事件が起きる。

階級による食事の差異

階級	窒素対炭素	食費/日
士官	1対20	40銭
準士官	1対20	30銭
士官候補生	1対25	30銭
水兵	1対28	18銭

松田誠「脚気をなくした男・高木兼寛伝」より

二七二日の遠洋航海に出た「龍驤」の乗員三七六名中なんと一六九名（45％）に重症脚気が発症し、二五名（7％）が死亡したのだ。やっとのことでハワイまでたどり着き、一ヶ月の休養後日本に向かった。

それから驚くべきことが起こった。日本に着く頃には脚気患者は全員軽快していたのである。

高木はこれを見逃さなかった。ハワイでやむを得ず、洋風の糧食に積み替えていたことをである。

「おいの考えはやっぱり間違いなか。米が諸悪の根源じゃ。そいどん、もっと兵に蛋白を与えることが肝要じゃ。おいは学者から色々言われもすが、負けもはん。事実こそすべてと思いやんせ」と意気込んだ。

さっそく「龍驤」脚気予防調査委員会を立ち上げて、前半の航海と、ハワイから日本までの航海の食事の蛋白と炭水化物の比（実際には近似値の窒素対炭素比）を計算してみると、明らかに脚気患者が軽快した後半の方の比が大きかった（蛋白が多い）。

そこで高木は、参議伊藤博文を使ってなんと明治天皇に直訴した。

「兵食の蛋白質を増加させるため、食費一八銭を全部食事の現物給付として頂きたい」と申し上げたが、あっという間に裁可された（松田［一九九二］、六八〜七二頁）。

天皇自身が脚気に罹患され、侍医団の転地療法などを信じておられなかったこと、また漢方医の遠田澄庵の麦飯治療のうわさを聞いておられ、理由はわからないが脚気と食の関係を推測されていた可能性がある。▼5

海軍の壮大な人体実験

明治一七年二月、軍艦「筑波」の練習航海の折には「高木理論」にもとづき、こんどはパンと肉類をしっかり加えた食糧が満載された。結果は、脚気患者は四名の士官候補生と一〇名の水兵に認められただけであった。しかもこの四名の士官候補生はコンデンスミルクを飲用しなかった者であり、水兵患者一〇名のうち八名は肉食を嫌って食べなかった者だ。死者に至っては、「龍驤」では二五名に上ったが、「筑波」はゼロであった。

現代の疫学的研究と比べると大いに瑕疵があろうが、我が国で初めて実施された疫学的研究として高く評価されている。海軍は今後パンの代わりに麦を米と半々に混ぜて主食とすることにした。

練習艦「龍驤」と練習艦「筑波」との比較

	龍驤	筑波
航海期間	明治15年12月～明治16年9月	明治17年2月～同年11月
全日程(日)	272	287
乗員数	376	333
脚気患者数(延べ)	396	16
脚気患者数(実数)	169(45%)	14(4%) ＊
脚気による死亡数	25(7%)	0(0%) ＊
食糧の窒素対炭素比	1:20－28	1:15

P＜0.005

（山崎洋次　日本腹部救急医学会雑誌　Vol28(7)2008より）

米麦混合飯にしたのは兵員がパンを嫌がるからである。つまりあくまで蛋白質が多いものであればなんでもよいと考えていたわけである。

この結果明治一八年頃から海軍の脚気患者は激減し、明治二〇年代に入ると脚気は一掃された。

高木は誠に運が強い男である。

蛋白質が白米の毒性を解毒するという彼の間違った仮説通りになってしまったのだから。つまり麦を主食とするイギリス兵食に、少しでも近づけたい高木の猿真似戦法の大ヒットだ。

この成果を成医会雑誌に四編の英語論文として発表。欧米で大きな注目を浴び、英国の有名な医学雑誌「ランセット」と「英国医学雑誌」に転載された（松田［一九九二］、七三～八頁）。

当然、陸軍と東大は大反撃に転じる。

東大教授連を動員し、栄養の吸収の面から高木を攻撃する。

同年十月、ドイツのライプチヒからも森林太郎は「日本兵食論大意」を送り、「兵食を麦に変える必要なし」とボスの石黒忠悳を援護したことは前述した。

明治二十一年、石黒忠悳にとって待ちに待った希望の星、森林太郎が帰ってきた。即、石黒の戦略に動員される。

この時エリーゼがいなくなってまだ一カ月ちょっと、彼は喪失感を封印し、親分石黒の立場に立って基調報告を行った。彼の頭には疫学、統計学という概念がない。

「なぜ麦飯は脚気に効くのか、論理を証明せよ」「できなければ学問ではない」とする彼の潔癖すぎる論理主義、権威主義が原動力になっているのだ。

では森林太郎の潔癖すぎる科学とはどんなものだろう。

森林太郎の演繹的実験科学とは

こんな小見出しをつけるとまた読者に嫌がられそうだが難しいことではない。

実は演繹的実験科学の考え方は、小学生でも理科の実験でやっている。

子供のころ理科の時間に、ジャガイモの断面に消毒用のヨード水（ヨーチン）をつけるとインク色になったと喜んだ思い出があるだろう。これはヨウ素デンプン反応で、デンプン分子のらせん構造にヨウ素分子が入りこむことによって青くなることは昔からわかっていた（つまりデンプンの検出法）。

次に唾液のアミラーゼという酵素はデンプンを麦芽糖に変える（消化する）ので、ご飯を良く噛めば噛むほど甘くなることも経験上知っている。理科の実験はこのアミラーゼの性質を調べるものだ。

それでは三本の試験管にデンプン溶液とアミラーゼ（唾液）を入れ、それぞれ100℃、40℃、０℃の三つの温度に保ち、あとでヨード液を入れるとどうなるだろう（ヒント…アミラーゼは生体内で生きている酵素で過酷な状況では潰れてしまう）。

三本の試験管にヨード液を入れる前に、次のように色の変化を予想できた子は、小さくても演繹的思考ができている。

「１００℃のものはアミラーゼが壊れデンプンが消化されずそのまま残っているのでヨードに青く染まるはずだ。０℃のものもアミラーゼが働かないのでデンプンがそのまま青染するだろう。40℃の場合、デンプンがアミラーゼによって消化されて無くなっているため、ヨード液は反応せず茶色のままだろう。」

そしてヨード液を入れ予想通りになる。

ここで理科の教師はおもむろに子供たちに説明するのだ。

「酵素は動物のためのものであるので100℃や0℃のような地獄のような環境では死んでしまい、酵素の一番よく働く温度は動物の体温なんだよ」と。

思い出していただけたであろうか。仮説と結果が見事に一本の線で結ばれるのである。このようにTheory guides, experiments answer.（理論が導き、実験が答えを出す）という、先に仮説を立て実験で証明するという演繹的な科学こそ森が至上の学問と信じてやまないものなのだ。森の科学いや当時のドイツ医学が目指すものはこのような論理の一貫性であった。

いっぽう多くの症例を集め結果を数字で表し、統計処理して結論とする疫学など、森の目から見れば異端中の異端の学問、いや学問もどきに映っていたに違いない。

したたかな高木は、陸軍・東大連合から「学理」がないと執拗な攻撃を受けるがどこ吹く風。

「おはんら、悔しかったら目の前の患者を治してみんかい。患者を殺して議（理屈）をすっとは男のやるこつじゃなか！」と内心思っていたことだろう。

高木はこの脚気制圧の功績により明治二一年に我が国最初の医学博士の学位を受け、明治二四年に勲二等瑞宝章を叙勲、翌年貴族院議員に勅選された。

高木は長州と並ぶ雄藩薩摩藩出身で、皇室からも信頼を得ており軍医として最高位に上りつめている。彼は自信満々なのである。

森林太郎とそのバックの石黒を馬鹿にし、黙殺を続けた。

森林太郎、海軍の向こうを張って人体実験を行う

軍医本部の石黒は焦っていた。

皇室の覚えもめでたい高木は脚気を制圧したとはしゃいでいる。しかし陸軍は根拠のない麦に変えることなどできるものか、と森にせっつき対抗策を練った。

「海軍が軍艦ごと人体実験で成果を挙げたのなら、こっちも人間を使ってデータを出そう。論より証拠だ。」と明治二二年六月陸軍兵食試験が開始された。

第一師団の兵卒六名を被験者とし、米飯、麦飯、洋食（パンと肉）をそれぞれ八日間ずつ食べさせた。総摂食量、総熱量、蛋白質、脂肪、炭水化物の摂取量を計算した。同時に大小便の排泄窒素量を定量、摂取蛋白量（摂取窒素量）との出納計算を行った。その他酸化作用も調べ、結果、米食が最も優秀、次いで麦食、洋食の順となった。つまり米食の栄養吸収率が最も良いということである。これは当時の最先端の技術を駆使して行われた日本では初めての画期的な実験であった。現在の栄養研究の雛形ともいうべき完成

度の高いもので、学問的に高い評価を得た。

まさにドイツ流演繹的実験医学の真骨頂である（山下［二〇〇八］、九〇頁）。

高木より七年も遅れて軍医部のトップ医務局長の座についた石黒はうれしくて仕方がない。

明治二三年一〇月二三日、陸軍大臣・大山巌に「呈兵食試験報告表」を提出した。

内容は、この大規模な（たった六名！）兵食試験は、欧州留学に行かせた俊才が、精魂こめて施行したものであり、世界的栄養学者のフォイトの研究を凌ぐものである、という自分と森の自画自賛だ。

森の兵食試験の結果

体内酸化作用の強盛順位	窒素出納平均グラム	熱量平均カロリー	
1位	＋2.29	2579.97	米食
2位	−1.43	2227.5	麦食
3位	−2.88	2209.54	洋食

（山下政三「鷗外森林太郎と脚気紛争」より）


「精米六合、菜料（副食費）六銭で支給する兵食は、栄養学的に米食が一番であった。よってこの金額をもってわが兵を養うには純正な米食をもってするのが最も利益が多い……」と結論している。

「森君、よくやった。これで我々の努力が実を結んだ。君こそ陸軍軍医部のスーパースターだ」という最大の賛辞を石黒は贈ったことだろう。

森林太郎はこのころが軍医人生の絶頂期であった。

彼は地方医学校を出た程度の高木が、時流に乗って出世し疫学とやらの二流の英国医学を身に付け、学理、学論を明らかにせず栄誉を受けるのは納得がいかなかった。

「負けるわけにはいかない」………メラメラと燃える負けじ魂が湧き上がってきた。

栄養学的には確かに白米食が麦飯に勝ることが証明された。しかし肝心の脚気との関連は論じていない（論じられない）。ここでも森林太郎お得意の、「論点ずらし、いや論点すり替えのすれ違い論法」が陸軍軍医部の武器となっているのがわかる。逍遥との「没理想論争」でおなじみの戦術だ。

陸海軍とも、脚気の病理・病態の解明には程遠い。

しかし脚気という舞台で「ポイントずらしのすれ違い戦術」に持ち込んだのは、これを一八番とする森林太郎の方だ。高木は脚気撲滅のストレートパンチをだす。森はかわして寝技に引き込もうとする。この脚気紛争は、あたかも異種格闘技のようなものになってしまった。

脚気予防のパーセンテージを武器にする疫学選手と、栄養吸収率を武器にする栄養学選手との闘いである。試合のルールが異なる以上、かみ合わないのは当然である。

頑迷の巨人・石黒忠悳、身内の陸軍「麦派」を粛清す

陸軍の名誉のため、麦の有用性を知って脚気と戦った軍医がいたことを述べなければならない。堀内俊国と緒方惟準である。

大阪鎮台病院長の堀内俊国は脚気多発に手を焼いていたが、粗末な食事の囚人には脚気がないことを聞きつけ、明治一七年一二月五日より、隷下部隊に米麦混合飯を一年間支給し、六千名余の壮大な人体実験を行った。

奇しくも海軍の軍艦「筑波」の遠洋航海で、高木が麦食試験を決行した同じ年である。

効果はてきめんで、麦飯支給前の脚気発生率は35・5％であったが一年後にはたった1・32％まで激減

した。気をよくした堀内はさらに試験を続けた。結果、明治二二年にはついに0・1%、以後患者は減り続け毎年0・1%以下の発生率で、とうとう鎮台から脚気は撲滅された。

堀内の義兄で近衛軍医長の緒方惟準も東京で追試を行い、やはり同様の成績を挙げた。

これらの成果は各鎮台に伝わり、麦の混入は様々であるが現場では麦食が広がり、明治一九年以降急に脚気は減り、このままで行くと全陸軍でも脚気を絶滅できるはずであった（荒木［二〇一七］、一四七〜五二頁）。

ところがそうはならなかった

森の兵食試験により流れは変わったのである。現場の軍医達は、「石黒に追従するお抱え学者」の森に怒り狂ったがどうしようもなかった。そしてとうとう陸軍は海軍と違って、兵食改善をできないままで戦争へ突入するのである。

註

▼4　医者と外国語

私が診察中、カルテをちらっと見て「お医者さんは皆、ドイツ語で書かれるのですか」と聞く患者さんがまだいる。いつごろから医者＝ドイツ語の先入観ができたのだろう。

もちろん戦後生まれの私は英語世代だ。アメリカの影響を受けた戦後医学教育を受けている。ドイツ語は専門課程に入る前一般教養として二年間勉強しただけだ。ドイツ語の専門書や論文を読めるはずがない。

さらに今の医学部教育では「カルテに正しい日本語で書きましょう」となっている。

電子カルテが発達したせいもあるが、カルテは医者の所有物ではなく患者と共有すべきもので、必要あらば患者に開示せねばならず、また医療裁判になった時、英語やドイツ語のややこしくて読めない流し書きで、「医療ミスを隠蔽するのではないか」とのいらぬ腹を探られないためである。

医学部教官によっては「国家試験は日本語でであるから、在学中は英語の勉強必要なし」と断言する人もいるそうだ。

代診させた息子が、「英語で書くな、さっぱりわからん」といまいましそうに毒づくのを見て本当に世の中は変わったと思った。はるか昔、私は父親のカルテを見たことを思い出したが、ほとんどドイツ語のくずした文字で何のことかさっぱりわからなかった。

父と病気の話をしても英語は苦手なようで、ドイツ語の単語ばかりが出てくるのには閉口した。

父は昭和二年に阪大医学部の前身を卒業したそうだが、予科の時からドイツ語浸けで「今の子が英語に馴染んでいるのと同じことだ」と言っていた。

当時の教授は殆んど東大出身者で、黒板にドイツ語ばかりを書きなぐっていたそうである。もっとひどい教室（第一外科）になるとドイツから日本語を全く解しない教授を呼んできて、全部ドイツ語の講義を学生に聞かせ、横に立っている日本人の助教授が適当な区切りごとに大声で通訳していたという。この大学がミニ東大だと考えれば、かつての鷗外もこんな講義を受けたのであろう（もっとも彼は通訳など不要でそのまま頭にインプットされるからこそ、ドイツ語をそのままなんと漢文！　にノートできるのであろう）。

よって医者＝ドイツ語という観念は、明治初年医学校兼大病院の親ドイツ派のクーデターから始まったのである。

▼5　遠田澄庵のこと

幕末から明治初期にかけ自分の脚気患者を完璧に治癒せしめた漢方医を忘れてはならない。江戸の開業医、遠田澄庵である。脚気衝心（心臓脚気）にさえなっていなければ、遠田先生にかかれば助けてもらえるとのうわさが広がり、牛込の彼の診療所へは多くの患者がおしかけ、兵営の兵隊ですら軍医を信じず門をたたいたのである。「米食なきところに脚気なし」との経験にもとづき、白米厳禁、麦と赤小豆を強制的に食べさせ、家伝の漢方薬を服用させた。この家伝の処方の主薬はヨクイニン（ハト麦）でありビタミンB1が偶然含まれていたのである（矢数［一九八九］、一六五〇〜三頁）。遠田はエビデンスにもとづいて治療したわけではないが、患者は学理よりも病気が治ればよいのである。

遠田の業績は脚気患者でもあった明治天皇の上聞に達したという。

第六章

日清戦争・台湾征討と小倉左遷

小倉へと赴任する鷗外（明治32年）

明治二七年（一八九四年）五月、南朝鮮に東学党の乱と呼ばれる大規模な農民の反乱がおこった。利害が対立する日本と清国は内乱に引きずり込まれ、干戈を交えることになる。日清戦争である。

当然鷗外は文筆活動を一時中断。十月一日、大山巌司令官の第二軍の兵站軍医部長を拝命（兵站とは後方のロジステックセンター＝補給処）。第二軍は遼東半島に上陸し、金州を経て激しい戦闘の後旅順を攻略した。

学理第一主義の人、またも上司を敵にまわす

森林太郎の上司は土岐頼徳第二軍軍医部長。

東京の近衛連隊で米麦混合の兵食試験をやり、脚気を激減させた経験を持っている。

脚気の流行を恐れていたが、はたして旅順占領部隊に脚気患者が出現した。冬に脚気が出るなら、夏には脚気の大発生が危惧される（これは経験的にわかっていた。本当はビタミンBの消耗が増大するからだが）。

「なんとか今のうちに手を打たねば。敵と一戦を交える前に戦力は消耗してしまうぞ」……

脚気は戦時、平時、戦場、銃後を選ばない。敵軍と戦う以前に軍の衛生問題が重要となる。

それなのに森は対策を練るそぶりはない。上司の土岐にも相談してこない。脚気が伝染病と考えていたためか、一般の防疫対策しか頭にないのであろう。

焦った土岐は明治二八年の一月八日と二月八日の二回、兵站衛生責任者の森を呼びつけ麦飯給与を迫ったが、あっさりとこの年下の部下に断られた。

「麦飯が脚気に効く学理が証明されない以上兵食変更をやるべきではありません。部長の御経験だけで判断すべきものではないと存じますが」

土岐はこの時五二歳、森は三三才。

土岐は「大学出でドイツ留学を鼻にかけるこの若造が！」と怒り心頭だったに違いない。

そういえば日清戦争中を通して、森の兵站軍医部日報では脚気患者を、他の疾患とサラリと並列してあるだけで、考察、反省、そして学問らしい分析の片鱗すらない（山下［二〇〇八］、一二六～八頁）。

敵将の死を悼む武士道精神もよいが、自軍の脚気患者の惨状をどう考えるのだ

日清戦争勝利を決定づけた戦いの一つに黄海海戦がある。

九月一七日、鴨緑江河口沖で清国の北洋艦隊と我が国の連合艦隊は火蓋を切った。機動力、射撃力に勝るわが艦隊の猛撃に北洋艦隊は大混乱に陥り威海衛軍港に逃げ込んだ。そして敗残の敵軍のなかで反乱の気配が生じた。

連合艦隊司令長官の伊東祐亨は敵将丁汝昌に親書を送り「ここはひとまず降伏して日本に亡命し、祖国のために再起をはかるべし」との誠意あふれる降伏を勧めた。

丁は「報国の大義は滅すべからず。余はただ一死をもって臣職を尽くすのみ」と伊東の好意を謝し、部下助命を条件に降伏、鎮遠艦上で従容と服毒自殺を遂げた。丁の亡骸を運ぶ清国軍艦はもはやなく、ジャンク（小さい帆掛け船）で亡骸を運んでいたのを知った伊東は無残に思い、日本側の軍艦で敵の英雄を故郷へ送った。

丁の潔い最期と伊東の武士道精神は全世界に深い感動をわき起こした。

丁の死から十日後、鷗外は丁の邸宅に慰霊に訪れた。梅の花の咲く頃であった。敵の英雄の死を惜しみ

和歌三首を詠んだ。

軒近く　さくやかたみの梅の花　あるじのしらぬ　春に逢ひつつ
むかしうゑし　其人あはれ　今年さく　この花あはれ　あはれ世の中
咲出し　うめの花杜　まどふらめ　たちかはりたる　人は誰ぞやと
（『鷗外全集』三五巻、二四八頁）

毎年、軒端に咲く梅の花の香を丁提督も愛でていたことだろう。
梅も今年はあるじのいない淋しさを感じているのか。もののあわれに心打たれた鷗外は、妹喜美子にこの三首を送った。一か月後、喜美子から来た返歌を彼は三月一九日の日記に載せている。

身をすてて　幾千の人救ひけん　こころは流石　あはれなりけり
植えしあるじに　捨てられし　のきはの梅もかぐはしき
君が手向けの　言の葉に　あえてやかくは　綻にけん
（同　二四九頁）

この兄妹の文学的才能は森家のＤＮＡによるのであろうが、打てば響く二人の心の共鳴に、余談ながら鷗外の後妻に入る女性の大変さが予想できるのである。

威海衛を攻略した第二軍は、最後の直隷平野での決戦のため遼東半島へ帰還した。
この頃、上司土岐が恐れていた脚気が大流行しだした。兵員の三割も占めると森は報告しているが、特に対策を練ったそぶりはない。もちろん公式記録にも日記にも、脚気惨害に対し切迫感は感じられない。

戦争自身は清より近代化した軍を持つ日本の圧勝で終わり、遼東半島、台湾、澎湖島を割譲されることになった。初めての海外領土である。が、陸軍はお目出たいことばかりではないことが嫌というほど思い知らされる。

台湾平定作戦と脚気の大惨害

明治二八年五月一〇日、海軍大将樺山資紀が台湾総督に任じられ、占領軍が派遣された。森も旅順で石黒忠悳より台湾行きを命じられた。正式官名は、初代台湾総督府陸軍局軍医部長。この時点では、石黒も森も平穏な台湾の領取と思っており、単なる異郷勤務程度に見ていた。………僻地手当も付くし、まあいいか、と…………

ところが森にとって、いや、派遣軍にとって地獄の始まりだったのだ。

五月三〇日、台湾北東部に上陸した近衛師団は、台北を目指し険しい山中を行軍した。

「六月一日、……細雨濛々、午　発程す。五時三貂大岑の絶頂に至る。……約二千米突頂より下瞰すれば、稠霧四寒礁上に立ちて大海を望むがごとし……敵　尺の間に在り、篝を焚くべからず。偶偶一蛍の闇を掠めて過ぐるを見る。所謂暗夜灯を得たる者。一匹の蛍嬉しき野宿かな」

（「徂征日記」『鷗外全集』三五巻、二五三頁）

雨に打たれての夜間行軍、二千米級の山越えである。寒い、凍り付くような寒さだ。

日清戦争時の総患者と脚気患者の地域別分類

地域	延人員	1日平均人員	総患者	脚気患者				戦死
				総数	発生率	死亡数	死亡率	
	（人）	（人）	（新患、人）	（人）	（千人当たり 0/00）	（人）	（%）	（人）
朝鮮	4,826,975	13,520	27,015	1,665	125.9	142	8.53	222
清国	33,964,017	77,720	97,746	14,576	156.64	1,565	10.74	471
台湾	7,141,511	23,338	83,808	21,087	1077.75	2,104	9.98	284
計	45,932,503		208,569	37,328	296.62	3,811	10.21	977

（山下政三「鷗外森林太郎と脚気紛争」より）

敵は指呼の間にいる。野営しても篝火を焚くわけにはいかない。山に慣れている原住民、高砂族のゲリラにいつ襲撃を受けるかも知れない。息を潜めているその時、一匹の蛍がかそけき光を燈して飛んで行った。………うれしい、生きている………との思いであった。

鷗外の詩心はどのような時でも瞬時に湧き出る。

抵抗は予想を超えてはるかに激しく、しかも熱帯雨林の気候はわが将兵の体力を消耗させ、脚気、マラリアが大流行し戦死者を上回る病死者がでた。近衛師団長・北白川宮能久親王もマラリアに感染し、明治二八年一〇月二八日、台南で陣没された。

清国本土での戦いの期間・四三七日、台湾平定の期間・三〇六日と、台湾のほうが短いにもかかわらず脚気患者は、一万四五七六人から二万一八一七人へ、脚気死者は一五六五人から二一〇四人へと激増している（山下［二〇〇八］、一一四頁）。

石黒野戦衛生長官は焦った（野戦衛生長官とは陸軍医務局長の戦時名）。

日清戦争において海軍は麦飯のおかげで、わずか三四人の入院患者だけで済んだ。海軍はそれ見たことかと陸軍を攻撃する。

さらに澎湖島を占領した八〇名余の水兵には、高温高湿の劣悪な環境でも麦食のおかげで一人も脚気をだしていない。陸軍の面目は完全に潰れた。

日清戦争（台湾も含む）全期間中の脚気患者総数は三万七三二八人で脚気死者は三八一一人、死亡率は一〇・21%である。台湾だけに限局すると、入院患者は二万一〇八七人で戦争中の55・5%、死亡者は二一〇四人で戦争中の55・2%にあたる。すなわち日清戦争期間中脚気患者の半数強は台湾で発生しており、脚気死亡者の半数強も台湾で出ている。

焦った石黒はマスコミが嗅ぎつける前に台湾衛生行政を刷新した。明治二八年九月二日、因果を含めて森林太郎を更迭し、臨床経験豊かな第一軍軍医部長・石坂惟寛に変えた。

実は後任の石坂惟寛は麦飯支給を考えていた。

なんともうすでに麦は台湾に送られていたのである。これは大本営運輸通信長官・寺内正毅が、台湾当局の依頼により送ったものであるが、石黒に忠実な森の反対により棚ざらしになっていたのである。石黒の監視の目は厳しい。

このような中でおとなしい石坂は東京に内密で、細々と麦を供給せざるを得なかった。ところがばれてしまい、石黒の逆鱗に触れた石坂は翌年わずか五ヶ月でその任を解かれた。

第三代台湾総督府軍医部長・土岐頼徳大暴れす

石坂の後任に、同じく大ベテランの第二軍軍医部長・陸軍軍医総監、土岐頼徳が就任する。森と衝突があったことは前述した。

かたくなな反麦派の森林太郎はもういない。

総督の海軍大将樺山資紀（薩摩藩）は高木の兵食試験の赫々たる成果を見ている。

副総督は高島鞆之助（薩摩藩）で麦派、いっぽう中央に目を転じると、大本営運輸通信長官は自身が脚気患者で麦を食べている寺内正毅（長州藩）で、陸軍大臣大山巌と参謀次長兼兵站総監・川上操六はともに薩摩出身だ。

役者はそろった。一気に麦中心の兵食に切り替えよう。台湾総督府から陸軍省に強力に働きかけることが決定した。しかし陸軍省の医療、兵食の権限は医務局にある。陸軍大臣、参謀総長といえども石黒医務局長に兵食変更をさせる権限はない。

すでに石黒は先手を打って白米一本でいかなければならない理由を、「軍医学会雑誌」明治二九年二月号に発表したが、内容は森林太郎の受け売りであるのは言うまでもない。

石黒に先手を打たれた土岐は、独断で隷下部隊に麦を支給し始めた。まさに軍の秩序を乱す越権行為で、軍紀違反だ。兵科でこれをやれば憲兵隊に捕まり軍法会議ものだろう。

ただちに石黒は中止を命令。公になると土岐だけでなく、医務局長の統率責任を問われる大問題になる。二人は幕府医学所以来の同期生だけに喧嘩になると遠慮がない。

土岐は清国本土の戦いで、石黒、森コンビに麦支給を妨害された思いがよみがえり、怒りに油を注いだ。

……また同じ間違いを犯すのか……

土岐頼徳、石黒へ憤激文を呈す

脚気研究第一人者の山下政三先生は、石黒が秘匿していた、恐らく人の目に晒したくない文書を発見し、著書に原文を掲載している。土岐から石黒あての公式な意見書で明治二九年三月二六日付けである。激烈な非難に満ちあふれているのに驚く。

几帳面な楷書体で一字も崩さず書いてある。旧字体は難しいものの意味は簡潔明瞭、ぜひ読んでいただきたい貴重な資料である（山下［二〇〇八］、一三七〜四九頁）。

「野衛訓第三〇号麦飯云々……」から始まるこの書簡は十一ページにもなる長文で、石黒に語りかけるような書き方で格調高い。一字一字が習字のテキストに出てくるようで、全文を書き上げるまでどれほどの時間がかかったのだろう、と思うほどだ。

内容の一部を現代調で書くと、「石黒医務局長の訓示は疑問百出で前途憂うものがあり、今から俺の意見を言う。主旨は国家百年の計にもとづくもので、学者連中の紛争的な議論でないことをわかってくれ」と始まりのっけから喧嘩口上だ。

「まず、せっかく台湾に麦を送っているのに、（森の反対で）支給されなかったことが問題になってはいけないと思って俺が気を利かせて『各部隊に消費せよ』と言ってやったのに、それを不正を働いているかのような言葉づかいはなんだ。」と怒り狂う。

次に名古屋の第三師団の兵食改良試験により脚気が激減した結果を明示し、「第三師団を例に出したのは、横井師団軍医部長が脚気伝染病説をとる人間（反麦派）で麦飯支給には厳しい。俺がイエスマンを使った統計を出しているとお前に言われたくないからだ。この横井が麦飯実行を監視した試験で脚気激減という成果が挙がっているのだ。今や第三師団だけではなく、全国すべてで同じことが言えるのだ」と述べ、石黒（森）の最後の拠り所である、「学理がない＝実験の対照群がないため学問的価値がない」に対しては、「部隊を麦の要否二つに分け比較試験をすべしとは馬鹿も休み休み言え。軍隊を試験的犠牲に使うことは、部下にしては絶対にしてはならぬことぐらいわかっておろう。」とバッサリ切り捨てている。まことに痛快だ。

「心の狭い小人」と「賤しい小者」とは誰のことだ

さらに一番強調して言っているのは、

「齷齪（心が狭い）した小人が自分の陋説（卑しい意見）に執着して、他人の偉勲を嫉妬するあまり、言葉たくみにお前の左右に勧めたのではないか、なぜならお前は公明忠誠な人間だし、残毒陰険（他人に害を与え、意地悪なこと）な考えは決してないことを信じているぞ」との節である。

心の狭い小人とは誰のことであろう。この小人が「麦は脚気に効く」という高木海軍軍医総監の業績を嫉妬し、自分の卑しい意見をお前の周辺にそそのかしている、お前は犠牲者だ、平家の怨霊に取り憑かれた耳なし芳一だと言っている。

小人と石黒を分断し、悪いのは小人と断罪しているのは同級生の石黒へのせめてもの思いやりであろう。

土岐の憤激文は最後に次のような言葉で締めくくられている。

「お前も功績によって男爵までもらっているではないか。責任も重いはずだ。俺が願いたいことは、大局を見て、取るに足らない賤しい小者や国家の大計を踏み外す者がいれば、訓戒を与えてやり彼らが帝国臣民の正道を歩むようにできることを祈っているぞ」と石黒にとってまことに耳が痛い言葉だ。

小人や賤しい小者とは文脈からいって森林太郎その人である。

石黒をも結構馬鹿にした言葉であるが、心の狭い小人とまで蔑まれた森はたまったものではない。

森は上司の命令により栄養試験で「米食は麦食より栄養学的に優れている」と真実を証明しただけなの

に。ただ、白米原理主義者石黒の尻馬にのった軽さはあるが。

土岐は石黒に反抗し続け、かたくなに麦を支給した。効果は徐々に現れ、土岐が去った後も脚気発生率は減り続け、明治三三年には7％、同三五年には0・4％とほぼ根絶できたのである。

余談だが注目すべきは土岐のその後だ。

懲罰人事をくらい、わずか四ヶ月で東京に戻され即休職、五年後予備役にされてしまった。さらに後年、石坂、土岐両軍医総監の死亡時の訃報に驚かされる（山下［二〇〇八］、一八六～八頁）。

民間医学雑誌には、卒去、薨去の丁寧語が使われているが、陸軍省の公的機関紙である軍医団雑誌では、石坂は下級軍医四名といっしょに歿と一括併記であり、土岐はなんと死亡さえ記載されていない。逝去した軍医部最高位の軍医総監にたいしてあまりにも無礼である。

土岐が死んだ明治四四年当時の医務局長は森林太郎であった。この土岐の憤激文を森が知っていたかどうかわからないが。

せっかく台湾に麦を備蓄させながら、なぜ石黒は最後の最後まで頑なに麦の支給を禁止したのか。もし土岐が麦支給を開始し脚気が減れば、今までの脚気惨害の責任はすべて石黒と同調者、森にいくことを恐れたとも考えられる。もし本当だとしたら、人倫にもとる犯罪行為ではないか。自己保身にはしる軍官僚の奸計以前の問題である。


平家物語に「猛き人、遂には滅びぬ」とあるが……

しかし石黒の栄耀栄華もやがて終わる時がくる。

引導を渡したのはだれか。新しい陸軍大臣である。台湾平定後、副総督であった陸軍中将高島鞆之助は明治二九年九月、陸軍大臣に就任。彼は台湾で土岐と協力して麦飯を支給しようとした矢先、石黒と森に妨害されたことを根に持っている。

この豪放磊落、直情径行の薩摩人は、台湾平定戦が終わっても一向に脚気が収まらないのに業を煮やし、石黒を呼びつけた。

「貴様、直接台湾に行って現状をみてこい！」と一喝。薩摩隼人は言いだしたら退かない。

石黒はとうとう観念した。台湾視察後、いかに傷つかずに円満辞職できるかが彼の次の目標になったのである。明治三十年九月二八日、ついに陸軍軍医界の巨魁、石黒は辞任した。理由は慢性の病気のためであった。「東京軍医学会」の納会であくまで老齢と病気のためであると、未練たらたらと挨拶したという。

石黒の後任の医務局長は冷や飯を食らって休職中の石坂惟寛になった。

任期はわずか一〇ヵ月であったが、高島新陸軍大臣がともに麦派として苦労した彼に花を持たしたのである。いっぽう森は驚くべきことにすでに功四級に叙され、金鵄勲章と単光旭日章を拝受し年金五百円を授与されていた。さらにこれに収まらない。陸軍軍医学校長となり、ついで従五位に叙せられ兵食と関わる被服糧食等審査委員に任命された。形式的には台湾の軍医部長を更迭されたが、実質的には栄転である。石黒の在任中に、彼の意に沿った行動が評価されていたのだ。

ところでライバルである小池と森は、お互いに進級するにつれ微妙な関係になってきた。

明治三十一年の春、森のもとへ小池が重大な相談にやってきた。やがて辞める石坂の後任を、自分に譲ってくれとの懇願である。森はどう反応したかわからないが、どのみち麦派の新陸軍大臣に睨まれた自身の昇進は絶望的であった。

重鎮の石黒も森の能力は珍重するが、何かにつけて官僚組織の馴れ合いを容認できない彼の純粋性にへきえきしている。実はもっと前から二人の間には微妙なすきま風が吹いていた。

森も森で、「舞姫」のなかで「官長はもと心のまゝに用ゐるべき器械をこそ作らんとしたりけめ。独立の思想を懐きて、人なみならぬ面もちしたる男をいかでか喜ぶべき。危きは余が当時の地位なりけり」と主人公に語らせている（『鷗外全集』三八巻、四六九頁）。

すなわち森は「官長石黒は自在にあやつれる器械（小池）を作りたいので、俺のような独立心旺盛で非凡な男は疎外されるかも」と危惧していた。その危惧どうり石坂の後任は、石黒の推薦により同期の小池が指名された。

小倉左遷

軍医部のトップ医務局長になった小池は人事を刷新した。

小池は森を近衛師団軍医部長に任命し、軍医学校校長を兼任させる。小池は医務局長を譲ってくれた同期の森に気を使ったわけではない。序列からいって近衛師団というエリート師団勤務は公平な人事だ。

ところが翌三二年、三七歳の時、森は人生最大の挫折感を味わうのである。六月八日、陸軍軍医監に昇進したのはよいが、九州小倉の新設第一二師団の軍医部長に突然転任させられるのである。まさに晴天の霹靂であった。

「近衛師団の軍医部長になってまだ八カ月、俺はなにも過失はないはずだ。なぜだ！」

森林太郎は小倉赴任が命ぜられた日、人事に憤慨しすぐ辞職の決心をしたが、親友賀古鶴戸にここで辞めると小池の思う壺だと必死で慰留された。

小倉行きの汽車が兵庫県の舞子の浜を通過した時の日記に、「小倉の軍医部長よりも、風光明媚な舞子の浜で駅長を務めている境遇の方がよほど幸せだろう」とある。小倉は地の果てるところと観念していた（『鷗外全集』三五巻、二八五頁）。

Resignation（レシグネーション:諦観）の境地に至ったが……

赴任当時、福岡日日新聞に「鷗外漁史とは誰ぞ」という一文をのせた。「真面目に勉強をし、軍医業も全力投球しているのに認めてくれず、悲しい思いをしていた」と嘆き「鷗外漁史はここに死んだ」と宣言する。「隠流」（隠し流し）という号を使い自嘲的な投稿だ。しかし半年後には、「この片田舎で私を見る人は、私が恨みつらみを言わないことを知るだろう。私は心身とも健康で、今年の正月のように、のんびりした風雅なおもむきは、かつて学生や留学生時代から絶えてなかったことだ」と気持ちをがらりと変える（『鷗外全集』二五巻、一二六頁）。

負け惜しみではない。田舎のほのぼのとした人情に癒されてきた鷗外は、やっと自分自身を見つめる時間を得、健康にも恵まれ、自分を傍観する余裕が出てきたというのである。地方生活でいろんな人と交わり、戦闘的な文学や医学の雑誌を主宰しなくてもよく、従来の「圭角」が取れ、鷗外の言行からかつての攻撃的姿勢が影を潜めたらしい。

一言でいえば人間が挫折によって丸くなったということだ。

このような余裕のある心境を鷗外自身、後年、雑誌「新潮」明治四二年一二月号で、Resignation（レシグネーション：諦観）と説明している（『鷗外全集』二六巻、三九二〜三頁）。

すべてに恬淡として、自然と一体化して、あそびごころを持つ……まるで山中の庵に起居し、身も心も無にした西行法師か良寛様のようである。小倉赴任中はまだ三八歳。本当に枯れてしまったのか。性格はそんなに変えられるものなのか。どうにも信じがたい。

左遷の分析

研究者の間では、小倉左遷はエリートの挫折ということで興味深く、このテーマだけで本ができるぐらいだ。本書は鷗外森林太郎の「人生と作品群」に迫るものだから深入りしないが、「嫉妬説」と「石黒陰謀説」の二つだけは後の森の行動に関与するので述べておきたい。

嫉妬説

公務に専念せず私事をしていることが、小池をはじめ多くの医務局員に反感を持たれたという。

公務に迷惑をかけず余暇にやっていると言っても、それならその余力を公務に回すべきだと反論される。なにしろ作家としての名声が、軍医本俸に匹敵するほどの副収入を生んでいたから嫉妬心を持たれて当然である。

たとえ話をひとつ……仕事を完璧にこなす能力があるどころか人並み以上に仕上げてしまう。きわめて出世欲が強い。絶対に信念を貫くガッツがある。人との衝突も辞さない。……このようなスーパーマンが組織に入ってきたとする。アフターファイブからのダブルワークも完璧にこなし、しかもその世界でも名を売っている……このような姿を見て上司や同輩はどう接触すればよいのだろうか。

逆にスーパーマンの立場に立てば、なぜ自分が疎まれるかわからない。周りの冷ややかな視線にストレスがどんどん蓄積する。

人は逆境に陥った時、先人達の人生訓や箴言集を繙く。鷗外も例外ではない。左遷を契機に必死で自己に向き合っているのだ（山崎一穎〔二〇一二〕、七九〜八〇頁）。

このころ時事新報に「知恵袋」という諫言集を連載していたが、「才能が自分よりはるかに劣るもの（小池）が上に立っている」などという余計なニュアンスを挿入したり、続編の「心頭語」では「昨日の友は今日の敵」などとやらかすのである。実名を出さないのが巧妙なのだ。

「ヰタ・セクスアリス」にでてくる同級生、谷口謙の場合もそうだが、世間に公表された者はたまったものではない。反論すればモデルは自分だと認めたことになるので黙殺するしかない。世間は高名な作家の文章をむさぼるように読む。まさにペンは強しである。この遣り口は良くも悪くも生涯にわたって波紋を広げる。「昨日の友は今日の敵」の小池は、さぞ苦々しい思いであったろう。

「文学作品に私怨を織り込むとはなんと卑怯な奴だ」という反感を多くの人が抱いたのだ。森のストレスの発散法がまた新たな敵意を生むという悪循環に陥っている。

石黒陰謀説

石黒にとって清国本土の脚気惨害よりも、台湾征討戦の惨害が明らかになるほうが怖い。

なぜなら森の後任の土岐頼徳台湾軍医部長の反乱によって、麦飯供与により脚気が制圧された事実が厳然と残っているからだ。これを蒸し返されるとせっかく円満辞職したのに、軍医部影のＯＢとしての権勢が消失してしまうと焦った。

「だれか人身御供にしなければ……自分とともに『白米至上主義』の旗を振ってくれた林太郎を左遷させ、麦派の追及を緩和させよう」というのが陰謀説だ。小池に森の左遷を強要したのだ。

しかし石黒といえども内心気が咎めている。自分は円満退職、森は左遷、もし奴がやけくそになって得意の文筆で余計なことを暴露しないか。

明治三二年八月三十日、鷗外の「小倉日記」に「是日石黒忠悳氏書を寄せて曰く。赤間関に往くことの頻ならんことを恐ると……」とある。独身の森がやけくそで赤間関（下関の遊郭）へ入り浸りになり悪評がたつと将来、カムバックできなくなるよ、との親心だ（『鷗外全集』三五巻、二九二頁）。

明治三三年一月一日、森、新聞掲載記事「鷗外漁史とは誰ぞ」でうっぷん爆発させる。

明治三三年二月五日、石黒、「中央新聞」に「鷗外漁史とは誰ぞ」に対する談話を掲載。これには森が本職（軍医）の職責を十分果たして文芸をやっているとむしろ森を擁護している。さらに士君子（立派な人間）たるもの本務さえ完うすれば慰（趣味）としては文学でもなんでもしてもよいのだ、という全く温かいエールだ（本気で思っているのか怪しいが）。

明治三三年三月四日、森上京、六日、石黒のほうから私的に森の私邸をわざわざ訪問。

この石黒の一連の動きは、必死で森をなだめようとしているのが見え見えだ。▼6
じつはこの石黒陰謀説は山下政三先生が主張されているもので、医学研究者らしく多くの文献のエビデンスのみで構築されている。情緒的な嫉妬説より説得力があるのではなかろうか。さらに森のライバル、小池正直にしても性格は真面目で几帳面、篤実であり陰で人の足を引くことは嫌いだったという（山下

［二〇〇八］、二一四頁）。

確かに先に医務局長になった小池が森の文才を妬んだところで小池自身の出世には関係ないことであり、小池の悪意による左遷説は完全に否定できるだろう。小池より出世競争に一歩遅れた森のほうが逆恨みしているのである。

やがて森も裏事情がわかってきて、脚気惨害の禊ぎが済んだ暁には、最後のゴール医務局長の道が開けると信じられるようになってきた。左遷の怒りも和らいできた。

「それまでは少し文芸活動は大人しくしよう。腐れ縁のオッサンは円満退職でないと困る。懲戒免職なら俺も連座させられる」……そして小池に対する反感も氷解してきたのである。

このように少し前途が開けてきたことが小倉時代のResignation（レシグネーション：諦観）として表れてきたのであって、煩悩を禅の悟りで断ち切ったわけではないのである。

確かに森自身も禅宗の高僧に教えを請うたり、「知恵袋」という箴言集に己への戒めの言葉を書いたり必死で自己修養に励み、烈しく、さかんな血の気を抑えようと努力したのであるが………

汝の血を冷やかにせよ、汝の血を冷やかにせよ、何れの場合なるを問はず、怒は人を服する所以にあらざればなり（知恵袋）

（『鷗外全集』二五巻、一七頁）

しかし人間、もって生まれた気質はなかなか変えられるものではない。

森林太郎爆弾、久しぶりに炸裂する

明治三三年五月、北京周辺で義和団の乱が起こった。居留民保護のため派遣されていた我が軍に、また も脚気が大流行した。森は小倉にいるのでこの流行には関係ない。

ところが軍医学会雑誌に、事変に対して麦飯供給をしなかった小池らへの批判記事が載ったのを見て、森は頭に血が逆流した。内容に対してではない。盟友小池への戦友意識でもない。

著者があの同期の谷口謙大阪師団軍医部長だったからである。

森の脳裏に学生時代からの嫌がらせ、ドイツ時代の陰険な仕打ちが鮮明にフラッシュバックした。ようやく小倉で気持ちも落ち着いてきたのに、再び森の攻撃精神に火がついた。

「奴をのさばらして置くものか。学問も無いくせに、麦派の尻馬に乗りやがって」と激怒した。

よせばいいのに、すぐさま森は「公衆医事」に「脚気減少は果たして麦を以て米に代へたるに因する乎」という反論をのせ数誌に転載させた。

内容はなんと「麦飯を摂食させた時期とたまたま脚気の消退期が一致しただけで、麦が効く証拠がない」という類推記事だ。自分の直感で物を言っている。論理的に完全に破綻している。さすがに今回は誰も賛同するものはいなかった（山下［二〇〇八］、二三一〜七頁）。

理の人、森林太郎に黄昏が迫ってきた。

再婚

しかし小倉時代の明るい話もしなければ鷗外が救われない。

明治三五年一月四日、四十歳の鷗外は、大審院判事荒木博臣の長女志げと結婚する。志げ二十三歳、再婚同士であった。

二年前、親友賀古鶴所から旧妻赤松登志子死去の報が来た。「小倉日記」に美しくないが、色白く漢籍を読めるほど教養があったとほめている。

後妻は非常に美人であった。息子の離婚を先妻の器量の悪さとする母峰子も「世の中にはこのような美しき人もあるものか」と驚嘆し、森が親友賀古鶴所に送った手紙には、「好い年をして少々美術品らしき妻を相携へ大に心配候」と照れている。

見た人の感想によると、「丈はすらりとして髪は豊かに顔立ちは凛々しく品が良いが愛嬌に乏しい。衣装といい、態度といい、端然として一部の隙もない。整った目鼻立ちに、薄化粧なのが品よく見える。細面で色が浅黒いのが目についた。色が浅黒いため、どこか顔に「嶮」があった」(森於菟［一九九三］、二二二頁)。

とあるが、先妻と比べ面食いの鷗外は大いに満足したことだろう。ただ「舞姫」のエリスは色白であったが……

ところで鷗外は離婚から再婚まで一二年、三十代の男盛りの性欲をどう処理したのだろう。

それは両親公認の妾によって処理したのである。

明治の作家黒岩涙香は三文紙に「弊風一斑畜妾の実例」というスキャンダル記事を連載しているがこれに鷗外も立派に載っている。黒岩が主催する「萬朝報」のこのコラムは、当時男の玩具であった妾に同情し、かつ男の反省を促すものといえば恰好がよいが、その実、有名人の好色さを売りにするもので、なんと五一〇名が生贄になり、実名、似顔絵、年齢、住所、妾名、顚末が暴露されている。これに比べれば今の週刊誌の何とかわいいことか。

「森鷗外こと、当時本郷駒込千駄木町廿一番地に住する陸軍軍医監森林太郎は児玉せき（三二）なる女を一八、九の頃より妾として非常に寵愛し、（中略）母も亦鷗外が深くせきを愛するの情を酌み取り、末永く外妾とすべき旨を言い渡し、家内の風波を避けんためせきをばその母なみ（六十）と倶に直ぐ近所なる千駄木林町十一番地に別居せしめ、爾来は母の手許より手当を送りつつありとぞ。」

（黒岩［一九九二］、一四頁）

児玉せきなる妾は森家が鷗外の性欲処理係として契約した女で、「うまずめ」なので母峰子も安心できたようである。長男於菟の手記によるとせきは母親と連れ子と住んでいた。森家に家事や裁縫に出入りし、家族ぐるみの付き合いで、鷗外が読書に飽きると父親が「たまにはおせきさんの所へ遊びにいったら」と勧めるような便利な女だったようだ。それにしても森家の息子に対する過保護ぶりは恐れ入る。

評判の美しい奥様が森家に輿入れする日、近所の人々が一目見ようと待ち構えるなか、横町から通りに出る角の電信柱の陰に、おせきさんが一人ヒッソリと立っていたという。

心優しい長男於菟はその後のおせきさんの、あまり幸せではなかった晩年の話を聞いたそうだが、「気の毒な人でも善良であったおせきさんのためにこんなことはただの噂話と信じたい」と結んでいる（森於菟［一九九三］、二五二〜三頁）。

註

▼6　石黒忠悳の老獪さ

石黒の人心掌握術の巧みさには恐れ入る。

藩医出身の子弟と違い、平民の出の石黒は裸一本でのし上がってきた。この藩閥、門閥、閨閥なく、金もなく留学経験もない幕府医学所あがりの人物は、権謀術数の限りを尽くし軍医界の巨魁となった。

台湾の一件を、因果を含めて森と小池に緘口させることなど朝飯前だった。

一般に戦争が終われば医務局は各軍に衛生統計を出させる。各軍個別のものはすぐにできていたのだが、それらの総まとめの「明治二十七八年役陸軍衛生事績」ができたのは、なんと日清戦後一二年目。二年前の日露戦争の大勝利で、国民の意識から台湾のことなど消え去っていた時期であった。奸智にたけた石黒が医務局に圧力をかけ、意識的に完成を遅らせたと思われる（山下［二〇〇八］、二六三〜五頁）。

第七章

懲りない陸軍軍医部、また日露戦争で失敗す

奉天の森鷗外、明治38年

やがて左遷が解ける日がやってきた。明治三五年三月、禊ぎを済ました鷗外は欣喜雀躍東京に戻ってきた。三年ぶりである。ポストは第一師団軍医部長。さあこれで、思い存分文芸活動にも時間をとれるぞと胸弾ませたのもつかの間、またもや戦争の暗い影が行く手に差してきた。日露の対立である。

日清戦争で弱体化した清国の隙間をついてロシアが満州、朝鮮半島まで勢力を伸ばしてきたのである。朝鮮半島を勢力圏とする我が国との衝突は避けがたく、二年後大戦争が勃発する。

この戦いは一語で言って、東アジアを侵略するロシアとの祖国防衛戦争である。

紙幅の関係で歴史的意義は抜きにして、この章では満州における森林太郎の活動だけに絞りたい。

好戦軍人？　森林太郎

森林太郎は明治三七年三月六日、前戦役と同じ第二軍の今度は軍医部長に命じられた。出征直前、広島で詠まれた「第二軍」という一首がある（うた日記　明治三七年三月二七日）。

宇品の港を出港する直前、自らを鼓舞するために詠んだと思われる。長いのでキーフレイズだけを記す。本当の詩の味が吹っ飛んでしまうとの非難を甘受したい。（以後同様）

「……三百年来　跋扈せし　ろしやを討たん　時は来ぬ」
「……わが血流しし　遼東を　併呑せしが　なに租借」
「……韓半島まづ　滅びなば　わが国いかで　安からん」

「……本国のため　君がため　子孫のための　戦ぞ」
「……見よ開闢の　むかしより　勝たではやまぬ　日本兵
　その精鋭を　すぐりたる　奥大将の第二軍」
（森鷗外［一九七五］、七〜一一頁）

日本人が持つ対露憎悪心を煽り、国民をも鼓舞する力強い歌だ。
さらに「黄禍」という一首。

「勝たば黄禍　負ければ野蠻
白人ばらの　えせ批判………
豪奢に酔へる　白人は
蝗（稲虫・イナゴ）襲ふ　たなつもの（種子・稲）………」
（うた日記　明治三七年八月一七日、森鷗外［一九七五］、一一四〜六頁）

これは東洋を侵略する白色人種全体に対する義憤であろう。明らかに対清戦争と感覚が違う。この時、日本人すべてがロシアに対する敵愾心に燃えていた。日清戦争で血を贖って手に入れた遼東半島を、東洋平和のためという美名のもと、ロシア、ドイツ、フランスの白人国家に無理やり返還させられ、その挙句ロシアに横取りされたのである（三国干渉）。
国民の憤激は天をも突かんとする勢いで、国民一人一人がこの戦を祖国防衛戦争と自覚していた。

森林太郎、日露戦争出征直前に部下に詰め寄られる

軍司令官奥保鞏大将の幕僚として、四月二一日宇品港を出港したが、実は第二軍が出征する前、森は広島の終結地で、第一、第三師団軍医部長から麦飯の供給を強く迫られた。

これに対し森はだんまりを決めこんだ。返事がないということは「現地で勝手にしろ」という暗黙の了承なのか。もしや、「麦飯供与が脚気に効くかもしれない」という気持ちが一瞬、森の脳裏をよぎったのか。

森は二人の師団軍医部長の突き上げにこたえたのか、五日後「第二軍内科方鍼先ノ通定ム」という、訳がわからない通達を全軍に出した。

内容は、

一、脚気は原因と伝播経路不明………（伝播という言葉自体、伝染病を疑っている）
二、後送が一番………（伝染病とみなしている。かつての「転地療法」と同じだ）
三、身体安静、消化良好の食餌………（素人レベルの知識）
四、下剤、強心剤、モルヒネ注射、瀉血（血を捨てること）

であった。

やはり森は麦飯が脚気に効くなどという気持ちが金輪際ない。

この頑迷固陋さには驚くが、では逆に四の治療法がどれほどの効果を上げたのか、データはあるのか。これらの薬剤が効くとの根拠はあるのか。森は麦派を学理的に鋭く攻撃する割には、自分には甘い。この

通達の医学的根拠のなさには頬かむりだ。戦争規模が日清戦争より桁違いに大きい今回は、どれほどの惨禍に見舞われることになるか、森の脳裏に浮かばなかったのか。日露開戦前に脚気を科学的に考えた節はない。

軍は五月八日、遼東半島先端部の猴児石に上陸した。しかし、やはり脚気の患者は現れてきた。

明治三七年五月二一日から二五日までの間に、第二軍は二名の脚気患者を後送したのを皮切りに、病人はうなぎ上りに増加する。

一例をあげると一〇月には、脚気新患九八六人、合計三一一二人、ちなみに同月の赤痢は合計三三四人、腸チフスは合計一〇九人で、脚気は桁が違う。

第二軍の一部でも自発的に麦飯の給与を始めたが、系統だったものではないので成果がはっきりしない。さらに三八年になると脚気総数は一万人に近づく勢いになった。

頑迷固陋な陸軍軍医部は、日清戦争、台湾平定戦の教訓を全然生かしていない。

開戦直後、森と犬猿の仲の第一軍軍医部長・谷口謙は脚気予防のため、麦飯供給を小池正直野戦衛生長官に具申。小池もその時は同意したが最後の土壇場の大本営会議で否決された。

否決理由は、麦は味がまずい、虫がつきやすい、変敗しやすい、米と別に送るなど手間がかかるということであった。やろうとおもえば医務局長の小池の一存でどうでもできるのに……

小池は谷口の麦飯供与に賛同しながら、最高会議で決断しないなど優柔不断なようにも見えるが、本音は「隠れ白米至上主義者」ではなかろうか。石黒前医務局長ほどアクが濃くはないにせよ。

森、こんな時でも出世を考える

森らが遼東半島上陸後、中央では満州軍の煩雑な衛生機構を整理することになり総兵站監部という新組織を置くことにした。この参謀長に第二軍の落合豊三郎参謀長が兼任したものだから、森は自分も同じ第二軍なので満州軍の総軍医部長に昇進できると勘違いした。

四つの軍のうちの一つの軍の軍医部長にすぎない森がピックアップされる理由はない（医務局長の小池が兼任する）。

この時、遼東守備軍軍医部長になっていた賀古に愚痴っぽい短歌を添えた手紙を書く（明治三七年四月二一日賀古宛書簡、『鷗外全集』三六巻、一七〇頁）。

「自分が総軍医部長になれるはずだったのに、誰かが讒言したためだ」と。

森林太郎の被害妄想と出世欲には驚く他はない（今、関心を持つことか！）。

子供のころから神童と崇められ、一族郎党の繁栄の希望の星であった超エリートは、人後に落ちることがあってはならなかった。小倉時代の諦観（Resignation）は嘘のようである。

小池野戦衛生長官、森を叱責す

小池は満州軍全般の衛生指導に渡満した。

明治三七年一〇月五日遼陽に着いた小池は、「沙河の会戦」で展開中の第一、二、四軍の各軍医部を視

出征部隊の入院患者（その一部）

（単位：人、%）

軍	所属師団	脚気			伝染病（赤痢・腸チフス・マラリア）			全疾病の統計（外傷を除く）			外傷（戦傷その他）		
		患者数	死亡数	死亡率	患者数	死亡数	死亡率	患者数	死亡数	死亡率	患者数	死亡数	死亡率
第1軍	近衛 第2 第12	8,177	370	4.52	3,290	1,056	32.09	22,528	1,761	7.81	20,491	1,121	5.47
第2軍	第3 第4 第6	7,321	521	7.11	3,281	1,050	32	18,880	1,909	10.16	26,680	1,770	6.63
第3軍	第1 第7 第9	10,891	696	6.39	3,584	1,082	30.18	23,597	2,190	9.28	36,301	2,429	6.69
第4軍	第5 第10 第8	6,387	324	5.07	3,483	1,135	32.58	17,881	1,816	10.15	27,246	1,606	5.89

（山下政三「鷗外森林太郎と脚気紛争」より）

察した（第三軍は旅順攻略中）。

その時、小池は戦傷者の後送に手いっぱいの第四軍が、第二軍の衛生隊に応援を頼んだが断られたことを知った。逆に第四軍の藤田嗣章軍医部長は自ら前線で衛生隊を指揮し、懸命に戦傷者の収容と後送に全力を挙げていたことを見聞した。激怒した小池は現地だけで収めようとせず、帰国後怒りを込めて陸軍大臣に報告した。

「衛生上ノ施設注意及其ノ成績ニ於テ、第一・第四軍最モ良ク、第二・第三軍之ニ亜ゲリ」

衛生という言葉を使っているが、小池が問題にしているのは戦傷その他の外傷対応だ。

第三軍は旅順攻略戦で激しい肉弾攻撃を繰り返している軍である。外傷死亡率は六・六九％と一番高いのはやむを得ないと思われるが、第二軍も六・六三％と同じだ。第二軍は第三軍ほどの死闘はくりかえしていない。これはなにを意味するか（山下［二〇〇八］、二九六頁）。

森の指導する第二軍軍医部の救命活動の稚拙さによるものである。勤務評定で、森は積極性なしとマイナスの評価をされたのである。逆に第四軍軍医部は上層部に絶賛を浴びた。

後にこのことを森は賀古鶴所への手紙の中でまたも愚痴る（明治三八年一〇月四日、賀古宛書簡）。

「小池の自分に対する態度はいつものことで、％表示の単純な患者表を作っただけで評価されたものだ。上位者には児玉源太郎総参謀長から褒美の葡萄酒を贈れたそうだが、俺はいいが部下がかわいそうだ」と。

彼は「小池は自分と同期のくせに、いつも自分をいじめる」と被害者妄想にかられていた（『鷗外全集』三六巻、二六三～四頁）。

もっとも小池の衛生指導とあるが脚気対策ではない。実際は各軍の全般的な視察であり、脚気対策の指導をできるはずがない。小池自身に麦飯供給の考えが片鱗にもないので、来たところで何もならない。

うた日記

鷗外は従軍中、長詩、長歌、短歌、俳句など約四百を超える詩歌を詠み、戦後「うた日記」として春陽堂から発行している。五七調、七五調のリズミカルなものが多い。

自題

情は刹那を　命にて　きえて跡なき　ものなれど　記念に詩をぞ　残すなる………

（森鷗外［一九七五］、一頁）

感情というものは湧きあがった刹那が命である。その一瞬が過ぎれば生き生きとした形をとどめない。したがってその一瞬の感動は何よりも尊いので詩歌として残すのだ……といういう意味の「自題」から始まる詩集は、平仮名も多く、一見とっつきやすく感じる。が、そこはやはり鷗外の詩、我々はいくら平仮名を読めても万葉語、上代語（古語）、漢語のシャワーに圧倒される。よほど詳しい解説書なしに読めるものではない。

この集の広告文に「こは森林太郎が明治三十七八年役の間ひた土に青柳の枝折り敷きし夜の月の下、木がらしに波立つ天幕の焚火のほとりに、鉛筆して手帳の端にかいつけられし長短種種の國詩を月日をもてついで、一まきとはしつるなり。……」とあるので、激戦の最中の兵站で、激務を盗んで、テントのそばの焚火の明かりのもと瞬時に閃いた詩文を書き留めたものだろう。あらためて彼の即興性に驚く。ロシアを代表とする白人国家の侵略に立ち向かう祖国を鼓舞する歌も多く、愛国詩人といってよいかと思えば、敵弾に散っていく兵士のはかなさを抒情的に詠いあげるものもあり、見方によれば彼は反戦詩人と言えなくもない。

全体を通じて鷗外の、この特殊な時期の心の揺れ動きを瞬時に詩歌にしたものなので、「うた日記」に統一された思想性を求めるのは難しい。しかし、深く考えずに思いつくまま詠ったものなので、かえって彼の深層心理をよく分析できるという人も多い。代表的なものを二、三見てみたい。

遼東半島上陸後、さらに北上せんとする第二軍は五月二五日、ロシア軍の拠点、南山を攻撃する。二日後、鷗外は激しい戦闘を「唇の血」という長詩に詠っている（森鷗外［一九七五］、六五〜八頁）。

「……一卒進めば　一卒僵れ（倒れ）　隊伍進めば隊伍僵る………

時はこれ五月二五日　午後の天
常ならば　耳熱すべき　徒歩兵の
顔色は　蒼然として　目かがやき
咬みしむる　下唇に　血にじめり………
健気なり　屍こえゆく　つはものよ
御旗をば　南山の上に　立てにけり
誰かいふ　万骨枯れて　功成ると
将帥の　目にも涙は　あるものを
侯伯は　よしや富貴に　老いんとも
南山の　唇の血を　忘れめや

「唇の血」とは突撃前の緊張のあまり、兵士が自らの下唇を歯で噛み切ってしまったその血である。勇壮な我が兵の活躍の描写を通り越して、悲惨な戦況を通り越して、これは誰が見ても反戦歌である。下級兵士が戦死し儚くこの世を去った後、指揮した将官たちが、後世位階を極めても、南山で倒れた名もない者たちを忘れるべきではない、と悲痛な言葉で訴えているのだ。

この戦いを鷗外たち軍医部の将校は、戦場を俯瞰できる肖金山という小山から見ていた。行動を共にしていた従軍作家、田山花袋もロシア兵が火薬庫を爆発させ敗走してゆく光景を見た。大爆発の火煙が夕空に俄かに舞い上がり、二、三分続いた。

突然、森軍医部長に後ろから声をかけられた。

「実に、君、好い処を見たね？」

「実に壮観でした！」と思わず答えると、

「もう、かういふ面白い光景は見られんよ」と感想を漏らしたという。

このエピソードに関しても色々意見がある。

田山花袋に「好い処をみたね」とか「面白い光景」など、その下で繰り広げられる残虐な命の遣り取りを想起せずに、さらりと、スポーツ観戦のような感想を述べることしかできないこと、つまり軍医部長としてしか戦争に関わることしかできなかった限界性を残念がる声だ（末延［二〇〇八］、二三七～四〇頁）。

確かにそうかもしれない。

しかし鷗外は反戦ジャーナリストではない。後方から観戦している軍医が「面白い光景」と言ったからとて、重い意味があるわけではない。彼は戦争の悲惨さを謳いあげる従軍歌人森鷗外ではなく、従軍軍医森林太郎なのである。

最も有名な一首「扣鈕（ボタン）」

「うた日記」を読みすすめていくと、この「唇の血」の後に続けて有名な「扣鈕（ボタン）」が出てくる（森［一九七五］、七〇～二頁）。

特異な抒情詩であるが、同じ時間、同じ空間で詠まれたことに違和感を感じる人が多いのではないだろうか。直前の「唇の血」と全く異なる情感を込めた歌なので全文を記す。

南山の　たたかひの日に
袖口の　こがねのぼたん
ひとつおとしつ
その扣鈕惜し

べるりんの　都大路の
ぱつさあじゆ　電灯あをき
店にて買ひぬ
はたとせまへに

えぽれつと　かがやしき友
こがね髪　ゆらぎし少女
はや老いにけん
死にもやしけん

はたとせの　身のうきしづみ
よろこびも　かなしびも知る
袖のぼたんよ

かたはとなりぬ

ますらをの　玉と砕けし
ももちたり　それも惜しけど
こも惜し扣鈕
身に添ふ扣鈕

もう改めて述べるまでもない。

鷗外は永遠の人を思い出しているのだ。

「南山の戦いの日に、袖についている金色のボタンを一つ紛失したのに気付いた。ベルリンの繁華街の青い電飾華やかな店で、二十年前にエリーゼに選んでもらい買ったものだ。エポレット（女性の洋服の肩につける飾り）が輝いていた、こがね色の髪の少女はどうしているだろうか。もう老いてしまって死んでいるかも知れない。

その後二十年の我が喜びも、悲しみも知るボタンよ。片輪になってしまったなあ。

勇敢なる兵士が何千と命を落としてゆく。これも惜しいが、失ったボタンも惜しい。

たった一つ残ったボタンよ」………という意味だろうか。

永遠の人を思い出す、抒情あふれる美しさに、胸を打たれる読者が多いと思う。しかし、悲惨な「唇の血」と同じ時期に詠い、併記して歌集に載せてあるのだ。

いくら戦後に発刊された詩集とはいえ、反鷗外の立場に立つ人は違和感、いや反感を覚えたに違いない。皇軍兵士が倒れていくのも惜しいが、自分とエリーゼとの思い出が詰まったボタンの紛失も惜しいと言っているのだ。兵士の命とボタンは同格かと突っ込みを入れる人もいるだろう。果たして鷗外は、兵士と一体感をもって戦っていたのか。軍医部長として、文弱の、ほろ甘い歌を詠むより果たすべき責務はあるはずだと、戦後、鷗外に厳しい視線を向ける人は指摘するはずだ。鷗外が戦争の惨状と悲哀を詠った「唇の血」と、甘酸っぱい青春の回想の「扣鈕」とをあえて併記した理由はあるのか。私は何もないと思う。

詩を詠むとは鷗外にとってどういうことか。

鷗外は場所と時間を問わず、自らの官能を瞬時に言語化できる能力があり、それ以上でも以下でもないのだ。つまり南山の戦いで、「自分の服の袖の金ボタンを紛失した」という事象が、鷗外の官能をたちまち刺激し、励起したエネルギーが情動中枢から言語中枢に瞬時に伝播し、抒情的な表現となって筆が走っただけなのだ。

この伝播速度が神憑っている人を「文」の天才という。

多くの兵士の死を悼む歌と、かつての「恋人」を偲ぶ歌とが同時に、瞬時に、この天才の脳裏にひらめいても不思議ではない。この窺い知れぬ天賦の才能が鷗外の誤解のもとになってきたのだ。その心情を見事すぎるレトリックで時と場合を選ばずさらりと言語化できるので、周辺が反感を持つ。……我が兵士が命を落としている時に、何を考えているのかと。

昔の恋人の面影にとらわれて、軍医部長としての職がおろそかになったわけではない。

小池野戦衛生長官による第二軍軍医部の低評価は、森の軍人としての積極性の欠如によるものであって、

「恋人」の面影や彼の「文才」が原因でもたもたしていた結果ではない。

鷗外の軍医としての評価は良くも悪くも実績により正当になされるべきであり、必要以上に「文人」という色眼鏡をかけてなされるべきではない。

逆に「文人」としての評価は彼の文学によってのみ下されるべきであり、軍医としての色眼鏡で見るべきではない。しかし現実は、二つの能力を併せ持った人は、それぞれの分野でそのことだけに専心する人からは違和感を持たれることが多い。やがて戦争が終わってから鷗外は嫌というほどこの問題に直面するのである。

さしもの森林太郎、とうとう麦飯供給の必要性を認める

銃後の国民は、おびただしい戦傷兵が国内に後送されてきたのを見て、ただならぬ戦況にあることを見抜いた。最愛の夫や兄弟、子らが戦闘で倒れるのは致し方ないとしても、病気で死ぬとはどういうことだ。日増しに陸軍への批判は強くなってきた。

追い詰められた野戦衛生長官小池正直は、浮腫（むくみ）や自覚症状だけの患者には、脚気病名をつけないよう命令した。彼も保身にはしる官僚であった。

いっぽう第二軍でも、とうとう森は明治三八年二月七日付「第二軍軍医部長臨時報告」に、「麦及雑穀ノ供給ニ尺力スルヲ要ス」と報告した（山下［二〇〇八］、二九一頁）。

彼の深層はわからない。……やっと溺れる者は藁をもつかむ……か。

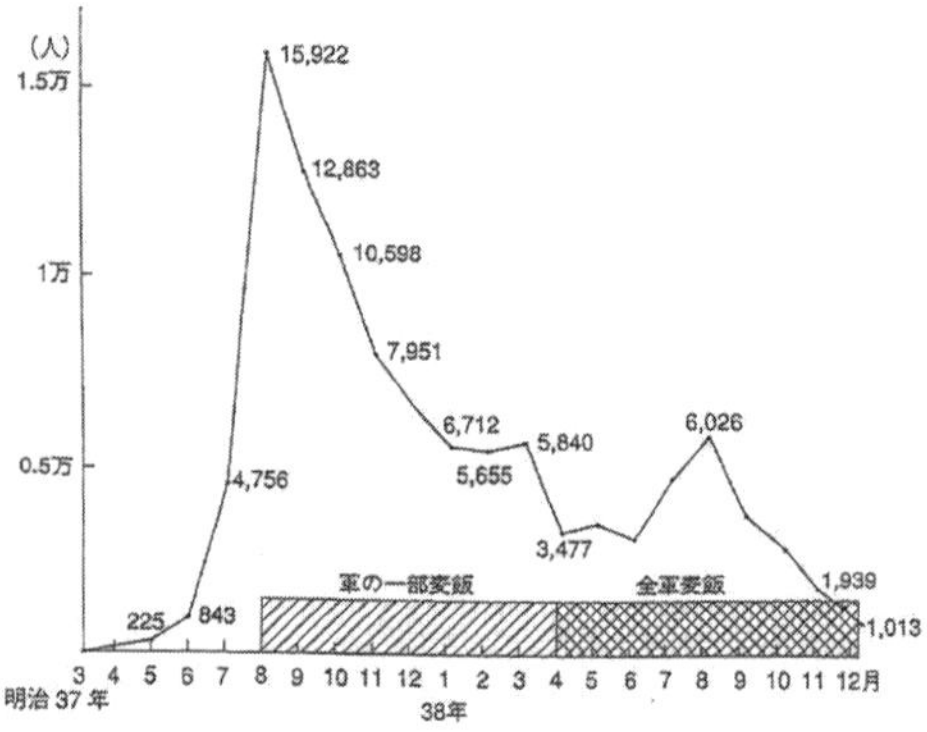

陸軍：日露戦争中（明治 37 年～38 年）
月別戦地入院脚気患者数
（山下政三「鷗外森林太郎と脚気紛争」より）

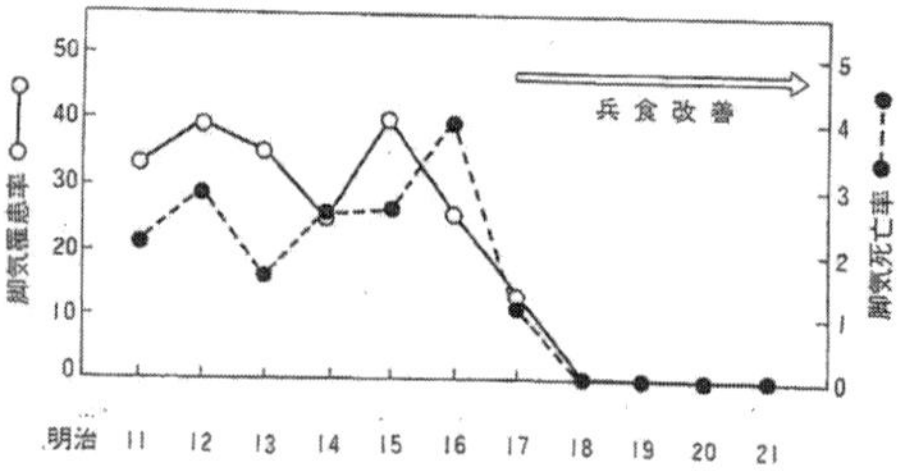

海軍：日清戦争前（明治 11 年～21 年）
脚気罹患率と死亡率の推移
（松田誠「高木兼寛・脚気をなくした男」より）

両戦役の脚気死と戦死の比較

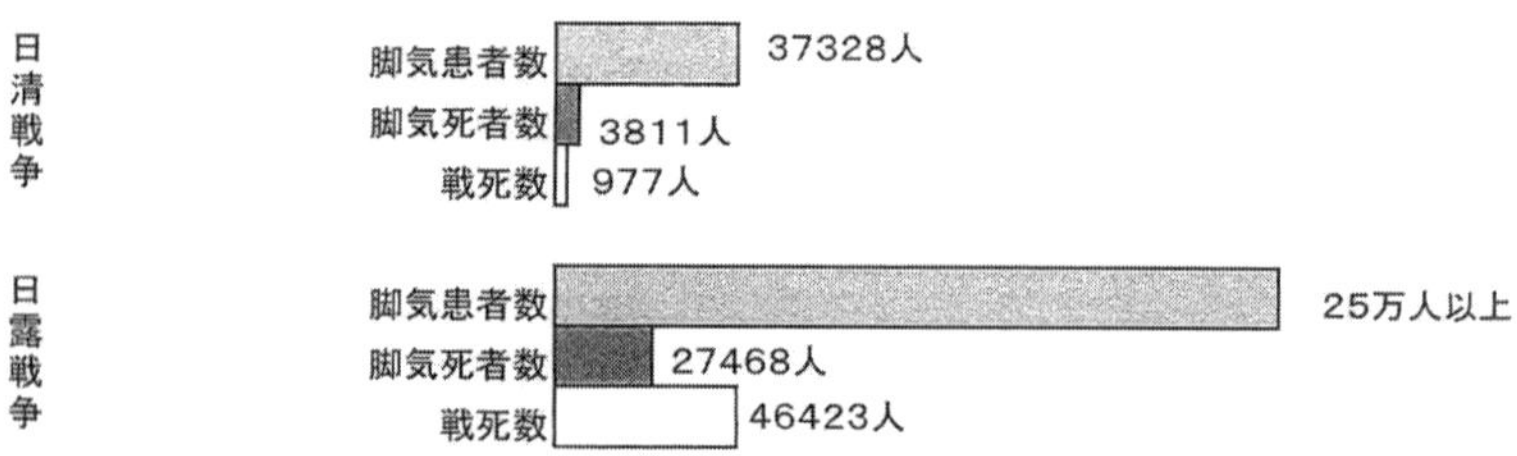

山下政三[2008]、114頁、302頁～303頁より筆者作図。

あまりにも遅すぎたが、森はこの時点で、脚気の栄養障害説を、心の底から理解できたのか、これからの研究に待たねばならないだろう。

ついに陸軍大臣寺内正毅は、明治三八年三月、麦飯（三割の麦飯）の食餌を正式に命令した。効果はてきめんで図のように激減した[7]〈図版上〉。

ここで参考に、海軍の麦飯供与のデータ（慈恵医大・松田誠名誉教授）を併記してみると〈図版中〉、データの取り方と戦時、平時の違いがあるが、両軍とも麦飯供与で見事に脚気発生のグラフは下降に転じる。注目したいのは横軸だ。年代がぜんぜん違う。ピークが減少に転じるのは、陸軍は海軍に遅れること約二十年だ。あまりにも大きな犠牲を払った二十年である。

海軍はほとんど脚気患者を出さずに日清、日露戦争を戦ったが、それだけに陸軍の無為無策を許せず、医学雑誌上で一方的に陸軍を攻撃した。

総まとめとして日清戦争と日露戦争の脚気惨害を図示する〈図版下〉（山下［二〇〇八］一一四頁、三〇二～三頁）。

陸軍軍医部の無策ぶりは国民に広く知れ渡るところとなった。

日露戦争は明治三八年九月五日、ポーツマスで講和条約が締結され終結する。日本が辛勝したが、脚気紛争は未解決のまま戦後へ持ち越されるのである。

帰国、陸軍医務局長に就任できたが……

翌三九年一月一二日、鷗外は東京に凱旋する。大国ロシアに勝利した熱狂がまだまだ冷めやらぬなか、六月十日賀古鶴所と発起人となって、陸軍の実力者山縣有朋を中心とする歌会「常盤会」を結成した。翌明治四十年三月、自宅で個人的な「観潮楼歌会」を始めた。こういうところが軍内のアンチ森派の反感を買うのであろう。……お前は何か忘れていやしないかと……

歌会設立の目的は歌壇で対立していた「明星派」と「アララギ派」の融合を企てるものであり、両派の代表的詩人を招待した。鷗外や佐々木信綱のほか、明星派からは、与謝野寛、北原白秋、石川啄木、木下杢太郎、アララギ派からは伊藤左千夫や斎藤茂吉らが参加したが、両派はめいめい好きな歌風で詠いあい融合とまではいかなかったようである。

明治四三年まで続いたが、この文芸サロンは参加者の意識を高め、文壇全体のレベルをめざましく向上させた。

しかしもう一方の草鞋の、医の人はどうなったのか。

責任ある軍医部長として、銃弾ならぬ脚気で落命した兵士の無念を、よしや忘れることはあり得ないと我々は信じるのであるが、脚気にかかわる彼の思いのたけを述べた記述、書簡がないので、この時点で彼は脚気をどう考えていたかわからない。

この明治四十年、森林太郎は、小池正直の後を受け、十一月十三日念願の第八代陸軍医務局長に就任、軍医総監（中将）になった。四十五歳になっていた。とうとう軍医界の最高位まで上り詰めたのである。

父静男と祖母清子は亡くなっていたが、母峰子をはじめ森家はこれ以上ない喜びに包まれた。没落士族とまでは言わないが、先細りする不安に苛まれていた田舎の弱小藩の御典医一家にやっと陽がさしてきた。

無責任体制

結局陸軍に麦飯供与を命じたのは、陸軍軍医部をスルーして陸軍大臣寺内正毅だ。あれほど兵食の決定権は軍医部にありとしていた連中はどこへ行ったのか。石黒の頑迷固陋さは置くとして、小池前医務局長も麦飯供与に関し腰が定まらない。

森にしても今回の戦争前に、軍医部長として日清戦争と台湾平定戦の脚気の惨状を目の当たりにしているはずだ。軍医としての職業意識はどこに行ったのか。

彼ほどの頭脳明晰な人物が海軍の実績にも目を向け、陸軍内の麦派の意見も聞き、柔軟に戦略を練ることができなかったのか。脚気を制圧できない組織は、成功者の海軍に教えを請うのが普通である。ところが陸軍の面子があるのでそれをしない。兵士の命がかかっていても目を向けない。つまり官僚組織人は組織防衛のため絶対非を認めない。

エリートは減点主義の世界に生きてきたため非を認めると終わりだと信じている。

今でいえば国家公務員試験を一番で受かり、省庁に入って「次は次官か長官か」というような人々が不祥事を起こした場合、お役所言葉で詭弁を弄して逃れようとする醜態を、テレビは余すことなく我々に暴露する。彼らは間違いを絶対認めないことが習い性になっているし、組織も総出で必死にかばうという茶番劇を我々はいやというほど見せつけられる。今も昔も変わらない現実である。

排他的メンタリティーほど社会正義に害をなすものはない。

自分の一族だけ、部門だけ、派閥だけの利権と面子を死守せんとするセクト主義は、理性を凌駕するという悲しい人間の宿痾である。

日清戦争の脚気惨害の責任を取らず、さっさと円満退職に逃げ込んだ石黒は機を見るに敏である。小池も日露戦争の脚気問題に責任がある。彼もこれ以上医務局長に留まるとヤバい、と思ったのか戦後二年目に辞めてしまった。計画通り(?)功二級勲一等に叙せられ、辞任直前に男爵位を授けられ、辞任四年後には貴族院議員になった。まことにあっぱれな引き際で彼もまた世渡り上手であると言えよう。

ちなみに海軍から脚気を撲滅した高木兼寛はとっくの昔に海軍軍医総監を退任しており、明治二五年には貴族院議員、日露戦争終結の年には華族に列せられ男爵を賜っている。

彼はこの間、「成医会」活動で着々と実力を蓄えていた。

皇室を味方にし、小池の辞任の年に東京慈恵会を拡大し、附属医院の経営を強化した。

石黒、小池の身の引き方と大いに異なるが、高木もまことにあざやかな官から民への転身である。もはや自分の中では脚気は解決し、次のステップに進んでいたのである。

大惨害をもたらした陸軍軍医部に対する国民の目は日々、厳しくなっていく。

森林太郎はこの難局をどう乗り切るのだろうか。

▼註

▼7　ビタミンB1必要量

山下政三先生によると人間のビタミンB1必要量は一日約2㎎であり米4合麦2合のビタミンB1含有量は0・9㎎だそうである。副食として動物性蛋白質を取ると必要量を満たすが、当時の副食は梅干し、漬物程度だったので十分ではない。それが脚気を皆無にできなかった理由である。それでもビタミンB1

がゼロの従来食と比べると目を見張るような成績である。ちなみに我々が疲労回復に飲むドリンク剤はビタミンＢ１が一本５㎎ほど、アリナミンは一錠25㎎入っている。

第八章

欲張り鷗外、医務局長と文豪の両立に悪戦苦闘す

森志げ

明治41年の鷗外

出世欲の権化、森林太郎はとうとう念願の軍医界トップに立った。

軍医林太郎は言う。

「多くの陸軍兵士を病死させた医務局の責任の決着がついていない。これから軍医総監・医務局長として、陸軍軍医部門を代表して決着をつけにかからねばならない。国民の信頼を回復し、組織を立て直すことが出来るのは俺しかいない。」

作家鷗外の別の声が聞こえる。

「芸術や文学の自由発展を妨げる国は栄えるはずがない。俺は芸術と文学の守護神となって日本の文化的発展を推し進めねばならない。軍医だからといってこの使命を遠慮しなければならぬ道理はない。」

二人の森は口をそろえて言う。……子供のころから不世出の神童とあがめられ、エリートコースを驀進してきたこの俺だ。ほかの凡人ならともかくこの俺様が、軍医と作家の掛け持ちぐらいできない道理があろうか……と向かうところ敵なしの意気込みだ。まさにこの医務局長時代より陸軍の脚気対策の導火線に火がつき、文芸作品の怒涛のような大量生産が始まるのだ。

彼の人生の中で、最も濃密で豊穣な足跡を残したこの期間………

この章では医学者と文豪の二人の活躍を、我々も同時進行で懸命に追いかけたい。

脚気惨害の責任を忘れていなかった森林太郎、臨時脚気病調査会をつくる

鷗外は文豪としての煌めきがまばゆすぎて、軍医の評価はかすみがちだ。のみならず文学に心を奪われて、医業は疎かになりがちだとの悪評も多い。

しかし二つの大戦役で、多くの脚気による戦病死者の惨状を見てきた人間が、いやしくも念願の軍医界のトップに立ったのである。決意をあらたにしないはずがない。

医務局長最初の仕事としてまず人事を刷新した。医務局中枢には脚気治療経験者をすえ、かつ全員非東大出身者で固めた（山下［二〇〇八］、三三八頁）。

では彼は学閥の弊害を改めようと進歩的な考えに転換したのか。

そうではない。石黒の意に沿い、小倉左遷をやらかしてくれた小池正直前医務局長の、東大優先主義の鼻を明かしてやろうという単なる意趣返しだ。少し残念な気がしないでもない。

明治三八年二月の国会は、「国家事業として緊急に脚気の研究をすべし」と建議し、ぐずぐずしている政府を追及した。これを受けて内務省（伝染病研究所を管轄）と文部省（医科大学を管轄）が手を挙げた。

問題は陸軍省だ。

両戦役の膨大な犠牲を考える時、敵軍による攻撃でもない、天災でもない、防ぐことができたはずの脚気に対して誰が責任を取るのか。この脚気蔓延による大惨事は、陸軍軍医部の無能と怠慢による人災というのに、最高責任者が円満退職し、誰一人責任を取ることなくウヤムヤになりつつあった。

時が経つにしたがって、脚気蔓延の自責の念が強くなっていた森は、絶対陸軍主導でやらねばと強迫観念に駆られていた。

彼は寺内陸軍大臣の全面的な賛同を得て、臨時脚気病調査会の設立を着々と進めた。

「元帥寺内伯爵伝」には

「………軍隊内に於て最も患者の多きは脚気症なるを知悉するに及び。日露戦役後、当時の医務局長森林太郎博士の発案に基き。四一年三月一八日臨時脚気病調査会設立草案を閣議に提出して……」とある。
（黒田［一九八八］、四一六頁）

遅きに失したといえども、森林太郎が脚気惨害の責任を取ると言明したのだ。

森が発案し、寺内が閣議で「陸軍が金を出す」と押し切った。森の強いリーダーシップが、日本で初めての統一したプロジェクトチームを設立することになる。かつての「陸軍兵食試験」とならび、彼の軍医としてのもう一つの業績である。

翌日六月二三日、臨時脚気病調査会の委員が任命された。委員長（会長）は当然森自身であるが、その他は伝染病研究所、東大、陸海軍軍医学校教官などの混成チーム計一八名。臨時委員には、医学界重鎮の東大学長の青山胤通と伝染病研究所所長の北里柴三郎まで加わった錚々たるメンバーだ。あくの強い学者ばかりで森はさぞかし気を使ったことだろう。

折から来日中の恩師ローベルト・コッホ（明治三八年ノーベル医学賞受賞）は森に「流行地の東南アジアに調べに行け」とアドバイスした。さっそく調査会は三人のスタッフを派遣したが、彼らはジャカルタでエイクマンという衛生学者の動物実験を見て度肝を抜かれた。

白米でニワトリを飼育すると三、四週で脚気症状が現れ歩けなくなる。

この脚気ニワトリに玄米や米ぬか（玄米の胚芽成分）を与えると回復する、というものであった。エイクマンは白米の中に毒素があり、米ぬかは解毒剤と考えて、すでに明治三一年にドイツ語の論文を発表している。

したがって現地では白米以外に雑穀を食べるようになっており、脚気患者は激減していた。このような時期に派遣委員が行ったところで得るものは何もなかった。

「白米脚気原因説」に宗旨替えした都築甚之助委員

委員のうち、森がかねてから目をかけていた都築甚之助だけは、ジャカルタの動物実験が頭から離れなかった。

都築はまずエイクマンの追試から始めることにした（当然、森委員長の裁可は得ている）。

そして帰国翌年の明治四三年三月、臨時脚気病調査会委員会で、四月、日本医学会で発表した。脚気伝染病説がまだまだ有力な場での発表は、さぞ列席者の度肝を抜いたことであろう。いや爆弾発言だったかも知れない。

要旨は、小動物に片っ端から白米を食べさせると、脚気症状が生じ、白米に糠、麦、赤小豆を混ぜた群は脚気を予防できたということである。さらに都築は三九九名の脚気患者に、糠散（糠を飲みやすく加工した粉剤）または糠丸（同錠剤）を飲まし、服用者の約五八・六％が治癒または著効が見られたという。

このまま都築の研究が進めば糠の有効成分が分析され、日本も微量栄養素学（ビタミン学）のノーベル賞が出る可能性があった。

だが残念なことに都築は東大閥に潰されてしまった。この米糠製剤を部外者へ配ったと濡れ衣を着せられたのだ。森委員長も庇いきれず都築は罷免になった。ところが都築はなかなかしぶとい。

罷免の翌年の明治四四年四月、辞めたはずの臨時脚気病調査会と東京医学会総会で、再び「脚気の動物試験第二回報告」をやってのけたのである（この年の一月には彼は「都築脚気研究所」を設立し実験を重ねていた）。

委員を辞めたはずの都築が、委員会で発表できたのは森の特別の配慮があったからである（山下〔二〇〇八〕、三七六頁）。

彼は発表の冒頭で、「謹テ特別ノ庇護ヲ与ヘラレタル臨時脚気調査会長森閣下ノ厚意ヲ鳴謝ス」と謝辞を述べた。森は親切にも都築の研究時間を十分に取れるように陸軍軍医学校教官に転職させたり、明治四十五年には陸軍一等軍医正（大佐）に昇任させているのだ。

都築は臨時脚気調査会で、主流派から裏切り者と非難を浴びていた。その孤立無援の都築の研究に格別の庇護を与えるなど、かつて白米至上主義を唱えていたあの頑固な森林太郎はどこへ行ってしまったのか。

森の変節？

森林太郎は振り返る。

東大内科教授三宅秀、生理学教授大沢謙二の頃から今に至るまで見てみると、盟友の東大内科の大御所、青山胤道をはじめとして同じく内科教授の三浦謹之助、薬物学教授林春雄、病理学教授の長与又郎と緒方知三郎らの臨床医学と基礎医学の大家が、全員口を揃えて「脚気は伝染病である」、「麦飯は脚気に効かない」と言い続けている。

しかし明治十八年、東大衛生学教授の緒方正規が脚気菌を発見したとの報告以来、誰一人追加報告例はないではないか。（この脚気菌発見は緒方の間違いではないか）……母校の教授たちはこの事実をどう考えているのか。

実際二つの戦役と台湾征討の脚気惨害を見ると、これでは海軍に反論できないではないか。反論の根拠になる脚気菌がこれだけ努力しても発見できないのだから自分に分が悪い。………と考えるようになったと思われる。

聡明な森のことである。かつて陸軍軍医学校での「兵食試験」の結果の「米食は栄養学的に洋食と遜色なし」は今でも真実と信じているが、ここに至って脚気との関連をコメントせずして「米食優秀説」を進めてきた空虚さを悟ったに違いない。

実際彼は日露戦争従軍中、とうとう最後には麦飯供与の必要性を陸軍省に報告している（前述）。麦飯供与後の第二軍の結果も知っているはずである。

現在、森は陸軍省主導とはいえ国民病脚気を撲滅する国家的プロジェクトの委員長（会長）である。東大閥など関係なしに一刻も早く正しい結論を出したい。そのためには、自分自身は「厳密公平中立であらねばならない」と決心していたと思われる。

そうでなければ、かつての自分のポリシー（兵食は白米でよい）を覆すような都築甚之助を引き立てるような行動をとれるはずがない。

この行動を我々は、どう評価すればよいのだろうか。

私は、「森が麦飯派に変節した」と揶揄すべきものでもなければ、「国民に謝罪の言葉がない」と非難すべきものでもないと思う。

彼は弁明をしない。

昔のサムライがそうであったように、言葉より重い行動で責任を取ろうとしたのだ。

豊熟の時代

振り返ると医務局長就任早々、森林太郎にとって不幸が続いた。最もよき理解者だった弟、篤次郎の死、次男不律の夭折、しかし文学面に限ると医務局長時代ほど輝かしい時はない。再び超人的な文学活動が始まったのは、臨時脚気病調査会の歯車が回りだした明治四二年からである。

評論家・作家で精神科医の木下杢太郎は、鷗外のこの時代（大正六年まで）を「豊熟の時代」と名付けているほど、まさに文豪の名を欲しいままにした名作の大量生産時代だ。木下杢太郎はこの怒涛のような鷗外作品の奔流は一～五までのためだとする。

一、夏目漱石の活躍にライバル心が芽生えたこと。
二、大嫌いな自然主義文学に対抗する必要があったこと。
三、四二年一月、雑誌「スバル」が創刊され、自らの作品を発表しやすくなったこと。
四、同じく雑誌「歌舞伎」（弟が主宰していた）がヨーロッパの戯曲の翻訳を口述筆記により掲載するようになり、気楽に投稿できるようになったため。
五、陸軍軍医部最高峰に上り詰めたため、周囲に遠慮せずともよくなったため。

としている（福田・河合［二〇一六］、一〇三～四頁）。

一～四までは鷗外の私的なモチベーションに関連するが、五に関して、木下杢太郎は甘すぎるのではないか。なぜなら森は医務局長といえども、陸軍省という巨大官僚組織の中の、軍医部というマイナーな部門のトップに過ぎないからである。

麦飯派の陸軍大臣寺内正毅は、自身が脚気患者で麦飯摂取のおかげで治ったのだが、日清戦争のおり脚気の兵士への麦飯供給を、石黒と森に学理がないと阻止されたことを根に持っている。石本新六陸軍次官も寺内と一心同体だ。いつ揚げ足を取られるかわからない。

さらに気が重い人がいる。一応、森の育ての親とも言える石黒だ。

この関係は、腐れ縁どころか蛇に魅入られたカエルだ。森は軍医界の最高権力者になってもなお石黒の呪縛から逃れられない。

とっくに退役したはずの石黒は、OB風を吹かしてよく医務局長室にやってきた。

ある日、北海道の師団で食中毒（実際は兵卒のメチルアルコール急性中毒）が発生したのを石黒が新聞で知り、森に質したところ知らなかったので、石黒は「余り小説を書きすぎるから、こんな出来事も看過するようになる。少しは新聞を見ておくがよい」と厳しく苦言を呈した。

石黒の退室後森は頗る不機嫌で、「日本の新聞は実につまらん。僕はドイツの新聞を読んでいるが、ためになることが書いてある」と部下に虚勢を張ったそうである。いかにも森らしい（山田［一九九二］、二八七〜八頁）。

また乃木希典大将の自刃した日、森に医務局の部下を乃木邸に遣れだの、いちいち細かい指示が飛んだと森の日記にある。周りにはややこしい人がいっぱいなのだ。

軍医部最高峰に上り詰めたとて、周囲の反感と嫉妬と干渉に打ち勝ちながら文芸活動にも勤しむなど、とても常人のなせる業ではない。

鷗外の最大の外患……天敵・石本新六陸軍次官

鷗外は、その理想を病的に追い求める性格のためかよく敵をつくる。

しかし今度だけは勝手が違った。

石本新六陸軍次官は鷗外の直属上司、軍隊の中で絶大な権力を握っている。鷗外より八歳年長、もと姫路藩士、日露戦争の時から陸軍次官で寺内正毅陸軍大臣とコンビを組んだ。後に薩長出身者以外で初めて陸軍大臣になった実力者だ。

森が医務局長就任挨拶に行ったときは何も問題はなかった。

しかし「豊熟の時代」の先駆けとなった文芸雑誌「スバル」創刊より二人の歯車は狂ってきた。

剛直でもってなる石本陸軍次官は、軍人たるもの文系素養は武士のたしなみの漢詩か短歌程度で、医務局長が「軟文学」に手を染めるなどもってのほかと考えていた。

彼は明治四二年三月の雑誌「スバル」に載った「半日」を読んで腰を抜かさんばかりに驚いた。医務局長が、軍人家庭内の嫁姑問題を公衆に晒すなど信じられなかったし、若い嫁の尻に敷かれる鷗外のだらしなさも許せなかった。

それでは小説復帰第一作「半日」はどんな作品だろうか。

本書は作品紹介が目的ではないが、「半日」こそ鷗外の家庭を分析できる資料なので紙幅を十分とりたい。

小説「半日」に書き尽くされた内憂……それでも鷗外は丸くおさめる

「半日」は鷗外初の口語体小説である。

どの家庭にもある嫁姑問題がテーマであるが、ことはそんなに生やさしいものではない。

なぜ並みの嫁姑問題と違うのか。

それは登場する役者の格が一般家庭と桁違いだからだ。まず母峰子は嫡男林太郎を赤ん坊の時より溺愛し、自分の将来を彼に全面的に託し、恋人エリーゼから守り、最初の妻登志子との離縁も、徹底的に林太郎の立場を擁護した。峰子は息子に、一種の疑似恋愛感情を持っているのではないかと思うぐらいだ。一方鷗外も離婚後、母に性欲解消の愛人をあてがわれるほどの究極マザコン男である。

このような男と、大審院長のお嬢様として溺愛され、我儘放題、勝気さに加え、稀代の美人ではあるが性格異常で鳴らす志げとの結婚そのものが、喜劇的悲劇だったのだ。

志げがどれ程感情の激しい猛女であったかはこの「半日」に尽くされている（『鷗外全集』四巻、四五七～八二頁）。

日露戦争から母峰子が死去するまでの約十年間、峰子を中心に鷗外の弟潤三郎、長男於菟らのグループと妻志げおよび実子グループとは観潮楼を二分し別々に暮らした。

鷗外は志げとの子供達と起居を共にするが、母峰子の方へも妻に気兼ねしながら頻繁に顔を出した。

同じ屋根の下に住んでいながら、母が彼と口を開くと途端に志げのヒステリーが起こるのだ。妻の独占欲は単に嫉妬という生易しいものではない。

義母を罵倒する言葉が凄まじい。

「丸であなたの女房気取で。会計もする。側にもゐる。御飯のお給仕をする。お湯を使ふ處を覗く。寐てゐる處を覗く。色気違が。」（半日）

ここで鷗外はグッとこらえる。

義母が夫を疑似恋愛の対象として、甲斐甲斐しく身の回りの世話をしだしたら妻は立場がない。会計もするとは義母が一家の会計を握って離さないことだ。後に鷗外は波風立てないよう自ら忙しい合間を縫って会計をする羽目になる。

志げというひと

志げは音に極めて敏感らしい。

以前、「寺の鉦の音を聞くとたまらない」と訴えた時、鷗外は神経に異常がある女かも知れないと空恐ろしく思ったそうである。

孝明天皇祭のため宮中の賢所に参内予定の朝のことである。

妻は義母の声が聞こえると気が狂いそうになるので子供（長女茉莉）をつれて出ると言うのだ。

志げは意に染まぬことがあると、子供を人質にとってしばしば家出した。そこで子供を残せと鷗外と大喧嘩になる。結局この大事な参内は断念せざるを得なかった。

「切角お休みで、あなたが御所に往くのをよして内にいらつしやつても、今に又お午だと、茶の間であの聲がする。わたしはきつと気違になつてしまふ。」（半日）

志げの方が大狂乱を起こしておいて、せっかくのお休みはないだろう。

志げは幼児のまま大人になった人である。周囲の空気を読めない。

独占欲が病的に強く、鷗外が長男於菟（先妻の子）と話をするだけで機嫌が悪くなったほどである。長女の玉ちゃん（茉莉）が家の中で、「おばあ様のところへ行きたい」というと、

「あんな人のところへ往くのではありません。女中の處へ往ってお遊」と強制するぐらい徹底している（半日）。

世の亭主はここまでのヒステリー女房であれば逃げ出すであろう。

しかし鷗外には、妻の異常さに辟易しながらも、美しさと未熟さが混在したロリータ嗜好があったようだ。戦地からの手紙に自分を「でれ助」と呼び、妻を「しげちゃん」と呼ぶなど気持ち悪いが、他の家族への手紙はいつもの簡潔、端正な漢文調であることより、妻を未熟なロリータ扱いしていることが明白だ。

しかし自分がもし戦死した場合、志げは到底森家を守る女でないので、遺産は母と長男於菟で分けると し、再婚するまでは生活保障だけはするとの遺言状を書いている。

森家の血族を死守せんとする意志と、四十歳で手に入れた「美術品のごとき嫁」を、見事に調和させた鷗外の才能といえる。谷崎潤一郎の「痴人の愛」や「卍」、「春琴抄」などの作品に出てくる甘美な女性に溺れたい、というような倒錯感情はなかったであろうが、年とともに鷗外はこの「美術品の妻」に手を焼いてくる。

自閉症スペクトルム障害

長男於菟の手記によると彼が父に相談事があると自宅ではできず、勤務先まで出向いたのは序の口で、志げは於菟の面前で嫁の悪口を言い、「源頼朝が北条政子の家に乗っ取られたように、森の家も秋田出身のズーズー弁の女（於菟の妻）に乗っ取られるよ」とうそぶいたという。

また子供達の容姿にうるさく、泣く杏奴に向かって「器量良しが大きな目に涙をためるのは良いが、ブスのお前が泣くと小さな目が腫れて余計にブスになる」というような暴言を吐き、姉や長男に対しても容赦がなかった。勉強ができなかった末子の類を心配していたが、教師から「頭に病気がない子では類さんが一番できません」と告げられると大いに嘆き、「頭に病気があればどんなに肩身が広いことか。病気がありますように」と念じたり、前途に対する不安感が高まり、なんと「死なないかなあ、苦しまずに死なないかなあ」と漏らしたという（山崎國紀［一九九七］、二五～六頁）。

自分以外の人間にかける言葉のブレーキが利かない、自分の言葉を相手はどう受け止めるかが予期できない。相手の心と共感できない、音に異常に敏感であることなど、現在でいえば、いわゆる「空気が読めない人」すなわち自閉症スペクトルム障害と診断される。

これらのエピソードは子供達の回想によるものであるが、「半日」が書かれたのはもっと前である。しかし「半日」にも十分、自閉症スペクトルム障害を示唆できる記載に満ちている。

この小説の最後の方は、「………無論精神病者とは認められまい。併し真の精神病者と健康人との間に、限界状態といふやうなものがありはすまいか。若し又精神の変調でないとすれば、心理上に此女をどう解釈が出来よう。孝といふやうな固まつた概念のある国に、夫に対して姑の事をあんな風に云つて何とも思はぬ女がどうして出来たのか、………東西の歴史は勿論、小説を見ても、脚本を見ても、おれの妻のやうな女はない。これもあらゆる値踏を踏み代へる今の時代の特有の産物か知らん………」と続く（半日）。

鷗外のこの時代、自閉症スペクトルム障害という概念はない。

しかし精神病と健康人の境界の発達障害の存在を小説の中の言葉を借りて彼は予想している。

さすがである。さらに次の言葉でこの小説はラストとなる。

「その中に台所の方でことことと音がして来る。午の食事の支度をすると見える。今に玉ちゃんが、『papa、御飯ですよ』と云つて、走つて来るであらう。今に母君が寂しい部屋から茶の間へ嫌はれに出て来られるであらう。」（半日）

何とも言えない暗い終わり方である。鷗外森林太郎の内憂の凄さを訴える小説はこれをおいてない。

このあまり美しいとも思えない私小説が名作かどうか私にはわからないが、鷗外という有名人のプライベートの暴露本だからこそ読者は、のぞき見趣味で読むのだ（なお「半日」は志げの意思で単行本化されなかった）。

石本次官、鷗外を譴責す

ジャカルタへの調査委員派遣が徒労に終わった七月、鷗外は自伝的小説「ヰタ・セクスアリス」を発表した（赤裸々な性描写？のため発禁となった。当時としては大層刺激的だったのだろう（第一章参照）。

陸軍大臣や次官は、政府が脚気解明のため全力を上げているこの大事な時に、エロ本まがいの軟文学を軍医のトップが出すその神経がわからなかった。

とうとう石本は堪忍袋の緒が切れた。鷗外を次官室に呼びつけ厳しく戒告し、その執筆活動に制限を加えようとした。

「貴官は『ヰタ・セクスアリス』とかいう性欲をあからさまにする小説を書いているが、自分の立場というものをわきまえておるのか。いやしくも帝国陸軍軍人が、しかも軍医部の長が、三文文士と変わらぬ副業をしおって！　恥を知れ！」

「お言葉ですが、閣下、小官は医務局長の責務を十二分に全うしたうえで、自宅で個人の資格でやっております。文筆がなんら脚気研究の足を引っ張るものではありません。小官は、脚気究明を慎重に、着実に進めております！」

「黙れ！　貴様のような軟弱な奴が小説にうつつを抜かしているから、海軍の医務局にやられるのだ」

このような論理もへったくれもない激論が続いたのであろう。

心から鷗外を軽蔑しきっている石本次官は彼の弁明を聞かず、決定的に二人の人間関係は崩れた。この時も含め鷗外は三度辞意を表明している。

しかし鷗外は開き直る。筆は折れるどころかますますそのスピードを上げる。

この強気な態度は、軍の長老、山縣有朋の庇護があったためである（後述）。

鷗外は上田敏と永井荷風とで五月に「三田文学」を創刊する。

わずか一～二か月前に、信頼する都築甚之助の研究発表（臨時脚気調査会と日本医学会）を見届けたばかりだ。石本次官にすれば、「この前俺があれ程きつく叱責したのに、臨時脚気調査会でも意見が割れているこの時期に新しいことを始めおって！　この軟弱野郎が！」と思ったことだろう。

このころの鷗外は内には嫁姑を、外には上司石本次官とまさに内憂外患・修羅の道を歩んでいた。木下杢太郎がいう「豊熟の時代」は「苦悩の時代」と対なのである。

ところで「豊熟の時代」は、前期の現代小説（私小説）と後期の歴史小説に大別したほうが、我々シロウトには理解しやすい。

「豊熟の時代」前期はアウフヘーベン小説だ

この「半日」にしても、我々は普通ここまで身内の恥を赤裸々に晒すことはない。鷗外の神経はどうなっているのか。彼には露出趣味があるのか。

この「半日」を作家中野重治は「自家用の文学」と言っている。

すなわち自分を客観視できない妻に「自分の姿をよく見ろ」と鏡を突き付け、返す刀で母峰子にも妻の言い分を十分書き込むことにより反省を求めている。嫁と姑に対する自家用の教科書であるという。しかし私はそれだけではないと思う。

彼が声を大にして叫びたいのは、このような異常環境でも、「俺は理性的に対応できているぞ」という自己肯定感だ。卓越した克己の魂を世間に知らしめたいということである。

つまり世間に身内の不祥事をさらけ出すことにより、そのレベルから自分の精神状態をアウフヘーベン（止揚）することが目的なのである。

アウフヘーベン（aufheben）とは哲学用語でややこしそうだが、低い段階の事象を否定し高い段階へ昇ること（広辞苑）とある。アウフヘーベンのピッタリとくる日本語訳はないのでこのまま使わしていただくが、私は「頑張って自分を高める」ぐらいの意味に勝手に思っている。

「半日」でいうと、まさに家庭内の低いレベルのゴタゴタを露出趣味に見せかけて、実は自分の忍耐と品格が、道徳的に高いレベルに保たれていることを言いたいのだ。まさに「半日」は自己肯定のナルシシズム文学である。

同様のコンセプトで書かれたのが二カ月後に発表された「懇親会」（美術之日本）である。

主人公（鷗外）は陸軍将校と新聞記者との酒席で、ある記者と口論になり殴打され乱闘になった実話小説だ。彼は新聞社側からの謝罪を受けたにもかかわらず、「半日」同様、自分の精神を沈着冷静で相手への憐憫の情まで併せ持つ状態にアウフヘーベンした上で記者の不躾な振る舞いを描いているのである。

これらは単なる彼の露出趣味により生まれたものではない。

鷗外の高貴な精神性の表現として「私」を使っただけなのだ。ここが自然主義派の作家の、土と汗と涙にまみれた「私」小説と違うところであり、鷗外文学の好き嫌いが分かれるところである。

鷗外は出自から考えて、自然主義作家のように自己の弱さを赤裸々に世間に懺悔することができるはずがない。もし鷗外が田山花袋の「布団」のように、去っていった女が寝ていた布団に鼻を埋め、残り香にさめざめ泣くなどのリアルな表現をしたとしたらこれほど気持ち悪いものはない。▼8

この頃の彼の作品は精神的強者の端然さを中心に、引き立て役として弱者を配置するといった独善と優越感を感じるものが多いのだ。

究極のアウフヘーベン小説「普請中」

「三田文学」の六月号から「普請中」という短編が連載された。

かつての恋人のドイツ人女性（エリーゼ）と東京で再会するというフィクションである。

ある雨上がりの夕刻、参事官の渡辺（鷗外）は築地の精養軒ホテルに出かけた。

店内はまだ普請中で工事の音がしていたがやがて静かになる。約束の五時に女がやってきた。

渡辺がドイツにいた時の元恋人だ。彼女は歌手でポーランド人男性とウラジオストックから日本に立ち寄ったのだ。彼の伴奏で歌を歌っての旅稼ぎである。

レストランでの話が続く………


「まさか一人ではあるまい」

「あなたも御承知の人が一緒なの」すこしためらって「コジンスキーが一緒なの」と女は答える。

「あのポラック（ポーランド人の蔑称）かい。それじゃあお前はコジンスカアなのだな」と渡辺は茶化す。「いやだわ、わたしが歌って、コジンスキイが伴奏をするだけだわ」

「それだけではあるまい」

「そりゃあ、二人だけで旅をするのですもの。まるっきりなしというわけにはいきませんわ」

（別れて二十年以上もたつのに鷗外のやきもちが見て取れる）

女がパートナーに会ってくれるかとの打診に「まっぴらだ」と答える主人公。

「これからどうするのだ」

「アメリカへ行くの。日本は駄目だって、ウラジオで聞いて来たのだから、あてにはしなくってよ」

「それがいい。ロシアの次はアメリカがよかろう。日本はまだそんなに進んでいないからなあ。日本はまだ普請中だ」

（作中の普請中という言葉には、日露戦争に勝ったものの、文化的にはまだ西欧の近代国家にまで至っていない鷗外の嘆きが読み取れる。店内の不調和な調度品やマナーのない給仕の描写に表れているが、男も女も、西洋のように成熟した個人と個人の関係になるには程遠いと悟っているのだ）

女は手袋を脱いで右手を差し出した。

「渡辺は真面目にその手をしっかり握った。手は冷たい。そしてその冷たい手が離れずにいて、暈のできたために一倍大きくなったような目が、じっと渡辺の顔に注がれた。」

「キスをして上げてもよくって」

渡辺はわざとらしく顔をしかめた。「ここは日本だ」………

「ここは日本だ」と繰り返しながら渡辺はたって、女を食卓のある室へ案内した。

………二人は何の意味もない話をして食事をしている。とうとうサラド（サラダ）の附いたものが出て、杯にはシャンパニエが注がれた。

女が突然「あなたは少しも妬んではくださらないのね」

（昔、劇場での女の舞台が終わると二人でレストランへ行き、このように怒ったり、仲直りしたりしたことを女は思い浮かべずにはいられなかったのであろう）

「女は笑談のようにいおうと心に思ったのが、はからずも真面目に声にでたので、くやしいような心持がした。渡辺はすわったままに、シャンパニエの杯を盛花より高く上げて、はっきりした声でいった。

"Kosinski soll leben!" コジンスキーの健康に乾杯！

凝り固まったような微笑を顔に見せて、黙ってシャンパニエの杯をあげた女の手は、人には知れぬほどふるっていた。

×　×　×

まだ八時半ごろであった。燈火の海のような銀座通りを横切って、ウェエル（ヴェール）に深く面を包んだ女をのせた、一輌の寂しい車が芝の方へ駈けて行った（「普請中」）。

（『鷗外全集』七巻、一～一一頁）

余分な修飾語を使わず、鷗外らしい端正な文体であるものの、何とも言えない哀愁を帯びた別れの描写が見事すぎるため、切るに切れず、ついついほぼ全文を記してしまった。

この「普請中」も読者によっては評価の分れる作品だ。

「半日」や「懇親会」とは色合いが違うが、やはり自分を精神的強者にアウフヘーベンし、かつての恋人にすら意識的に不動の心を保つ鷗外の酷薄さが嫌いという人も多い。

が、あたかも救道僧が全ての煩悩を意志力で断ち切るように、成就しなかった恋に、いや恋の名残さえ消滅させるのは元恋人への愛情であり、男の美学にシビレるという人もいる。

作家小谷野敦氏は、かつて早大講師公募の面接試験で、試験官に「ラブ」についての定義を聞かれたことを述懐している。氏はその先生に「相手を捨てて去ろうとする時に『行かないで』と言われて心に痛みを感じる、それがラブだ」と正解を述べられ「エエーッ！」と驚いたという。その試験官の名は森常治、英文学者で鷗外の孫（長男於菟の五男）であったという（小谷野［二〇一七］、三〇～一頁）。

鷗外研究の第一人者小堀圭一郎氏が『「ここは日本だ」と拒絶する姿勢の裏には『そこには、何んとなしに寂しさと物足りなさの気配が漂っている。』と感じ、「おそらくはこのそこはかとない寂寥の情の故に、読者はこの短編に、生身の人としての鷗外の哀情を感じ、好意を以てこの作品を読むことができるのである。」と述べているように、彼の青春のトラウマを引きずる小説はこの「普請中」をおいてないであろう（小堀［一九七八］、三一四頁）。

ところで「普請中」を石本陸軍次官が読んだか否かの記録はないが、「ヰタ・セクスアリス」で森を次官室に呼びつけて戒告して以来、執筆活動を注視していたので、もし読んだとすればますます軟文学に没頭する森に激怒したと思われる。

石本次官との全面戦争

明治四三年の七月に入ってから、軍医部の大改革が始まる。

豊熟の時代の鷗外作品一覧

明治 42 年 : 戯曲「プルムウラ」「仮面」「静」、小説「半日」「追儺」「魔睡」「大発見」
「ヰタ・セクスアリス」「鶏」「金貨」「金比羅」
明治 43 年 :「独身」「杯」「里芋の芽と不動の目」「青年」「普請中」「花子」「あそび」
「沈黙の塔」「食堂」、戯曲「生田川」、翻訳戯曲集「続一幕物」
明治 44 年 :「蛇」「カズイスチカ」「妄想」「心中」「雁」「百物語」「灰燼」（未完）
翻訳「寂しき人々」「幽霊」、翻訳戯曲集「人の一生　飛行機」
明治 45 年 :「かのように」「不思議な鏡」「冬の王」「老曹長」「鼠坂」「吃逆」「藤棚」
「羽鳥千尋」「田楽豆腐」「興津弥五右衛門の遺書」　翻訳「みれん」「十三時」
大正 2 年 :「阿部一族」「ながし」「左橋甚五郎」「鎚一下」「護持院ヶ原の敵討」「青年」
翻訳「ファウスト」「マクベス」「ノラ」、文芸評論「ファウスト考」「ギョオテ伝」
翻訳小説集「十人十話」、翻訳戯曲「恋愛三昧」
大正 3 年 :「大塩平八郎」「堺事件」「安井夫人」「ハアゲマン」「北遊記」、史伝「栗山大膳」、
随筆「サフラン」「旧劇を奈可すべきか」「亡くなった原稿」　翻訳「謎」
大正 4 年 :「山椒大夫」「二人の友」「魚玄機」「ぢいさんばあさん」「最後の一句」
随筆「歴史其儘と歴史離れ」、詩集「沙羅の木」、評論随筆集「妄人妄語」、翻訳小説集「諸国物語」
大正 5 年 :「高瀬舟」「寒山拾得」、史伝「椙原品」「渋江抽斎」「伊沢蘭軒」、随筆「空車」
翻訳戯曲「ギヨツツ」
大正 6 年 : 史伝「都甲太兵衛」「鈴木藤吉郎」「細木香以」「小島宝素」「北条霞亭」
随筆「なかじきり」「観潮楼閑話」
大正 7 年 : 随筆「礼儀小言」
大正 8 年 : 翻訳集「蛙」史伝小説集「山房札記」
大正 9 年 : 翻訳「ペリカン」、随筆「霞亭生涯の末一年」
大正 10 年 : 歴代天皇の諡名（おくり名）の辞典「帝諡考」
大正 11 年 : 詩集「奈良五十首」、歴代天皇の元号制定の辞典「元号考」（未完）

これまで軍医は医者なので、医務局には独立した人事権が認められていたが、それを石本は一般兵科と同じように次官人事にしようというのだ。森は辞意を固めた。

この月、森は次官室に乗り込み、この案件を巡って石本と頻回に衝突を起こしている。日記には「事を言ふこと四度」とあるから正式な口論が四回はあったのだろう。

それでも鷗外はどんどん書いて書いて書きまくる。完全な開き直りのようである。書くことによって別の楽しい生活に、瞬時に切り替えられるようだ。

開き直りのような作品がある。彼は八月に「あそび」という短編を「三田文学」に発表した。

主人公木村はバツイチの独身者で、役

人と作家の二足の草鞋をはいている中年男との設定だ。

木村を取り巻く現実は重苦しいものであるが、彼の表情は晴れ晴れとしており、「頗る愉快気な」、「何が面白くてあんな顔をしているか」など、「晴れ晴れとした」という顔の表情の描写が八回も出て来る。この「晴れ晴れ」は「あそび」の気持ちから来るものであり、自分はすべてあそびに転嫁する能力があるからこそ、世評を軽く受け流すことができると居直っている。逆境をプラス思考に転換する能力があるので、「もっとおもしろいあそびがあればいつでも乗り換えますよ」との意思表明だ（『鷗外全集』七巻、二三一～四九頁）。

石本次官と全面戦争中の森は、「あそび」のように自らを精神的に持ち上げ（アウフヘーベン）、晴れ晴れと？憂さを晴らしている。この小説も裏事情をわかっていないと読んでもくそ面白くもない。

七月～一二月にかけ「三田文学」に五篇、「新潮」に短編を一つ、そして短編小説集と翻訳短編集を別々の出版社から発刊した。

また嫁姑戦争から、妻志げの注意をそらすため彼女に創作させ、短編小説集「あだ花」を刊行してやったがすべて鷗外が添削、マネージメントしたのは言うまでもない。ここまでの精力あふれる二足の草鞋ぶりをみると、やっかいな妻自体をも手玉に取って楽しんでいるようである。

「あそび」の気持ちはやはり本当かと思ってしまいそうである。

しかし立場は針の筵の医務局長であった。

管理職としてデスクワークだけ専念しておればよいという甘いものではない。

昼は軍医官僚として各会議に出席したり、配下の機関を巡回し、研究成果の進捗に気を配り多忙であった。しかしそこは官衙勤務である。夜は文学に短くとも没頭できる時間があったであろう。夜だけが解放される時間なのだ。

明治四二年〜四五年、大正二年〜六年にかけての文芸作品一覧を表に示す。

いくら鷗外が速筆とはいえ、これらが夜と休日だけに作られたと思うと改めて驚きを感じる。しかし「追儺」という自分自身を主人公とした短編を読むと、もっと驚きを禁ざざるを得ない。

森林太郎は午前八時から三宅坂の陸軍省で執務につき、午後四時に退庁する。


「役所は四時に引ける。卓の上に出してある取扱い中の書類を、非常持出しの箪笥にしまって鍵を掛ける。帽を被る。刀を吊る。雨覆を著る。」

それから宴会のはしごだ。ない日は次のように、林太郎が鷗外に変身する。


「役所から帰って来た時にはへとへとになってゐる。人は晩酌でもして愉快に翌朝まで寐るのであう。それを僕はランプを細くして置いて、直ぐ起きる覚悟をして一寸寐る。十二時に目を覚ます。頭が少し回復してゐる。それから二時まで起きてゐて書く。」

（『鷗外全集』四巻、五八七頁）


執筆時間はわずか二時間。エッ！　こんなに短いの？　これだけの文芸作品が毎日二時間でできるとは。

当時すでに鷗外の多彩な活躍ぶりは広く世間に知れ渡っていた。画家高村光太郎はいたく驚愕し、鷗外を六面六臂六足の大威徳明王に見立て、雑誌「スバル」十号の裏表紙に発表したほどである。

大逆事件と鷗外……社会主義にシンパシーはあったのか

意外なことに鷗外は隠れ社会主義者という人がいる。

「三田文学」一一月号に掲載された「沈黙の塔」など、今までと毛色が違う一連の作品を指すのであろう。無政府主義を唱える幸徳秋水らが明治天皇の暗殺を企てたことに題材をとっている。この事件の真相はわからないが、幸徳秋水をはじめとする社会主義者数百名が検挙され、幸徳ら一二名が死刑に処せられた(大逆事件)。

文学者にはリベラリストが多いので幸徳にシンパシーを抱くものが多かった。観潮楼に出入りする鷗外の弟子が大逆事件の弁護士を引き受けたが、そもそも社会主義の概念がわからないので鷗外が助けてやったことがある。

鷗外はかねて西欧の哲学、政治学に興味を持っていたので、すぐに書庫から文献をだし、個人レッスンをしてやったのである。そのおかげで本番の弁護は非常に立派なものになったという。

弟子は大正二年九月に雑誌「太陽」に「逆徒」というセミドキュメンタリーを掲載したがたちまち発禁となった。

鷗外も大逆事件に触発されて六本もの小品を書いている。

そのうち最も過激ともいえる「沈黙の塔」は、「パアシイ族」という架空の民族を登場させる空想小説だ。

内容は「パアシイ族」が、自然主義と社会主義の危険な本を読む人間を虐殺し「沈黙の塔」に死体をどんどん詰め込み、塔の上でカラスがそれを食べる（カラスの宴会）という笑えないものだ。

鷗外はこの小説で、学問や芸術の自由（そして思想の自由）を圧迫する権力側を強く非難しているが、彼一流のオブラートに包んだ表現のためか発禁を免れている。単純に読めば、国民の思想信条の自由を弾圧する独裁国家への警鐘と読めなくもない。しかし果たして鷗外はそう思っていたのであろうか。これは鷗外自身の国家権力と対峙する意志表明の小説なのであろうか。

そうではないことは明治四五年一月に「中央公論」に載せた「かのように」という短編で明らかになってくる。

短編「かのように」は体制派擁護の小説である。

これはかねてからの鷗外の庇護者である枢密院議長、公爵山縣有朋陸軍元帥から、体制維持の立場から書くことを求められた作品である。

「かのように」の内容そのものは、今の早熟な小・中学生なら一度は考える神話と現実の問題だ。我々は子供のころ、親に「天皇は神さんでないのになぜ偉いのか。普通の人間なのになんで桁外れに大きい家（皇居）にすめるのや？」と手こずらせたことがあるだろう。

親はまさかわが子が、無産主義、共産主義、無政府主義にかぶれているとは思わないが、返事に困ったことであろう。親も天皇の祖先は神であるとは信じていないし、内心、天皇も我々と同じく猿から進化したと思っている。しかし子供が大きくなりこの問題で先鋭化してくると困る。

「かのように」はまさにこの問題を取り上げた短編なのである。

主人公の子爵家の息子、五条秀麿は歴史家でもあるが神話と学問に挟まれて悶々とする。

我が国の歴史は天孫降臨から始まるが、科学的にはあり得ない。しかしこれを否定すると日本の国柄が消失してしまう。そこで鷗外はドイツの哲学者、ハンス・ファイヒンガーの「かのようにの哲学」を借りてきたのだ。

例えば、幾何学では直線や円や点は現実には存在しない。なぜなら線で描いたその太さはどうなるのだ。無限に細くなってしまうので、実際にはないものをあたかも実在しているように（かのように）考えるからこそ線や円や点は成り立つのだ。

神話は事実でないが、事実であるかのように扱うことによって神話と科学は調和するのである。天皇は高天原から降りてこられたのではないが、降りてこられたかのように扱うことによって歴史と神話は調和するのである。

霊魂不滅などはあり得ないが、あり得るかのように扱うことによって宗教は成り立つのである。これは洋の東西を問わない。ファイヒンガーの母国でも、十字架に架けられたイエス様が生き返ったことを祝っているではないか。

つまりファイヒンガーは、すべての価値は「意識した嘘」の上に成立していると言っているのである。まことにスッキリする考えだ。

なにも難しいことではない。

今の我々の考えもこうであるし、明治の元勲たちも天皇像を神格化して跪拝することはなく、国家の精神的支柱であればよいとする現実主義を持っていた。

ところが大逆事件で天皇制の正当性を揺るがす運動が出てきたので、山縣有朋が焦って鷗外に理論武装ができる本を書くよう勧めたのである。

鷗外は出自から考えても体制側の人間である。▼9
維新前には藩主に、維新後には国家に忠誠を誓った皇国臣民である。口には出さずとも尊王の心情が薄いはずが無い。

ただ個人の尊厳を侵さんとするものあらば、たとえ権力者であっても、命にかけて自己の名誉を守るという武士道の矜持が強いだけで、これは後の歴史小説の共通のモチーフになっている。

やみくもに自由と平等を求めて階級闘争を起こす人ではない。あくまで己の矜持を守るのだ。

したがって「沈黙の塔」など大逆事件関係作品でもって鷗外は、社会主義に親和性を持っていたとするのは深読みである。彼が言いたいのは自分の二足の草鞋の一つ、文学活動を抑圧する石本陸軍次官を「パアシイ族」に見立て個人的にとことん揶揄しているだけだ。

ところで森医務局長が何回も辞表を石本次官に叩きつける度に、親友賀古鶴所が暗躍し歌会「常磐会」の親分で陸軍長老の山縣有朋に連絡し、石本に圧力をかけさせている。持つべきものは親友だ。石本といえど山縣の前では小僧扱いだ。

山縣といえば、政党政治否定、藩閥政治推進、社会運動弾圧の首謀者として後世の歴史家の評判は悪いが、政界では総理大臣を二回、枢密院議長を三回、その他陸軍卿、内務大臣、司法大臣を歴任した第一級の実力者だ。「元老中の元老」、「陸軍の父」とも呼ばれ、飛ぶ鳥を落とす権勢を誇っている。長州藩の足軽以下の出身（中間）というコンプレックスのためか、金銭欲と名誉欲が異常に強くスキャンダルも多いが、風雅の道を究めるというアレッ！と驚く面もある。

漢詩、和歌、俳句、茶道のほか、造園道楽、普請道楽に全力を注ぎ、椿山荘（東京）、無鄰庵（京都）、古希庵（小田原）が今に残る（清貧な政治家にできることではないが…）。

この風雅の道を究める山縣が、軍医総監といえど芸術、文学を捨てない鷗外を高く評価したのは想像に難くない。

「憲政の神様」といわれた政治家、尾崎行雄は言う。「山縣は面倒見がよく、一度世話したものは死ぬまで面倒を見る。結果、山縣には私党ができる」と（尾崎［一九四六］、一一六頁）。

鷗外ファンの中には、まさか彼が山縣の私党に入り、山縣のイエスマンになったと思いたくない人もいよう。しかし鷗外が若き日、各界に論争を吹っかけたように、自由主義、社会主義のすばらしさを、大胆にも山縣に吹っかけたとも思えないのである。

立身出世の権化森林太郎が、権力にすり寄ったとしても、組織人として当然ではないか。我々はなにも鷗外に聖人君子を求めなくてもよいのである。

本書が一貫して追求しているテーマは、鷗外の有名な遺言において、この「権力志向者」があれほど見事に国家的栄典を拒絶した心的メカニズムの解明なのである。私個人のエゴイズムで言わせてもらうと、森林太郎が出世、権力の亡者であればあるほどこのテーマは意欲をそそるのである。

話が脱線しすぎた。

森と石本の確執は明治四五年四月、陸軍大臣に昇任していた石本が病死するまで続いた。

明治四四年三月に「三田文学」に厭世的なエッセイ「妄想」を発表する。鷗外の陸軍に対する嫌気がよく書かれている。

「妄想」は鷗外の人生の総集編

この「妄想」は彼が四九歳の時に書いたとりとめもないエッセイであるが、彼自身の人生観に深く関わっているので、鷗外文学を総覧するうえで貴重なメルクマール（道標）になるのではないかと思う。これを先に熟読してから鷗外作品を振り返ると、ああなる程そうだったのかと感じることが多いからである。

内容はというと、主人公の一老翁が渺茫たる海を見つめて回想する形式をとっている。

千葉県日在の太平洋を望む別荘での回想である（『鷗外全集』八巻、一九五～二一七頁）。

「目前には広々と海が横たはつてゐる。………海を眺めてゐる白髪の主人は、此松の幾本かを切つて、松林の中へ嵌め込んだやうに立てた小家の一間に据わつてゐる。主人が元と世に立ち交つてゐる頃に、別荘の真似事のやうな心持で立てた此小家は………」とあるから、私は鷗外が世から退いて隠遁している時の作と思っていたが、まだ陸軍現役中の作品である。

前半と後半に分けて読み込むと鷗外の気持ちに感情移入しやすい。

前半は、

「自分がまだ二十代で、全く処女のやうな官能を以て、外界のあらゆる出来事に反応して、内には嘗て挫折したことのない力を蓄へてゐた」留学時代から回想が始まる。

昼は研究、夜は芝居や舞踏会、そのあと下宿に帰ると寝付かれない。心の飢えを感じる。

「生まれてから今日まで、自分は何をしてゐるか。始終何物かに策うたれ駆られてゐるやうに学問といふことに齷齪してゐる」とピエロに過ぎない自分に疑問を感じるが、当時流行していたハルトマンの厭世哲学に答を求めても解は得られない。漢学者のいう「酔生夢死」（何の為す所もなく一生を送る事）は残念だ。寂しいと悶々としている。

留学期間はアッという間に終わる。

科学研究に便利な国から、まだ環境が整わない夢の故郷へ帰国が待っている。

二つの国を天秤にかけた時、「便利の皿を弔つた緒をそつと引く、白い、優しい手があつたにも拘らず、慥かに夢の方へ傾いたのである。」とエリーゼを暗喩させる言葉をさりげなく挿入するのが鷗外らしい。ここまでは若き日の鷗外の、純粋な若者にありがちな甘酸っぱい青春の感傷といえよう。後半は、だんだん陰鬱な描写になる。

「妄想」後半で「脚気白米原因説」にそっと触れ、老いの哀しみを詠嘆する

帰国後の活動について、翁は日本人の旧来の食事が良い（白米優秀説）と実験で証明してきたと胸を張って回想するが、次の文節から一転弱気になる。

「さてそれから一歩進んで、新しい地盤の上に新しいForschung（フォルシュング・研究）を企てようといふ段になると、地位と境遇とが自分を為事場から撥ね出した。自然科学よ、さらばである。」

……よく言うよ。である。森は陸軍軍医部の出世競争に人一倍貪欲で、昇進すれば管理職が比重を占め研究できなくなるのは当たり前ではないか。しかし、負け惜しみも一言。

「勿論自然科学の方面では、自分なんぞより有力な友達が大勢あって、跡に残つて奮闘してゐてくれるから、自分の撥ね出されたのは、国家の為めにも、人類の為にもなんの損失にもならない。」

……彼にしては誠に謙虚である。このころになると脚気白米原因説が海軍のみならず、陸軍でも有力になり、自説の白米至上主義という自信は揺るいできたのか。

翁の決定的な言葉、

「只、奮闘してゐる友達には気の毒である。依然として雰囲気の無い処で、高圧の下に働く潜水夫のやうに喘ぎ苦しんでゐる。」

奮闘している友達とは、臨時脚気調査会でたった一人「脚気白米原因説」を主張する都築甚之助である。雰囲気のない処とは調査会の科学性のなさであり、潜水夫の苦しい息とは都築に対する限りない共感である。委員会で、上から袋叩きにされ孤軍奮闘、断固として理不尽な圧力に抗う都築の健気さを、翁は陸軍上層部と戦う自分に投影していた可能性がある。

私は「妄想」を書いた明治四四年時点に注目する。

脚気栄養障害説を唱え奮闘する都築にエールを送っているし、まだ白米至上主義者が多い委員会を雰囲気のないと批判しているわけであるから、この時点ですでに鷗外は、従来の自説を放棄していたと思われる。

しかし翁である森は、対外的にはとことん頑固であり負けず嫌いだ。森は脚気白米原因説に関して生涯コメントすることもなければ、麦飯供給をしなかったことの謝罪もしなかった。論語に「過ちは則ち改むるに憚ること勿れ」とあるが、現実は公に謝罪の言葉を口にするのは難しい。自分の問題だけではなくなるからだ。今の政治家、役人の答弁を見ても同じことを感じるが、だからと言って我々は釈然としない。

ちなみに大正二年に発行された「日本米食史」という本の序文に、「臨時の脚気病調査会長になって、米の精粗（精米）と脚気に因果関係があるのを知った」と述べたのが、唯一の「学理上の敗北宣言」である（なぜか理系の本であるのに序文は漢文で書かれている）。

それにおいてすら麦飯給与禁止に対する反省の弁は一切ない（岡崎［一九九〇］、一〜二頁）。

翁は人生の歩み方に関しゲーテの言葉を引用し、以下のように述懐する。

「日（日々）の要求を義務として、それを果たして行くことの大切さをわかっているけれども出来ない。自分は永遠の不平家であり、足るということを知らない。青い鳥を探してもいない。道に迷っている。夢を見ている」

世間との接触を断っている翁の楽しみは書物（西洋から書籍の小包が来るよう金を定期的に送っていた）である。その他に弄んでいるのは、ルーペで草の花を見ることや、ツァイスの顕微鏡で海の雫の生物を見たり、晴れた夜にメルツの望遠鏡で星を見ることである。これは翁が自然科学の記憶を呼び返す、折々のすさびであった。

自然科学で大発明をするとか、哲学や芸術で大きい思想、作品を生み出すことができなかったのでこういう気持ちが付きまとっているとも述懐する。

そして次のような寂寞感あふれる文で「妄想」は終わる。

「かくして最早幾何もなくなつてゐる生涯の残余を、見果てぬ夢の心持で、死を怖れず、死にあこがれずに、主人の翁は送つてゐる。その翁の過去の記憶が、稀に長い鎖のやうに、刹那の間に何十年かの跡を見渡させることがある。さう云ふ時は翁の炯々たる目が大きく睜られて、遠い遠い海と空とに注がれてゐる。

これはそんな時ふと書き捨てた反古である。」（明治四四年三月一四日）

なんという寂しいエッセイであろうか。

我々が年を取ると、若い時に身に着けた技術や学問は古くなり、素晴らしい後進にたじたじになるのは世の習いである。古い医者は新しい医者の技術に脱帽し、科学の進歩を好奇の目で見つめるしか、なすべはない（中にはノスタルジーから脱却できない老医もいるが）。

いまや森も臨床から全く離れた管理職で、脚気調査会の若手の研究者の新しい発表を聞く立場になっている。「もはや自分は医学研究の第一線に立つには老いすぎた。せめて自分が育成した脚気臨時調査会の歩みを見守ろう」との気持ちになっていた。

まさにこの時書かれたのが、この「妄想」である。

我々凡人は、翁になった時「青い鳥」はさっさとあきらめる。しかし鷗外の翁はそれでも「青い鳥」を模索し続ける……

この「妄想」は、天才が翁になった時の悲しみを赤裸々に綴ったエッセイとして珠玉の名作である。ところで「妄想」執筆以来、鷗外がすべてに諦観（Resignation）した気持ちになっていたかというとそんでもない。そんな軟な人間ではない。「妄想」はあくまで死期が近づいたらこうなりたいとの願望にすぎない。医学面では精神的にリタイアしたつもりでも、文学面では創作意欲はますます盛んになる。鷗外個人の尊厳は医学以外に、芸術と文学にもあるのである。

註

▼8　鷗外の雅文調文体と自然主義文体の対比

文学者でもない私が成書を読んでも、両者の違いはもう一つピンとこない。けれども、もし私に好きで好きでたまらない女性がいたとして、別れた直後の余韻を、両文豪がどう描写してくれるかという具体例を仮定すると、素人でもおぼろげながら違いがわかってくる。

田山花袋「蒲団」・ラストシーン（田山［一九七五］、八三～四頁）

「芳子が常に用いていた蒲団………女のなつかしい油のにおいと汗のにおいとが言いも知らず時雄の胸をときめかした。………顔を押し付けて、心のゆくばかりなつかしい女のにおいをかいだ。………

……その蒲団を敷き、夜着をかけ、冷たい汚れたビロードの襟に顔を埋めて泣いた。……」

鷗外「文づかひ」・ラストシーン（『鷗外全集』二巻、四七頁）

宮廷の舞踏会がお開きになり、賓客が一斉に晩餐に移動するとき、かねてから心を寄せていたイゝダ姫が右手をこちらに差しのばした。その指に鷗外の唇が触れた刹那、彼女が夜会の群衆にまぎれて向こうに行ってしまうシーンである。

「夕餉に急ぐまらうど（賓客）、群立ちてこゝを過ぎぬ。姫の姿はその間にまじり、次第に遠ざかりゆきて、をりをり人の肩のすきまに見ゆる、けふの晴衣の水いろのみぞ名残なりける。」

私には「姫の晴れ着の水色」が、きらびやかな舞踏会の描写とともに脳裏にこびりついて離れないのであるが、もとより雅文調文体と自然主義文体の優劣の問題ではない。感覚の違いなのである。漢文、雅文をベースにし、端正な美を求める鷗外が、生々しい自然主義をいかに嫌ったかよくわかるのである。

▼9　事大主義者・鷗外

作家松本清張は、人間はひとたび吏道（官僚道）に入ってしまえば、権門（官位高く権勢のある所）に出入りすることに対して、誰も非難の石を握る資格はないとしつつも鷗外にかなり厳しい言葉を発している。

大正二年元老山縣は陸軍二個師団増設の要求を、財政難を理由として時の西園寺公望首相に拒否された。これを受けて鷗外は即、増師意見書を代筆した。

ドイツを取り巻く政治情勢を「譯本獨逸國民之将来題辭」と名付けた漢詩で格調高く解説し、我が国にも当てはまると強調したものであった。「増兵何ゾ敢テ黄金ヲ問ハン、由来列国ノ強ハ弱ヲ欺ク」……強国に対抗するには「黄金」つまり増師予算だということである（『鷗外全集』一九巻、六〇二頁）。

「鷗外が山縣に近づき、山縣のために尽くしたことには、この陸軍の大御所に倚ってさらに上昇の機を望む功利性があった」「とにかく鷗外は山縣にかくまでも奉公した」「山縣に追従し、阿諛した」「山縣の幇間的な存在だと極言するのもある」などなどかなり厳しい（松本［一九九四］、二七一～四頁）。

しかし鷗外の文学上の輝かしい業績と脚気調査会の運営功績がこれによって減殺されるものではないことは言うまでもない。

第九章

晩年における文芸と医学の総括

大塩平八郎

乃木希典

「豊熟の時代」は作家鷗外の黄金時代だ。しかし軍医としては評価が揺らいできた。今まで堂々と履きこなしていた二足の草鞋も、片方は美しいままであるが、もう一方は擦り切れ泥にまみれ鼻緒は千切れかけ。するとまともに走れない。したがってこの章では、二足の草鞋を別々に評価せざるを得ない。まずは、文芸活動からみてみよう。

鷗外は一連のアウフヘーベン作品群の後、作風を一変させるのである。

歴史小説も二種類ある……「イケイケ系」と「アキラメ系」

明治大帝の御大葬のまさに同じ日、乃木希典夫妻は殉死し国民に大きな衝撃を与えた。この日から鷗外の歴史小説時代が始まる。鷗外独特の硬質な文体の歴史小説を読まされるなんて、と気が重たくなる人もいよう。

そこで私は歴史小説を大きく「イケイケ系」と「アキラメ系」に分けるとストンと腑に落ちることに気がついた（決して鷗外自身が言っているややこしい「歴史其儘」と「歴史離れ」の二分法ではないのでご安心ください）。「イケイケ系」とは「あたかも武士道とは何ぞや」を追い求めるような激しい小説である。武士の一分を貫く美学といってもよい。

歴史小説一作目は、乃木将軍の死を悼んでわずか五日で書き上げた短編「興津弥五右衛門の遺書」である。「興津」は主人公の弥五右衛門が、主君への忠義心のあまり同僚を斬殺し、責任をとって自裁しようとするが君命により命お預かりとなり、その主君が没したときに預けた命を殉死という形で君恩に報いたという話である。乃木将軍は若き日、西南戦争で薩軍に天皇親授の軍旗を奪われ、自決をくわだてた時、天皇に命お預かりとなった事実を強く意識した小説である。

これ以降、翌大正二年一月の「阿部一族」に始まり、仇討、殉死、反乱、切腹など血なまぐさい作品は続く。なぜ鷗外は今までと作風を一変させたのであろうか。

「イケイケ系」の最高傑作「阿部一族」

「阿部一族」も前作「興津」と同じく熊本藩細川家の家臣の殉死事件を題材にして創作された。

しかし「阿部一族」が「興津」と決定的に違うのは、その殉死した家臣の子供たちの権力に対するルサンチマン（怨念）を執拗に、これでもか、これでもかと描写している点だ。

旧主君への殉死を許されなかったある家臣が卑怯者と罵られないため自発的に切腹したが、予期せぬことが起こった。勝手な行為を新主君から誹謗され減俸になったのである。激怒した嫡男は武士を辞めると意思表明したが、またまた新主君の逆鱗に触れ縛り首にされる。

遺児達はどう復讐するかだ。

一族は屋敷を掃除し、足手まといの女、子供、老人を刺殺、新主君と一戦を交え玉砕するのである。上意討ちの軍勢との戦闘は、簡潔ではあるが、冷厳で客観的であるだけに迫力が倍増し、血まみれの凄惨なシーンが映像のように浮かぶのはポイントを外さぬ鷗外の文章力の凄さだ。

彼の歴史小説の最大傑作と言われるゆえんである。

ところで鷗外の不倶戴天の敵、石本新六陸軍次官は陸軍大臣に昇任していたが、明治四五年四月二日病没した。この「阿部一族」は石本の死から九カ月後に発表されているので、彼のテンションが大いに上がった状態で書かれたものだろう。

つまり「自分を迫害する理不尽な権力（陸軍）にとことん名誉をかけて抗ってやるぞ」という気合が込められ、読者はどうしても鷗外の心境小説と読んでしまうのだ。

他にも「堺事件」、「護持院原の敵討」、「曽我兄弟」など武士の一分を貫く小説が続くが割愛する。

「アキラメ系」の「大塩平八郎」

これに対し「アキラメ系」とは人生に対する諦観（resignation）をしみじみ訴える作品である。「大塩平八郎」は「阿部一族」と同じく武士としての意地を貫き、人間としての当然の正義と義務を果たそうとする内容だが、読み進めると鷗外のアレっと感じる別の顔が見えてくる。

この本は天保八年二月十九日に引き起こされた有名な大塩の乱を題材にとっている。大飢饉で餓死者が出ているにもかかわらず、米の買占めに狂奔する大富豪と賄賂にしか興味ない奉行所役人。正義感あふれる大坂東町奉行所元与力、大塩平八郎は私財を売り難民救済に当てるが焼け石に水。とうとう世直しのため武装蜂起したが、身内の密告がありたった一日で乱は鎮圧され、痛ましい最期を遂げる話だ。

鷗外は著書の付録で、単なる「米屋こわしの雄」と大塩を軽くあしらっている。


「平八郎は哲学者である。併し、その良知（陽明学の根本）の哲学からは、頼もしい社会政策も生まれず、恐ろしい社会主義も出なかったのである。」

（『鷗外全集』一五巻、七三頁）

これでは乱の意義の完全否定ではないか。

鷗外は作中で、決起の大義が納得できない一人の高弟に、次のように愚痴をこぼさせている。


「……（大塩先生は）天下のために残賊を取り除かんではならぬと言ふのだ。……（討つ相手は）先ず町奉行衆位のところらしい。それがなんになる。我々は実に先生を見損なってをったのだ。先生の眼中には将軍家もなければ、朝廷もない。先生はそこまで考えてをられぬらしい。」

（『鷗外全集』一五巻、一九頁）


眼前の小者相手に蹶起しても意味がないではないか、と言わせているのである。

私はこの「大塩平八郎」を最初は「阿部一族」と同列に読んでいたが何かおかしいと感じるようになった。大塩に対して突き放したような感じが気になるのである。

「阿部一族」では主人公が藩主という大権力に反逆する。

「大塩平八郎」では主人公が奉行所攻撃を介して幕府という超権力に反逆する。

どこが違うのか。

どちらも一寸の虫にも五分の魂、武士の意地を死を以て貫く凛然さを称賛する作品ではないか。私はこの違いこそ鷗外の人生を表しているのではと思うようになった。

前者では、武士は自分の恥辱、あるいは家の恥辱を晴らすためには命を懸けるという美学を称揚する。

相手が主君であっても天子であってもかまわない。成否、結果を問わないということでは陽明学的である。

しかし大切なのは、個の尊厳を死守するということだ。

後者では、公的な義憤が乱のエネルギーだ。しかしその行動（大塩の決起）が何になるのか。奉行所くんだり相手では、社会を変えることもできなかったではないかとニヒリスティックに結果を問うているのである。なぜこのような違いが出てきたのか。私は次のように推測したい。「大塩平八郎」では、彼の個の尊厳は失われていないので、死を持って武士の恥辱をそそぐというような心的エネルギーが励起しなかったと思うのである。ゆえに鷗外も平八郎に憑依できずこのような斜に構えた書き方になってしまったのである。

「阿部一族」のように、何が何でも書きたいというパッションに背中を押されなかったということだ。私はこの二つの作品の違いにこそ、鷗外が置かれた組織人としてのアンビバレンツを感じるのである。

人生の妥協

「文芸の主義」という小文に、「学問の自由研究と芸術の自由発展とを妨げる国は栄えるはずがない。」と主張している。表向きはその字句の通りだが、本音は自分自身の文芸活動を攻撃する陸軍上層部にたいするあてこすりである（『鷗外全集』二六巻、四二五頁）。

鷗外が文芸活動を死守せんとすれば、軍医界最高位の軍医総監、医務局長を辞し、国の禄を食むことを打ち捨て、民間人になって芸術の自由発展を高らかに宣言すればよいのである。

漱石を見よ。自由を求めるからこそ、はなから官途などに憧憬がないではないか。

しかし鷗外はできなかった。鷗外は体制側に立つことしか選択肢はなかった。

国の禄を食んでいる鷗外が家名を汚し、家族の誇りを消失させることは不可能であった。どんな理不尽を主君（国）から求められようとも忠義を尽くし、体制内でのトップを維持する必要があったのだ。

再びこの視点から見ると、「阿部一族」は鷗外の陽明学的破滅願望であり、憧れであった。「大塩平八郎」は鷗外の見たくもない現実であり、いっそのこと理想を夢見ない方が楽だとの誘惑にかられる要素を含んでいる。いや理想の棄却よりももっとはっきり、理想を持たなくてもよい人間、すなわち「知足」、足るを知る人間に生まれ変わるほうがよほど幸せなのではないかという誘惑に連なる小説だ。後の「高瀬舟」のように。

一言で言えば「阿部一族」では鷗外の理想を、「大塩平八郎」では妥協を表明しているのだ。

超「アキラメ系」の「高瀬舟」にみる「知足」（足るを知る）

有名な「高瀬舟」は「アキラメ系」を超越する究極の悟りの文学である。

江戸時代の「翁草」という随筆集のなかの「流人の話」が原典だそうである。

高瀬舟とは、京都の高瀬川を往来する小舟のことで、物流のほか、京都の罪人が島流しの刑になる時も利用され大坂へ護送される。

この小説は護送の同心が朧夜の黒い川面を滑っていく小舟の中で、罪人の身の上をそれとなく聞くことから始まる。兄の安楽死に手を貸した罪人喜助の表情は明るい。お上から下される涙金に幸せを感じ、遠島の孤島生活すら楽しみにしている。今までの悲惨な生活よりはましだという。

そして、心からお上に感謝する。

護送役の同心庄兵衛は驚愕した。なぜか。自分の不満だらけの人生と比べざるを得なかったのである。初めて見た「足るを知る」人間。とめどない人間の欲を、今目の前で踏みとどまって見せてくれる人間、対して自分の人生は際限ない金銭欲と出世欲……。

鷗外は同心庄兵衛の心のうちを次のように描く。


「庄兵衛は今さらのように驚異の目を睜って喜助を見た。この時庄兵衛は空を仰いでいる喜助の頭から毫光がさすように思った。」

（『鷗外全集』一六巻、二三〇頁）


この京都町奉行所同心の驚愕は実は、鷗外自身の驚愕でもある。

奉行所同心を鷗外、奉行所を陸軍に置き換えてみるとどうか。

「足ることを知るといふことが自分には出来ない。自分は永遠なる不平家である」と述べている随筆「妄想」が四十九歳で書いた懺悔録とすれば、五十四歳で書いた「高瀬舟」は自省の書といえるだろう。

蒸気機関車のように人生を全力疾走してきた鷗外は、この年になって息切れしてきたのか。

老いの影が濃くなってきたとき、喜助のような足るを知る生き方に限りない憧憬を感じてきたに違いない。「知足」という島をユートピアに感じられる喜助に自分もなりたいと思ったと言っては言い過ぎだろうか。

晩年の鷗外の心の動きを最もよく表す作品を挙げよといわれると、私は躊躇なく一に「高瀬舟」、二に前章で紹介した「妄想」を挙げたい。ことに教科書にも載ることが多い名作「高瀬舟」は、読めば読むほど彼の忸怩たる心の叫びが聞こえるようである。

晩年の作品群は若い時のものと異なり、人生の苦渋を端正な表現で読者に訴え、味わい深い余韻を残す鷗外独特の秀作ぞろいと言ってよいだろう。

このように歴史小説への回帰は、組織人鷗外の深層心理を投影したものと言えまいか。

二足の草鞋のうち、文学の方は大文豪の名を欲しいままにすることを万人は諒とする。

もう一つの医学者としての草鞋は擦り切れつつある。森林太郎はこれを履いてバランスをとって全力疾走できるのか。

渡部昇一氏の峻烈な森批判

医学の方は手厳しい意見が多いのが現実である。

評論家渡部昇一氏は著書の中で次のように述べている。

「こうした（麦飯）否定派の中で、〝高木潰し〟の急先鋒になったのが、あの森林太郎、つまり森鷗外であったことを、特に強調しておきたい。………森鷗外ら軍医たちは、陸軍における食事改良の試みを徹底して妨害した。………実際、現場の指揮官や軍医の中には、独自に麦飯を導入しようとした人もいた。ところが頑迷固陋にも、こうした試みを軍当局は妨害し、あくまで白米主義を押し通したのである。

その結果、日清戦争では四〇〇〇人近くの兵士が脚気で死んだ。

ところが、これを見ても彼らは自説を曲げることはなく、そのまま日露戦争に突入することになるのである。………日露戦争後も森鷗外は米食至上主義をまったく反省せず、陸軍兵士に白米を与え続けたという。

こうした森鷗外ら陸軍軍医局のやった行為は、一種の犯罪と言ってもいいであろう。単に学問上の論争であるなら、森が高木の食事改良運動を批判しても、それは別に構わない。だが、現場で米と麦を併用するのまで妨害するというのは、単に面子にこだわっているだけのことである。すなわち、東大医学部とかドイツ留学という金看板を守りたいという縄張り根性にすぎない。………鷗外たち陸軍の軍医は、脚気で死んでいく将兵たちを見殺しにして、恥じることはなかった。文学者森鷗外の業績については、ここではあえて触れない。だが、陸軍軍医としての森林太郎が、国賊的な〝エリート〟医学者であったということは、指摘しておく必要があるだろう」。

（渡部［二〇一五］、二〇五〜七頁）

渡部昇一氏は数多くの政治・文明評論を書いている論客である。

もともと英文学者であるが理性的な論法で歴史にも造詣が深く、多くのファンを持つ。この著書の〝日清・日露戦争の世界史的意義〟の部分で脚気紛争の記載が気に止まったので引用したが、氏ほどの影響力のある文化人から、ここまで森林太郎が罵詈雑言を浴びているのである。はたしてこれが世の中のスタンダードな見方なのか。

医学者から見た軍医・森林太郎

高木の後輩の松田慈恵医大医化学教授（ビタミン学専門）は、森林太郎を攻撃する。
「東京大学で研究してわからないことが、どうして他の人にわかるのか」などまさに暴論を吐き、この東大・陸軍グループの「思い上がり」こそが諸悪の根源だと憤慨する（松田［一九九二］、一〇七頁）。

また臨時脚気病調査会にしても「はじめから脚気の本当の病因を追求する意欲も能力もなかったのである。」と酷評している（同　一二〇頁）。

森の後輩の東大内科山下政三先生（ビタミン学専門）は森を擁護する。

森の発案でできた調査会は、スピードは速いとはいえないものの、一流の委員のもと着実にゴールを目指していたことは記録を見れば明らかであり、森の医学上の功績は、ひときわ高く顕彰しなければならないと（山下［二〇〇八］、四六一頁）。

森のひ孫の森千里千葉大学医学部公衆衛生学教授は曽祖父を擁護する。

「森林太郎は栄養学（白米食優秀性）にしか興味なく、脚気の惨害には興味がなかった」という人がいることに憤慨し、「鷗外の祖父森白仙は、鷗外が生まれる二カ月前に脚気衝心のため亡くなっており、家族から繰り返し祖父のことを聞かされていた鷗外が無関心なはずがない」という。氏の著書には、「汚名をすすいでほしい、誤解を解いてほしい、という（鷗外の）思いが私を苦手なパソコンに向かわせたように思われてなりません。」と子孫の強い思いが込められている（森千里［二〇一三］、v〜vii頁）。

このように最高学府の医学研究者の間でも立ち位置により評伝は微妙に変わる。

しかし現実には脚気蔓延に関しては、森林太郎は圧倒的に分が悪い。

高木の業績があまりにも鮮やかすぎたため、医学史学界でも、海軍善玉、陸軍悪玉、いや、高木善玉、森悪玉論が現代でも横行しているように思える。

脚気惨害でなぜ森林太郎だけが集中攻撃を受けるのか

脚気惨害は自己保全が究極の目標となった陸軍軍医部全部が責任を負うものである。

森一人が国賊的なエリート医学者（渡部昇一氏）とは言い過ぎである。

ではなぜ森一人に攻撃が集中するのか。

生き方の不器用さが墓穴を掘ったのである。以下、不器用さの理由を述べる。

一、疫学（統計学）を科学と信じなかったこと

統計学が科学か否かを巡って、留学から帰国後、統計学者と激しい論争になったことは前述した。

疫学（統計学を応用した社会医学）とは、実験動物や培養細胞ではなく、実際の人口集団を対象として、疾病とその規定要因との関連を明らかにする科学である。公衆衛生学の中核として第二次大戦後急に発展したものであるから、明治時代はマイナーなものであった。

現代では患者の治療法のどれが最適かを考える場合、疫学を抜きには語れない。

なぜなら臨床医は、その病気の病理・病態が完全にわかっているわけではないので、最適と思われる治

療法は何かを疫学で類推するしかないのだ。

例えばある癌患者にAとBいずれの抗癌剤が有効か調べたいとする。臨床医は過去のカルテをさかのぼりAを使ったグループとBを使ったグループに分け、生存率の差を見る。現在から過去を見るので「後ろ向き研究」という。

これに対し現在から将来を見て判断するのを「前向き研究」という。すなわち多くの対象患者を（バイアスがかからないように）くじ引きでA投与群とB投与群に分け、投与後の生存率の差を見る。正式には「無作為抽出前向きコホート研究」という。患者は多いほど、経過観察期間が長いほど研究の精度は高くなる（コホートとは集団という意味）。これでAが効くとなると「癌にはA」という結論が真実になる。

実験研究者のマインドを持つ林太郎はこれが気に食わないことは第五章で述べた。

しかし研究の方法論が違うからといって、相手の存在を認めないばかりか、「疫学なんざ科学でない」といわれた相手は、どんな気持ちになるであろう。恨まれるのは当然だ。

高木は遠洋航海で脚気患者が多発した時、ハワイで食糧を変えざるを得なかったが、これが脚気を治癒させたのを見逃さなかった。偶然、後ろ向き研究になったのである。

次の遠洋航海には最初から麦飯でいき、脚気患者を出さなかったのは前向き研究（コホート研究）である。しかしどちらも対照群を欠いている。米ばかりを積んだもう一隻の軍艦を並走させて較べることなど、とてもできない。軍隊のコホート研究に対照群をつけるのは難しい。

高木の発表は、不完全かつ原始的なコホート研究であったが、森も方法論の不完全さを追及するのではなく、また疫学が学問ではないと一蹴するのではなく、もうすこし謙虚に、事実を見つめるべきではなかったか。

二、口は災いの元

留学から帰国後、森は医学、文学、統計学の各分野で、斯界の権威にしばしば論争をのぞんでいる。長い留学中に西洋風の強い自己主張が身に付いたのか、もともとの負けず嫌いか、ディスカッションでも相手を論破せずにはいられない徹底的な性格になっていた。

アカデミズムの世界では、ディスカッションが終われば、ノーサイドが普通である。

しかし、公衆衛生の考え方が違うのか、高木兼寛一派には良い印象を持っていなかったことに加え、ドイツ留学中に母国で、高木一派が麦飯を脚気予防に推奨しているのが気に食わなかった。米食は何ら麦飯食に劣らないという自説が否定され、自分が全否定された気になったのだ（ビタミンBという要素を除けば、森が正しい。この時代ビタミンは発見されていなかったのだから）。

ドイツの権威を金科玉条にして言わなくてもよい罵声を相手に浴びせる。

「ローストビーフ好きの偏屈学者」などと海軍軍医総監の高木兼寛をとことん揶揄する。

海軍の面子はズタズタにされた。高木の海軍兵食改革は明治天皇に直訴し、お墨付きを頂いていたから海軍も全面戦争に入らざるを得ない。森は全海軍から目の敵にされ、後々まで苦しみぬくのである。

鷗外の歴史小説（阿部一族など）の武士は、恥辱を晴らすため死をもって臨むなど、武士道の礼節には人一倍敏感なはずの森林太郎が、相手の面子を潰すとは皮肉なことである。

三、上司石黒忠悳に利用される人の好さと、上司に対する事大根性

さまざま述べてきたように森林太郎と石黒忠悳は腐れ縁である。

心の底から私淑していたわけではないが、恩義の一分でも返したいとの思いと、陸軍で出世する以上、石黒と手を組んだ方が得だとの打算ぐらいは、いくら世渡り下手の森でもできるだろう。

いっぽう石黒は森を、自分が手塩をかけて育てたサラブレッドと思っている。これからは自分のためにしっかり稼いでもらわねば……。

アカデミズムが皆無に近い石黒は、奇妙なことに脚気伝染病説を盲信している。おそらく東大からの入れ知恵だろう。

彼の知的ボディガードとして陸軍一の俊才、森林太郎の頭脳が必要だった。森は帰国後陸軍兵食試験を行い、期せずして白米食の優位性が証明された（第五章参照）。

しかしこの優秀な試験も（何ら脚気の病因に迫るものではないが）石黒の政治的な目的で使われた。

石黒は、海軍が脚気発生率の現状を陸軍に付きつけ攻撃したときも、森を理論的防波堤にしたものだから、ただでさえ憎まれている森はますます悪者になった。

しかし日清戦争、台湾出兵、日露戦争で麦飯支給を厳しく禁止したのは、石黒、小池両医務局長であり両戦役の脚気大惨害の責任は両名にある。

私自身が言い訳するようだが、上に忠実な森は、上司石黒の方針を遵守しただけなのだ。軍隊では当然のことだ。単に一軍医部長の森が、麦飯の採否など一存で決められるものではない。

森には責任が無いとは言わない。が、二人の黒幕を不問にして森だけを白洲の場に引き立てるのはいかがなものか。

脚気蔓延の諸悪の根源は森林太郎一人にあり、という歴史観をそろそろ卒業したいものである。

機を見るに敏な石黒と小池は火の粉がかかる前に円満退職し、自業自得とはいえ残された森は脚気責任をすべて押し付けられた。森の歩みを見ると、会社で上司の責任を押し付けられた哀れな中間管理職を見るようだ。台湾の脚気惨害に怒った土岐頼徳軍医部長の憤激文にあるように、森は身内である陸軍部内でも、石黒の君側の奸扱いをされていたことを知っていたのだろうか。

軍医としての総括

日露戦争後半、さしもの森も麦飯の供給を上層部に具申した（第七章）。

……………遅いんだよ！　この馬鹿！……………と感じられる読者は多いだろう。

逆にもっと前、台湾平定戦で石黒に啖呵を切った土岐頼徳台湾軍軍医部長は誠にあっぱれだ。

ただし軍医部でなく、兵科でやれば〝抗命〟すなわち確実に軍法会議送りだ。

では森は、万に一つもない仮定であるが、疫学を最初から信じていたら土岐のような行動をとれただろうか。森家という特殊な出自と身分を考えれば、かなり難しい選択であるに違いない。

……………そろそろ軍医森林太郎の是々非々を総括したい。

非はもういいだろう。

是は二つ、当時としては優秀な「陸軍兵食試験」と「臨時脚気病調査会」の創設と運営である。

この二つは医学史上、山下先生の持論のようにもっと公平に評価されても良く、森林太郎を面子と意地だけを最後まで押し通した医学者とする偏見だけは正すべきである（山下［二〇〇八］、四三一～三頁）。

退役しても脚気病調査会の進捗が気にかかる

脚気に対する森自身のコメントは残っていないので、結局脚気の原因を何と考えていたか、とうとうわからないままである。

大正五年四月一三日、森林太郎は陸軍省医務局長を円満退職し、予備役となった。三十五年間にわたる陸軍生活であった。当然臨時脚気病調査会の会長も、辞任した。「高瀬舟」を書いて三カ月後のことである。

しかし本人の強い希望もあり、三週後の五月三日、調査会の臨時委員に任命される。森は退役後も脚気解明に強い関心を持ち続け、毎回熱心に参加している。大正五年の退官より大正十年の六年間、一一回の総会のうち、欠席したのはただの一回（体調不良）だけである。後任会長が出席できないとき、三回も議長代理を務めている（山下［二〇〇八］、四一八〜九頁）。

生き恥をさらすような調査会参加に、なぜここまで森は固執するのか。

それは、調査会で新進気鋭の研究者の成果を見据えることこそ、無念の死を遂げた者への最大の鎮魂と考えていたからである。退官後も軍医の草鞋を忘れないことが、脚気問題のけじめと信じていた。脚気という敵に背を向けるという選択肢は森にはなかったのである。ちなみに大正一〇年一〇月二八日に開かれた第二五回総会が、森の出席した最後の調査会会合となった。脚気の原因はビタミンB不足によるものと、ほぼ了解を得た総会であった。長い道のりであった。▼10

註

▼10　研究者の本能

森は手に塩をかけて作った国家プロジェクトの調査会に、並々ならぬ愛着を持っていたのは事実である。しかし退役後も調査会に参加し続けた動機の一つに研究者としての本能がある。

私事になるが、私がかつて所属した外科教室の当時の教授は現役当時、自分の名前を冠した新しい心臓手術の術式を世界に広められた世界的に高名な方であるが、米寿を過ぎても矍鑠とされており同窓会誌に次のように投稿されている。

「……私自身は直接医療を行っていませんが、それでも学会では最前列で講演を聞いています。これは、そうしないと画面が良く見えないし、演者の声をより良く理解出来ればと思うからです。理解出来ても何の役にも立てられないのに何故講演を聞くのかと問われそうですが、それは新しい知見に対する好奇心と、加えて教室の人達がどれ位活躍し、良い仕事をしているかを知る事が何よりも楽しいからです。」

学問に真摯な人であればあるほど、年をとっても学問に対する情熱は色あせることはないということである。恐らく森林太郎も元教授と同じ心境であったと思うのである。

第十章

最後の執筆・史伝小説

鷗外の四人の子供たち

軍医を辞めストレスから解放された鷗外は、まったく新しい分野の「史伝小説」にのめり込んでいく。「史伝」は知っているが「史伝小説」とはなんだろう。

広辞苑を引くと、「史伝」とは「歴史と伝記、歴史に伝えられた記録」とある。でも「史伝小説」は載っていない。史伝を小説にするとはどういうことだろう。結論からいうと伝記の主人公を取材するプロセス自身をも楽しみ、考察し小説にすることである。

最高傑作?といわれる史伝小説「渋江抽斎」

陸軍退官三カ月前の大正五年一月十三日から、五月十七日まで、東京日日、大阪毎日の両新聞に「渋江抽斎」を連載した。渋江抽斎は津軽藩医で儒学者でもあり、考証学者でもある。

考証学者とは、古書を詳しく調べる学者で、平たく言えば文書による考古学者である。

鷗外は趣味で武鑑（諸藩の武士の名簿）を収集していたが、たまたまそのなかで抽斎を見つけたという。

抽斎は藩医にして学者というのが、たちまち鷗外の琴線に触れた。

「渋江抽斎」の中で、鷗外はこの人物に惹かれた理由を詳しく述べている。

「……抽斎は医者であった。そして官吏であった。そして経書や諸子のやうな哲学方面の書をも読み、歴史をも読み、詩文集のやうな文芸方面の書をも読んだ。其迹が頗るわたくしと相似てゐる。」

（『鷗外全集』一六巻、二五五〜五一六頁）

自分と瓜二つの人が江戸時代にいたんだとハッとしたのだ。さらに自分を謙遜し、抽斎を過剰に持ち上げる。

「……（抽斎と比べて）今一つ大きい差別がある。それは抽斎が哲学文芸に於いて、考証家として樹立するところを得るだけの地位に達してゐたのに、わたくしは雑駁なるヂレツタンチスム（表面だけをかじる雑学家）の境界を脱することが出来ない。わたくしは抽斎に視て忸怩たらざることを得ない。」

そして、

「………若し抽斎がわたくしのコンタンポラン（同時代人）であつたなら、二人の袖は横町の溝板の上で摩れ合つた筈である。こゝに此人とわたくしとの間に暱が生ずる。わたくしは抽斎を親愛することが出来るのである。」

と言い、あたかも時空を超えて永遠の恋人探しのように、抽斎探しの長い長い旅が始まるのである。この長い長い旅を彼は楽しんでいるわけである。

かつて文芸評論家で作家の、石川淳は「渋江抽斎」ともう一つの史伝「北條霞亭」について次のように述べている。

「『抽斎』と『霞亭』といづれを採るかと云えば、どうでもよい質問のごとくであろう。だがわたしは無意味なことは云はないつもりである。この二編を措いて鷗外にはもつと傑作があると思つてゐるやうな人々を、わたしは信用しない。『雁』などは児戯に類する。『山椒大夫』に至つては俗臭芬々たる駄作である。…………『抽斎』と『霞亭』と、双方とも結構だとか、選択は読者の趣味に依るとか、漫然とさう答へるかも知れぬ人々を、わたしはまた信用しない。…………では、おまへはどうだと訊かれるであらう。直ちに答へる、『抽斎』第一だと。………」（石川［一九七六］、七〇頁）

鷗外入門者が「渋江抽斎」を読むと………

ここまで評価が高い名作は、ぜひ何度も熟読せねばなるまい。幸い岩波文庫で安価に手に入る。「その一」から「その百十九」まで分かれており、三四二ページもある大書だ。すこし不安になったが、鷗外本に多い文語体でないので何とかなるだろうと思ったのが甘かった。

全然面白くないのである。そしてページが進まない。

鷗外が調べた事績から、抽斎自身の趣味、性格、家庭生活、交友関係も丹念に描かれている。

ここまではまだよい。しかし彼の祖先、親兄弟、親類はもとより、恩師、知人、友人に至るまで、姓は○、名は□、字は△、号は▽後に×などと、生年、没年とともに記すのはまだ手始めで、それぞれの人物の配偶者の、やはり姓、名、字、号を几帳面に記し、嗣子が養子の場合も、その実家まで探索するものだから、到底、名前が覚えられない。登場人物の多さは尋常ではない。

まるで戸籍謄本を読んでいるようなものだ。

抽斎が生まれた年を基準にこれらの群像は何歳かということから始まり、これらの群像の身上を述べ、面白いエピソードがあっても、感情を交えず、淡々と事実だけを書いてあるのだ。あまりにも登場人物の係累のことが、微に入り細に入り記してあるので「それがどうした」という気にさせられる。

この小説（といってよいかわからないが）の前半は、三回も妻を変えた抽斎が父の愛情を受けながら、また悪友と腐れ縁になりながらも、飄々と人生を送るさまが描かれている。

後半は、彼の四度目の妻（五百・いお）と子供達が中心になる。

五百はいかにも鷗外の好みであろうか（母峰のようなしっかり者という意味で）。

ある日、五百が入浴中に家に浪人者がゆすりに入ってきた。

異様な気配を感じた五百は、抽斎が刀を突き付けられているところに、風呂から腰巻一つで、口に懐剣を咥え駈けつけた。手にした桶の熱湯を浴びせ、「ドロボー！」と大声を出し撃退したそうである。これらの面白いエピソードも鷗外の手になると、短い文章で淡々とした記述で、手に汗を握ることはない。抽斎は、次男のとんでもない放蕩に手を焼きつつも、見守り続けることを平面的に書かれているだけである（よく読むと大変な心労であると後でわかるのだが）。

抽斎の死後は編年体の書き方になる。

抽斎没後の第○年は明治△年である、という書き方で、月順に彼を取り巻く群像の身上が述べられているが、よほどのことでない限り、「それがどうした」とまた言ってしまいたくなる文章だ。

鷗外は抽斎を中心とするこれだけ多くの群像の身上を、休日を利用して一人で調べたのである。

もと弘前藩士で渋江家のことを知っている人を探し出し、また聞きを繰り返し、子孫を探し当て、そこから抽斎の墓を見つけ出し、墓誌を手にしたのである。今で言うオタクだ。

この「渋江抽斎」は、抽斎に二人の子と三人の孫が東京に実存し、それぞれの年と職業は何かということを記して終わる。全く掴みどころのない身上調査のようなものであり、新聞連載されたが評判は散々だったそうである。それはそうであろう。

鷗外らしく難しい漢語を多用しているが、これは明治時代人は苦も無く読める。

しかし外来語（主にフランス語）を日本語訳で書けばよいものを、例えば、アマトヨヲル（愛好家、アマチュア）、ボンヌ・ユミヨヲル（上機嫌）、チラン（暴君）などと書かれるとどうであろうか。彼の癖としても、一般的にはペダンティック（学者ぶること）な嫌味として感じられたのではないか。「こんな作品はこりごりだ」と叫びたくなる。

この岩波文庫版の解説に、文化勲章を受けられた九大名誉教授の中野三敏氏が次のように述べられている（中野［二〇一七］、三七九〜八〇頁）。

「石川淳のように（面白くないと思うのはこの作品が）『婦女幼童の知能に適さないからである（「森鷗外」昭和十六年）』と、言い切ってしまうのは現代の世の中には通じない」と、一応私のような読者を慰めてくれてはいる。

しかし次の言葉がきつい。

「蟹は甲羅に似せて穴を掘る。読者それぞれに身丈に合った評価をするほかはない。ともかく今の私にとって『渋江抽斎』は鷗外史伝もの中の最高に面白い作品であるということだけは確実である。」…………やはり私は、鷗外を理解しているかというリトマス試験紙に反応しなかったのだ。

この氏にして「……せいぜい私程度の読者にとっては『渋江抽斎』は抜群に面白いが『小島宝素』は面白くない。『伊沢蘭軒』はまあまあだが、『北條霞亭』は勘弁してほしい……」と評価しておられるので、他の史伝ものに食らいつく勇気は失せてしまった。

超一流文学者は、なぜか「渋江抽斎」を絶賛する

文壇人にとっては鷗外を論じるとき、「渋江抽斎」はいつも論議の対象になるらしい。

昭和三十七年八月、今では考えられない豪華メンバーによる「鷗外文学と現代」という座談会が持たれた。出席者は、伊藤整、唐木順三、中野重治、野田宇太郎、三島由紀夫のそうそうたる作家である。

伊藤……「『渋江抽斎』を読んでみたが、初めの方はちっとも面白くないのだな。ところが抽斎が死んでからのあとのところにきたら、とたんに面白くなった。そのときから、面白くないところも生き返ってきてね、」

野田……「『渋江抽斎』をとにかく読み上げた。実に奇異な不思議な感じがして、ああいうものも小説だったかと悟った。」

中野……「考証文学にいく前に、たとえば『高瀬舟』なんか中学生でも喜んで読むという話だけれど、あのへんのものは僕はあまり好きでないのだ。『渋江抽斎』なんかになると、ほんとうに楽しいけれども ね。『高瀬舟』などは、あれは文部省とか教科書の先生とか、そういうのが、何か勘違いしているのではないかね。僕はどうも『高瀬舟』とか、ああいったものは……」

唐木……「『渋江抽斎』、『伊沢蘭軒』は読めるが、『北條霞亭』にいくと投げだすな。」

中野……「いっぺん読んだ。ほんとうに、つぶさに読んだね。しかし、もう一ぺん読めというと、ち

ょっと勘弁してほしいな。しかし、『渋江抽斎』は読めるね。」

三島……「『渋江抽斎』は面白いですね。」

（「座談会「森鷗外と現代」［一九七六］、一六三〜七三頁）

伊東整氏だけが「最初は面白くない」といっただけで、全員がこの小説を絶賛している。いや、この程度の絶賛はまだ可愛いものだ。

鷗外を尊崇してやまない永井荷風は、「士人（知識人）の文章はおのづから風韻（おもむき）があり、技術ではない。『抽斎伝』は全篇百十九章の長い文において、意気一貫、文の勢いに緩んだところなく、時と場合に応じて一揚一抑自由自在。正に大河が洋々として海に至るような気概がある作品だ。……学ぼうとしても学びきれない」とまで大仰に絶賛する（永井［一九八二］、一六六頁）。

私の鷗外文学に対する無知さを嘲笑されているようで耳が痛い。

われわれ凡人と、斯界の権威とは、同じ作品でも受け止め方がこうまで違うものなのか。

これでは、鷗外作品がますます、雲の上の存在になりそうで寂しい。だれかこの食い違いを説明してくれる人はいないかと論文を見ていたら有ったのである。近代文学の作家・作品論を多く手掛けている、文芸評論家の渋川驍氏が興味のある解説をしている（渋川［一九八五］、三八七〜八頁）。

渋川驍氏による「鷗外文学」の解剖

氏はまず、鷗外の文体から分析に入る。

氏の論文から、鷗外の文章の特徴をわたしが箇条書きに記すと次のようになる。

（1）句の長さが短い。
（2）短い句のたたみ重なりと漢文的語調の相乗効果で、リズミカルで音楽的。
（3）俗語を排除し、清潔さと気品がある。
（4）古語と、外国語を原語のまま取り入れ、文章の風格を引き立てている反面、近づきにくい冷たさと自負を感じさせる。
（5）文に感情移入を行わず、動的なものを失って静的な冷たいものになる。

（4）の、古語と外国語を文章に多く取り入れること以外、他のすべての特徴は、ジャーナリストの文章そのものだと渋川驍氏は解説するのだ。

鷗外の神がかった速筆も、このジャーナリストの文章を気楽に駆使することが出来るからだという。（もちろんジャーナリストの文章とはいえ、鷗外の教養によって洗練されており、三文週刊誌的なものではない。今でいえば、良質のオピニオン誌か文芸評論誌的なものか）

このことを頭に入れたうえで、渋川驍氏は、鷗外帰国後のドイツ三部作（「舞姫」、「うたかたの記」、「文つかひ」）以降、翻訳や短歌活動はしていたが、小説はないことに着目する。

事実、小説は陸軍省医務局長に就任後、雑誌「スバル」に「半日」を載せるまでない。

なぜか。

氏はこの創作上の長い長い断絶を「彼は描くべき材料につまった」とする。

ドイツは鷗外の人生のなかで、もっとも心が解放された時で、豊かな執筆材料に満ちていたのに帰国後は官職と家庭の緊縛を受け、材料を吟味するどころの話ではなかったというのである。

ではどうしたら良いのか。

普通は虚構的方法によりそれを切り抜けるのであるが、渋川氏はなんと、鷗外に構成力はあっても想像力が不足していたというのである（こんなことが言える人はそうざらにはいない）。

自分の経験を超えたもの、想像力によって、その経験を拡大したもの、新しい異質のものに転化したものを、創造することが鷗外にはできにくかったとする。これこそ鷗外にとって最大の弱点であると鋭く指摘する。確かに、医学者、自然科学者の彼は、まったくの虚構を創造はできなかったであろう。

自刃した乃木大将への鎮魂の書「興津弥五右衛門の遺書」を書き得たことは、歴史小説への回帰に鷗外を覚醒させた。

なぜか。書きやすいからである。

それは題材を歴史に求めることにより、虚構を創造しなくてもよいので、想像力がない鷗外のお得意のジャーナリスト的な書き方で容易に書ける。つまり構成力を中心に書けるのだ。

歴史小説をもっと純化したものが史伝小説である。

鷗外の天敵、自然主義は自我の弱さを赤裸々に表し、罪を告白することで良しとする。鷗外はこのような露悪趣味を極端に嫌った。その対極として、市井の無名の文化人を題材にし、資料を発掘し丁寧に取材する作業自身を小説にしてしまったのである。

彼はこの作業過程も、そして題材となった人物の平凡な生活も、とても面白いものだと自己満足している。

「わたくしはこれらの伝記を書くことが有用であるか、無用であるかを論ずることを好まない。ただ書きたくて書いてゐる」（観潮楼閑話）（『鷗外全集』二六巻、五四七頁）

ところが新聞紙上に掲載された「渋江抽斎」と「伊沢蘭軒」は全く不評で、恐らく鷗外自身も自信を喪失し悩んでいたのではないかと想像される。

「北条霞亭」に至っては、あまりにも不評なため、大手新聞社から連載の中断を求められたほどである。もっともプライド高い鷗外のこと、「ただ書きたくて書いてゐる」とうそぶき、「わたくしはこのごとく世に無用視せらるるものを書くために、ほとんど時間の総てを費してゐる」と開き直っている（観潮楼閑話）（『鷗外全集』二六巻、五四八頁）。

この渋川驍氏にいわせれば、想像力なくしてジャーナリスト的文章で仕上げたこの小説はまったく売れず、皮肉なことにもっと後世に、新しい文学の一分野として文壇から高い評価を受けるようになったのである。

確かに、淡々と史実を追い求めながら、平易な文章の中にも漢文の素養がおのずと滲み出る格調高さは、「鷗外の文体の究極点」であると絶賛する文学者のなんと多いことか。

「渋江抽斎」は、予備知識として鷗外の文体の特徴と、彼の小説に対する考え方を知ったうえで読むと面白いかも知れない。しかし、わたしは、予備知識なしで、純粋に小説として読んで面白いと思う自信がない。どうしても身上調査書としか思えないのだ。たとえ石川淳先生に「お前は、幼稚園児の頭しかないからわからぬのだ」と笑われても致し方ない。

「家庭人・鷗外」の素顔を明らかにしたのは子供達だった

陸軍を辞めてから、鷗外は時間が比較的自由になり、志げとの間の子供たちも十分、甘えることが出来るようになった。

平等に、あたたかい視線を注ぎ続けてくれる父親のことを、みんな大好きだった。

みんな自分こそが父親に一番愛されていると信じていた。

子供たちの手記には、共通して、小さいころべたべた父にくっついたことや、手をつないで散歩した思い出が昨日のことのように、ほのぼのとなつかしく描かれている。

無位無官だった鷗外に、大正五年四月十三日、宮内省から帝室博物館総長兼図書頭に任命する通知があった。鷗外にとっては、陸軍と違い、敵がなくストレスがたまらない職場だ。

書物も自由に読めるし、勤務時間もきっちりしている。

鷗外の子供たちは父に似て、みんな筆が立つのでこの頃の記憶を文にしている。

鷗外の子は五人いる。

長男・於菟（おと）　二十八歳の時の子　（先妻登志子との子）
長女・茉莉（まり）　四十一歳の時の子　（後妻志げとの子）
次男・不律（ふりつ）　四十五歳の時の子　夭折
次女・杏奴（あんぬ）　四十七歳の時の子

三男・類（るい）　四十九歳の時の子

長男於菟の回顧によると、外国に出た時に、インターナショナルな名の方が良かろうと父が考えたそうで、それに対する当て字も、漢学における深い造詣を含んでいるそうである。

今流行のキラキラネームと違うのである。

夭折した次男を除いて、みんな文学的才能に恵まれている。

彼らの手記のおかげで、今日、われわれは生き生きとした、軍医以外の鷗外の素顔を見ることができる。

長男於菟の場合

鷗外は、嗣子の於菟に一番力を入れたようである。

長男於菟は、誕生後ひと月経たないうちに生母と離れたため、祖母の峰子が一切の養育を受け持った。父も公務で多忙で、二度の戦役への出征のため長男に手をかけられず、中には、父にあまり懐かなかったという人もいる。しかし、そうではないことは於菟の手記や、森鷗外記念館の資料で明らかだ。

鷗外の小倉左遷中に、於菟は九歳か十歳になっていたはずだ。

小倉から鷗外は、於菟のためにドイツ語の通信教育を始める。二つ折の半紙に毛筆で高等小学で習う英語にドイツ語をそえ、読み方を片仮名で書きいちいち訳をつけている。短い例文まで添えているのだ。そして語り掛けるように注意点まで指摘し、毎週一回送っている。

徐々にグレードが上がるこの手製のテキストは帰京するまで送り続けられ、於菟は父の愛情を感じながら、勉学に励んだに違いない。

於菟は、明治三五年、十二歳から十六歳ころまで、なんとドイツ語原書のグリム童話十五篇を和訳し、鷗外が添削し雑誌「芸文」などに掲載された。そしてその単行本が、「しあはせなハンス」の題名で、鷗外と於菟の共譯で出版された。

鷗外が、帝室博物館総長をやっていたころ、於菟は初めてドイツ語の医学論文を書いた。父に添削してもらおうと、観潮楼の母屋を訪ねると、父は非常に喜んだが、「お前がくるとお母さんが機嫌を悪くするから役所でやろう」と毎日、博物館通いが始まるのである。


「……簡素な総長室に粗末な机をひかえて腰かけている父の背広姿は、永年軍服に見なれている私には不似合いでかつ急に弱弱しい父になったようで心細く感ぜられた。

私は客用の椅子を父の机の傍らによせて持ってきた鞄から原稿をとり出して一卜くさりずつ読む。……（父は）右手の親指と示指との間に太い葉巻をはさみ、先にたまる灰を時々中指で軽く払い落としながらきいている。

そして五六秒するとすらすらと訂正した文章をよむ。私はそれに従って自分の原稿を正す。室の中はいつも静寂である。………」（森於菟［一九九三］、一一七〜九頁）

於菟は、いつもながらの父の天賦の才に驚嘆しつつも、永遠に乗り越えられない父を、畏敬と恨めしさの混じった複雑な気持ちで見つめていた。

「昼食時になると父は机の抽出から紫色の小さい風呂敷包をほどく。中からでるのは母のつくる粗末な弁当で、アルミニュウム箱の事も、竹皮包の握飯の事も、食パン半斤の事もある。

私には給仕が役所へ出入りの仕出し屋からくるランチ弁当を持って来てくれる。かくて昼食前後の暇を一時間ほどずつ割いてくれて五六日すると私の小論文の訂正が終わった。」


感受性の鋭い於莵には、粗末な弁当しか持たしてもらえず、自分には仕出し屋の弁当を食べさせてくれる父の姿がどう映っていただろうか（粗食は自分の意志か否かは不明だが）。

この時に於莵は、普段から思っていたことを父にぶつけたらしい。


「ある日、私はこの昼食の時、父と私が悪い事でもするようにこうしているのがいかにもみっともない事ではないかといった。私は父が家庭の事をもう少しテキパキしたらと考えたのである。すると父はただ『女は気の狭い者だからそのつもりでいなければいけない。お前は自分の考通りで何でもゆけると思うが世の中にはいろいろ別な考え方もあるのだから気をつけなくてはならぬ』と云った。父は不幸な気持ちの齟齬があった場合にも、決して私に母の事を悪くいわぬ。……」


と思い出を述べている。

於莵は敬愛する偉大な父が、偏執狂の継母に精神的に支配され続けることに我慢がならなかった。「煮え切らない」態度をとり続ける父に歯がゆさを感じたであろう。

しかしどうにもならなかった。

論文訂正が終わった翌々日の朝、住んでいた別棟に父が出勤前にやってきた。小さい声で「お母さんが大変怒っている。当分うちへ来てはいけない」という。理由を聞くと「昨日お前の論文が出来たのであんまり嬉しくてつい日記に書いたらそれを見られてしまったのだ」と泣き顔と苦笑とをごたまぜにした顔をした。すぐ後ろ向きになってそっと門を開けて出て行ったが、そのトボヽ歩く後姿はいかにも哀れな老人の衰えをまざヽ示して見るにたえなかった、と「父の映像」のなかに記している。

後年、於菟は述懐する。

「鷗外は二度と家庭を破るような事は絶対避けねばならぬと固く決心しており、いっぽう継母の父に対する愛はかえがたき人としての信頼と、恋人への愛着とを合わせた絶対のもので、その愛を不当に奪うようにおのが瞳に映ずるものは家の内でも外でも皆嫉妬の対象となり敵と感ぜられた。たとえ二人の間に介在するものは、子供であれ誰であれすべて敵なのである。

つまり志げの性質は、我儘勝手で己の幸福を求むるに世俗の習慣と少しも妥協できなかった。それは彼女にとってただちに、『偽り』すなわち不徳と感ぜられ、この生まれたままの人間の弱い我ままな心が『正直』と許されるものならば誰よりも正直な人であったわけである。」

と述べている（森於菟［一九九三］、二二一〜四頁）。

長女茉莉の場合

長女茉莉は鷗外が再婚後初めて生まれた女の子である。長女茉莉も幼いころ、「雪白姫」、「シンデレラ」、「赤頭巾」などを父の膝の上で聞いたことを回想しているので、鷗外はすべての子どもたちに、本を読む楽しさを幼少のころから教えていたのである。

鷗外は茉莉の怜悧さを愛していた。実際、彼女の観察力は鋭く、後の優れた私小説の原点になる。複雑な家庭で、特異な祖母と抑制が効かない母双方に、包容力を以て堪える父の姿を「キリストの化けた」とまで鑽仰し、自分は「父の恋人の代りのようになっていた」（「父と私」）とまで言い切っている。たんなるファーザーコンプレックス以上のものであろう。

長女茉莉も、父の学問と芸術に対する情熱は十分理解している。

ただ、彼女にとってはしつこいのだ。

父の「山の頂を極める人のやうな、きれいな熱情」は尊敬するが、異様に真理を求めすぎる激しさに耐えきれなかった。「パッパ、もういいわ」といって逃げようとする茉莉を、鷗外は「まあ、待て、待て」と引き留めたそうである（父の帽子）（森茉莉［一九九一］、九頁）。

次女杏奴の場合

次女杏奴は末娘である。

ことのほか可愛かったであろう。鷗外は「あんぬ」に子をつけて「あんぬこ」と呼んでいた。杏奴もまた「晩年の父」という、女の子の目からみた鷗外の思い出を書いている。杏奴もパパっ子である。

「母はいやに真面目な女である。子供にとっての母は一向に魅力のない詰まらない存在でしかなかった。母は冗談を嫌ったたし、軽薄さの持つほんの片はしをも憎むような激しい気性を持っていた。そのくせ彼女は父の持つ何か底の解らないあいまいな魅力のようなものをとても愛していたようだ。

父と母とが仲の好いように感じられた記憶は、私には殆ど見附からない。

愛情のような雰囲気、それは父が一人で作って、一人で（自分でも知らないで）あたりの妻や子供や家、本、空気にまで振り撒いていただけだ。」（森杏奴［一九八一］、一四頁）と、母に手厳しい。

半面、「父の背中に寄りかかっていると、父の太い首筋に葉巻と雲脂のまじった懐かしい匂いがする。……」とパパが好きでたまらない描写ばかりだ（森杏奴［一九八一］、一五頁）。

平成十六年、杏奴が嫁いだ小堀家から、鷗外資料が大量に発見されたことから、杏奴も於菟に劣らず、教育熱心なパパの教えを受けていたことがわかる。

杏奴のために、歴史のポイントをわかりやすくまとめたペン書きの手製のテキストには、地図まで書き込まれている。彼女のために手書きの時間割表まで作ってやり、科目名に朱のルビまで振られている。しかも「ワスレモノチャウ　モッテユクコト」という書き込みまである（文京区立森鷗外記念館蔵）。

杏奴の「晩年の父」は鷗外が死ぬ前年の夏からの一年間の思い出が描かれているので十三歳ごろの記憶

であろう。女学校の受験勉強のため、なんと学校を休ませて、勤務先の博物館の総長室で勉強させたのだ。残念ながら鷗外は数学に弱く、こちらの方面は成果がもう一つだったらしいが、歴史と地理の本を全部抜き書きしてくれたとあるから、記念館の展示物はこれであろう。

これらを見ると、いかにも子供の前途を願う慈愛に満ちた「教育パパ」だが、子供たちはどう感じたであろうか。

「父の字と所所私の子供らしいいじけたまずい字のまじっている此の帳面を見ると、私は悲しいとか何んとか云うよりももっといたましいような恐怖を感じる。

死期の迫った父にとって、そうする事はきっと辛い面倒な事だったに違いない。併し父は老年の後に残る私を出来るだけ助けて、少しでも育ててゆきたかったのだろう。」（森杏奴［一九八二］、一八頁）

このころ、持病の「萎縮腎」が悪化してきていた。昔、長男に手製のテキストでドイツ語を教えたように、二二年の後、父はまた末娘に頑張っているのだ。

三男類の場合

問題は三男類であった。

再婚後、初めての男児でしかも末っ子、鷗外四十九歳の時の子である。

目の中に入れても痛くないほど可愛かった。皆が「坊ちゃん」というのを変えて「ボンチコ」と父から呼ばれていた。彼は生まれながらにして、森家の熱い期待を背負わされる運命にあった。

しかし現実は、類は勉強嫌いであった。学校の先生から「お父さんが偉い人だから偉くなりなさい」と言われるたびに、何故偉い人の子が偉くならなければいけないのだろう、と思ったことを述懐している。森家周辺の子供たちも、類を特別扱いし、孤立感が深まっていった。

小学校三年頃から、みるみる類の学業成績は降下の一方をたどった。鷗外と志げは相当悩んだ。母志げは、「自分の夫は社会的には申し分ないほど出世している。その息子は絶対学業はできなければならない。異母兄の於菟はすでに東大医学部を出ている。於菟を中心とした森一族が自分を見ている。まして義母峰子に、類が勉強できないのは母親似と絶対言われたくない。」と思ったであろう。

志げの性格からいって、類の学業不振を夫に激しく泣きついたに違いない。

鷗外は、杏奴の仏英和女学校（白百合学園）受験に際し、勉強法を工夫してやったように、二歳年下の類にも同じことを始めた。ダブルで子供の教育を始めたのである。

鷗外は五十六歳ごろから毎年、奈良へ出張する。正倉院の曝涼（虫干し）のためである。奈良出張中には、杏奴と同様、毎日のように「算術」と「書き取り」の通信教育をやっているのである。もちろん励ましの一文を添えることも忘れない。現代でも、ここまでの教育パパは少ない。妻宛てには、類の家庭教師がどんな人か心配するような手紙まで出している。

死ぬ二カ月前、体調がすぐれぬ中、ベルリン留学中の長男於菟あてに、一年後に迫ってきた類の中学入試を危ぶむ苦しい胸の内を、手紙で打ち明けている。

ここまでくると痛ましいを通り越して、凄惨な、鬼気迫る感じだ。もちろん一番苦しいのは類本人だ。親の心労を自覚しないほど馬鹿ではない。彼は勉強ができないというだけで、むしろ感受性の強い、観察力豊かな芸術家タイプである。後年、物を書くようになってからその才能は、知る人ぞ知るようになってくるのだが。

類は苦しかった少年時代を振り返って次のように述べている。

「父は人間に生まれて学問をしないということは、男女を問わず生きている目的がないも同然に思っていた。………努力の好きな父が、漢文でもよい、ドイツ語でもよい、何か一つの学問をしなければいけないと言って堂々と迫ってくる時期を予測して、僕は一種の恐怖、絶望を感じた。最愛の父からにがにがしく思われ、きらわれだすという時期が来ないとは、言い切れなくなったからである。父がもっと生きていたら、無理にでもとって押さえられ、なにか一つの学問に打ち込むように仕むけられていたか、それに反抗してまったく絶縁の状態になったかそれは分からない。」

（森類［一九九五］、七七～八頁）

堂々と迫ってくるとはどういうことであろうか。

この一番末の、一番勉強が嫌いな子が、兄於菟や、叔父さんたちのように医者か学者になることを迫られることを怯えていたのだろうか。

四人の子供たちは、四人四様に父の思い出、天賦の才、含蓄の深さ、心の闇を表現しており、そのこと自体が一つの文学である。

彼らの文学のおかげで、鷗外の陽と陰がより鮮明になったことを感謝しなければならない。

死の床

奈良出張中、筆まめな彼は妻や子供たちに勉強以外の、ほのぼのとした絵葉書を頻回に出している。杏奴に送られた絵葉書を見ると、

「Louis（類）ト中ヨク（仲良く）シナクテハイケマセン。トウケイエキ（東京駅）でカツタCupid（キューピッド）ハマダコハレマセンカ。ナラデハイヘ（家）ノマヘマデシカガキテアソビマス。十一月四日。」（大正七年）（『鷗外全集』三六巻、五〇四頁）

「杏奴ノ歌ハナカナカヨク出来テイル。ナホシテ持ツテカヘツテヤル。五月五日」（大正一一年）（同六二九頁）

志げ宛には

「杏奴にとらせたい　正倉院の中の　ゲンゲ」という紙に、レンゲの押し花が同封されていた。（大正十一年五月五日）（同六二九頁）

鷗外は大正一一年六月半ばより体調不良のため、帝室博物館を欠勤するので、このころは相当、倦怠感を感じていたはずである。………病名は「萎縮腎」。医者である鷗外は、自分の余命を悟っていたであろう。

まだ小さい子供たちへの思いに胸が痛くなる。

少し前の三月一四日、ドイツに留学する於菟とフランスにいる主人の元へ旅立つ茉莉を東京駅に送っている。病のため一段と小さくなった父が、「俺ももう一度欧羅巴に行ってみたい」といったのが、二人が聞いた最後の言葉となった。

観潮楼で静養する日が続く。

前年三月、「帝諡考」（歴代天皇の諡名の出典）を発刊し最晩年の仕事を完成させていた。

病床でふせる様子は、杏奴と叔母の小金井喜美子が詳しく記している。玄関に近い六畳の間に寝ていて、庭には沙羅の樹の四弁の白い花がはかなげに咲いていた。

医者嫌いの鷗外は、受診することもなかったし、往診も頼まなかった。すべてわかっていた。

親友の賀古鶴所だけは何回も訪れる。

鷗外の気持ちを一番よくわかっている彼は、「帝諡考」の出来栄えをさかんにほめてくれる。もう一つの大仕事、「元号考」の大変さもねぎらってくれる（小金井［二〇〇一］、二六九頁）。

布団の中で鷗外は嬉しそうな眼差しを向ける。親友同士の時間が止まる。

「元号考」とは歴代天皇の元号についての考察集であるが、実は九割九分作業を終えていた。

元号の由来や他の王朝とのダブりはないかなど、死ぬ直前まで心血を注いだ最後の大著作である。今回の新元号「令和」の選択にも参考になっていると思うのだがどうであろうか。

人生の幕引きが迫っているのに、不思議と鷗外の気持ちは落ち着いている。

ただ一つだけ、一つだけ思い出すたびに、焦燥で胸が締め付けられる。

……石黒が何年も前から推薦してくれている男爵はどうなるのであろうか。

貰えるものなら貰いたい。石黒も、小池だって貰っているのだから………

昔は爵位は最高の栄誉だった。叙位は一代限りだが爵位（公・候・伯・子・男）は、その家が対象で世襲できて華族に列せられるのである。

官の世界を上りつめてきた鷗外と一族にとって爵位は、最高の、最終のゴールであった。

ある日、鷗外は妻を枕元に呼び、あることを頼む。

杏奴が大きくなってから母志げに聞いた話として、「この女とはその後長い間文通だけは絶えずにいて、父は女の写真と手紙を全部一纏にして死ぬ前自分の眼前で母に焼却させた」と述懐している（森杏奴［一九八二］、一七三頁）。

この女とはエリーゼ・ヴィーゲルトであることは言うまでもない。

わたしは、すごいことを最後にするものだと思う。

普通は、どんなに愛着があるにせよ、過去の女の名残りは秘密で始末するのが、相手（妻）に対する思いやりではないのか。まして志げは、病的に嫉妬深い人間ではないか。

鷗外は妻に焼かせることにより、心から妻に懺悔の気持ちを示したのか。あるいは、夫の永遠の思い人・エリーゼに勝ったという満足感を妻に与えてやるためか、あるいは妻の手でエリーゼの遺品を灰にしてもらって、もうすぐ灰になる我が身と思い出ごと昇天したいというマゾヒズムか。

頼む方も頼む方だが、頼まれる方も頼まれる方だ。

志げも女である。彼女はどんな気持ちで、この写真と手紙を焼いたのであろうか。

私にはいくら考えてもわからない。

わかる人はいないと思うが、このテーマは微妙すぎるので、われわれの奥様とは議論しない方が良い。

秋の夜更け、小料理屋の女将と熱燗をちびちびやりながら、あるいは、バーのカウンターでウィスキーグラスを傾けながら、文学好きのママ相手に理由を尋ねるほうがよい。

喧騒にまみれた臨終

長男於菟は医者だけに、父の生涯の健康状態の様子を冷静に、科学的に記述している。主病は萎縮腎ではなく、肺結核が老年に至って活動化したと捉えている。

八日、宮中より勅使来訪。明九日、特旨をもって従二位に昇叙すと伝えられる。が、爵位の伝達はなかった。森家の女中おえいさん（畠山栄子）は勅使に、叙位に関する礼儀を教わった。

……授叙は病床であっても袴をはいて正装で賜るべし……

八日夜、意識が低下し言葉は支離滅裂。うわごとも聞こえなくなった。

志げは、継子を憎みその嫁を嫌い、鷗外の弟、妹をすべて敵視するので実家の人達との相談事は別室でやり、病室に来ることは少なかった。妹、小金井喜美子も兄嫁をはばかって近寄りかねていた。とても死にゆく人を送るという雰囲気ではない。

九日朝、昏睡に陥っていた鷗外に志げが「パッパ、死んじゃあいや」と叫んでとりつくのを、枕頭に座していた賀古鶴所がたまりかねて「見苦しい。だまれ！」と怒鳴りつけたらしい。

こんな中、おえいさんは昏睡状態の鷗外にいつ袴をはかせたのだろう。

やがて息が聞こえなくなり、賀古は顔を寄せて礼をし、「それでは安らかに行きたまえ」といった。その夜、デスマスクを取り、防腐処置をした。

ドイツに居て臨終に立ち会えなかった長男於菟は、聞いた話として後にその臨終を、次のように描いている。

「瀕死の父の身辺は時にはその病状にふさわしからぬあるまじいまでに騒がしく、とりまく人々の心の中はかえってはなはだ淋しかったらしい。こんな状態はひとり老いたおえいさんの繰りごとばかりでなく当時をしるものの、一応分別ある人々の一致した話で、思えば父も母も気の毒な人であった。」

（森於菟［一九九三］、三二一〜二頁）

昏睡はまさに天の恩寵である。周囲の見苦しさを記憶に残さず旅立てたことは、まことにささやかな最後の救いであった。

エピローグ
津和野残照

津和野の風景（著者撮影）

鷗外の遺言の、「余ハ石見人森林太郎トシテ死セント欲ス」、とのあまりにも有名な一節は、死んで魂は故郷へ帰りたいとの切なる気持、だというのは簡単だ。

しかし鷗外は十歳で上京して以来、一度も故郷の地を踏まなかったことも有名な事実である。彼の脳裏には、帰郷という言葉がないのか。この矛盾になにか釈然としないものを感じる。故郷には何か帰りたくない理由があるのだろうか。

津和野とはどんなところだろう。とりあえず津和野に行ってみようかという気になってきた。

山の谷間の城下町

新幹線新山口駅からＪＲ山口線に乗り換えて津和野を目指す。

田園地帯を過ぎ、中国山地の山林を駆け抜け、やがて列車は川沿いに開けた細長い盆地に入ってきた。狭い。谷底という感じだ。駅に着いて見渡してもにぎやかな所はない。高い建物もない。山間の平凡な、ひっそりとした田舎町である。

とにかく山また山なので空が狭く、夕方が早い。

藩政時代には山城は不便なので、政務は麓の藩庁で行われていたが、その広大な藩庁も高校の運動場に変わっており、それを取り巻いて残っているはずの武家屋敷群もない。

萩や金沢のような、江戸時代からの整然とした城下町の街並みを期待する向きにはがっかりするだろうが、それでも藩校養老館や家老屋敷の門の他、数カ所の武家屋敷門構えが残っているのは救いである。

私が訪れたのは厳寒の頃で、オフシーズンにもかかわらず観光バスが何台もきていた。

人口わずか七千人の小さな草深い町で、藩政時代の名残の建物も少ないのにこれほどの観光客を集めるとは、やはり津和野の人々の観光で町を盛り立てようとする意気込みが感じられる。

意気込みといえば、気骨があるということだ。これは津和野人の特徴らしい。

確かに津和野町郷土館には、啓蒙思想家の西周を先頭に、多くの文化人、学者、実業家、政治家などの業績が、遺品、遺墨とともにこれでもかというほど展示してある。

その数二十人以上はいるだろう。

わずか四万三千石の片田舎の小藩の、この小さな土地から、幕末・明治にかけてキラ星のように多士済々の有名人が出たことはまさに奇跡である。

この奇跡のもとは藩校養老館教育であることは論を待たないが、藩消失後も有名人が続出したことを見ると津和野自身が気骨あふれる風土であったに違いない。

森家の没落

鷗外の生家は、一家が東京転居の際、一度人手に移り移設されたが昭和二十九年、鷗外の三十三回忌に、津和野町が譲り受け再度、旧敷地に再移転したものらしい。

敷地は二〇一坪であるが家は平屋でかなり小さい。とても御典医の屋敷とは思えないほど質素である。

これにはわけがある。

先祖の三代目が火事を出し、罰則により武家屋敷町の一番端に追いやられてしまったのだ。

さらに十一世秀庵は大変な事件に巻き込まれる。

森家家伝の胃腸薬は鹿の頭の黒焼きをもとに作っていたのだが、職人が牛の頭で代用していたのを藩庁にタレこまれ、蟄居・閉門を命ぜられた。今で言う医薬品偽造だ。

森の本家はそれまで士分は「馬廻」で八十石取りであったが、家屋敷は取り上げられ分家に与えられ、さらに狭い敷地に追いやられた。士分は三段階降格の一番低い身分の「徒士」（一〇石～）になってしまった。本家分家は逆転してしまった。

当主秀庵は居たたまれなくなり山口に出奔、ここに森の本家は断絶するはずだった。が、佐佐田氏から白仙（玄仙）を養子に迎え、木島氏の清を嫁とし、かろうじて森家の命脈を保った。彼らが鷗外の祖父母である。祖父母の一人娘峰子に入り婿（静男・鷗外の父）をもらうのであるから、森家は養子達が必死で守ったといってよい。

転居のたびごとに小さくなる家、減らされる石高、まぶしく見える分家の豊かさ。………このような屈辱的な日々を峰子はどのように見ていたのであろうか。

「一種の気位の高い、冷眼に世間を見る風と、平素実力を養つて置いて、折もあつたら立身出世をしようと云ふ志とが伝はつてゐた。」（本家分家）（『鷗外全集』一六巻、一四七頁）

という人工的に作られた家風がこのころから定着していくのである。

このような時に鷗外が誕生したのである。

一家は神棚に燈明をかかげ喜びを爆発させた。祖母清は、参勤交代の帰路脚気衝心のため亡くなった夫白仙の生まれ変わりと神仏の加護に感謝した。

鷗外は生れ落ちたときから、家の没落の怨念を晴らすべく宿命づけられていたのだ。

私はいままで鷗外は究極のマザコン男とさんざん揶揄してきた。

しかし「今に見ておれ」と、婿養子を引き連れたった一人で、お家再興のために奮闘してきた峰子の立場にたてば、初めて授かった男の子である。世にもまれなこの「母子密着」も無理からぬことだと思えてきた。

人工的家風を鷗外は次のように述懐している。


「年寄は年の寄るのを忘れて、子供の事を思つてゐる。子供は勉強して、親を喜ばせるのを楽にしてゐる。金もなにもありやしない。心と腕とが財産なのだ。それで内ぢゆう揃つて、奮闘的生活をしてゐたのだ。その時は希望の光が家に満ちてゐて、親子兄弟が顔を合わせれば笑声が起つたものだ。」

（半日）　　　（『鷗外全集』四巻、四七四頁）


この一文に我々は、維新により没落した士族が世に出ようとする生き様を垣間見ることができる。それにしても奮闘的生活とは………

翻って核家族時代の我々は、卒業式の唱歌「仰げば尊し」の「身を立て、名を上げ、やよ励めよ」の一節に、戦前の奮闘的生活を単に歴史として想像できる程度である。

医者の子供

津和野に行って得られたことは二つある。

ひとつは、ささやか過ぎる鷗外の旧宅を見て、森家の怨念のこもった上昇志向が理解できたこと。

もうひとつは、「なんと懐かしい！」という個人的な感激である。

藩政時代から昭和五十年代の半ばまで存在した私の実家は、確実に御典医の雰囲気を温存していた、というより祖父母、両親が幼い私に物語ってくれた記憶は、維新後、職を失った御典医がどう生きるか、今回この本を書くにあたって参考になった。また不幸にして家が傾いた時、当主と家族はどんな考え方をするかということも今になってわかるようになった。

私の出身地は、兵庫県西部の山の中、播磨国山崎藩一万石の城下町である（現宍粟市山崎町）。

小藩の津和野藩よりさらに小さい一万石で、残念ながら藩政時代を偲ぶ遺構はないに等しい。

初代藩主は、徳川四天王の本多平八郎忠勝の次男で、いろいろあって減封を繰り返し一万石になった。

私の先祖は参勤交代のおり、御典医として本多候に江戸でスカウトされ山崎に移ってきたらしい。私の子供のころはまだ武家屋敷がかなり残っていた。

父は明治三十五年生まれ、私は四十六歳の時の子である。

明治生まれは封建時代の気風をまだまだ温存している。

私自身は団塊の世代だが、小学校に入ったころ、数本筋向こうの子供たちと喧嘩をし怪我をして家に帰った。悔しさで泣いていると、父は慰めてくれると思いきやポツリと言った。

「シブンの低い奴らと喧嘩するお前が馬鹿だ」……

私がシブンとは士分のことで、喧嘩相手が足軽の子だと知ったのはもっと後のことであった。

明治維新を迎え、私の曽祖父は自藩に残り開業医の道を選んだ。

しかし七代目を継いだ祖父は若くして脳溢血になり、収入は大幅に減った。

医学生だった父は、海軍依託学生の奨学金を得て何とか学業を続け、卒後、大東亜戦争に従軍し、終戦後田舎に帰り祖父の後を継いで猛烈に働いた。農地改革の影響もあり、帰ってきたとき家は売りに出される寸前だったという。

苦労話は父の口から一言も聞いたことがなかったが、祖母や母の話として偉大な父親像が私の幼い頭に刷り込まれていった。

我が家は父の踏ん張りで家運は盛り返しつつあった。

私が小学校に入ったころ突然父は豹変した。近所の子が遊びに来ても母に勉強中と言わせて追い返すように仕向けた。父の脳裏には、片田舎にあっても学問を身に着けることが家の興隆につながるという没落士族特有の考え方があったと思える。子供としてはたまったものではない。

家庭教師がつき、山のような宿題が与えられた。少しも嬉しくなかった。学校が引けても悪童たちの遊びの輪から遠避けられ、勉強させられる少年……六十年以上前の片田舎での話だ。さぞかし特殊な家の特殊な子供と思われていただろう。

近隣の人は皆、好奇心からか私のことを心配？　してくれる。

「坊ちゃんはしっかり勉強して、そのうちお父さんのような偉いお医者さんになるのね」などのお上手を言われると、心底勉強が好きでない子供はつくり笑顔で誤魔化すしかない。時と共にこの「田舎の閉鎖空間」はたまらなくなってきた。

当然子供は反抗する。逃げ出す。怒られる。この悪循環の果てに泣きじゃくっている子供の前にきまって出現するのは女性陣だ。母や祖母や叔母達はポツリポツリと父の偉大さを言い聞かせ、父の幻想的心象を過剰に増幅する。

鬼のように見えた父は幼児の時、生母と死にわかれ、その後二人の継母に育てられた。淋しさを勉強で紛らわせ学力向上に励んだ。その秀才ぶりを、祖父は周囲に「鳶が鷹を産んだ」と自慢していたという。阪大医学部の前身に二番の席次で入学したが満足せず、帝国大学に入り直そうとして親に止められ涙を飲んだらしい。

また女性陣は家の蔵にある江戸時代の医療器具や、私の曽祖父が浪華仮病院（適塾の後身）で勉強したノートをさりげなく私に見せ、もっと前の祖先は桑田立斎という大先生の一番弟子で、幕府の命を受け蝦夷地へ種痘に行った人だとポツリという（添川［一九八四］、七一～五頁）。

私はいったいうちの家族は何が言いたいのだといらいらした。婆さんのその話になると「立ての斎でも横の斎でも僕には関係ないわ！」と逃げ出した。

「昔は、この蔵に小作人がいっぱい米俵を運びこんでいたものだ」とか「ここに馬小屋（往診用の馬）があってなあ」とか、家の歴史を気負わずに、しかしいくばくかの悔しさを込めて淡々と語る大人たちに、子供心にもよその家とは何かが違うと感じた。

昔は大家族制度時代の女性陣が子供を上手に懐柔したのだ。

父は、私に医者になれと一言も云ったことはない。しかし高校になると科目別の家庭教師、東京の予備校講習参加など、金に糸目をつけず学問をせざるを得ない鉄壁の陣で迫ってくる。目的は云わないのだ。

母や祖母も優しいが私個人の将来について寄り添うように話をしてくれたことはない。とにかくなにか子供心にも家全体がズッシリ重いのだ。

今にして思えば、父母や祖母達には「……お殿様から拝領した家と医業も、死に物狂いで努力（奮闘的生活）しないと泡のように消え去るぞ」という強迫観念があったとしか思えないのだ。

現代では父のような明治男の大時代的な教育は存在しない。みんな塾まかせで親の発言力は極めて弱い。

医業の継承

代々続く造り酒屋、老舗の菓子司、工芸職人の家、能や歌舞伎役者の一門などと同じように、漢方医は江戸時代より前から一子相伝で子供や弟子に医術を伝授してきた。子供もその気があれば家業を引き継ぐことができた。しかし明治になり自然科学としての西洋医学が導入されるとそれが一変する。医学の進歩についていける素質と適性がある者だけが試験というふるいにかけられ残っていく。

ここに医業の世襲はなくなった。

昔、私が院生の頃、指導教授は「医学は自然科学なのに、医学部に入る動機が親が医者だからというのは不純すぎる」「やる気と科学の頭を持った者だけが医者になればよい。世襲的な考えは愚の骨頂だ」「開業医の子は成績がもう一つパッとしない」などと、まことに耳の痛いことを言っていた。正論ではあるが子供は親を選べない。医者の子は自分の家をどう感じているのだろう。

私の長男は中学で勉強についていけず落ちこぼれ、毎夜バイク仲間とつるむようになった。

深夜帰宅すると、玄関先にズラッとバイクが放置され、二階にはこうこうと明かりがともり、子供たちの爆笑、奇声が耳をつんざく。ご近所に申し訳ない！　私の瞬間湯沸かし器に火がついた。

「お前ら、一家の主人に挨拶もなしになんだ！」と一喝すると集団は蜘蛛の子を散らすように家から逃げ出した。最後に長男が私に振り向きざま、「俺もこんな家出て行ってやる！」と捨て台詞を吐いて飛び出した。

けたたましいバイクの轟音が遠ざかっていく。やりきれなさだけが残った。

数日後、帰ってきた息子に説教すると、「医者の家に生まれた者の苦しみがわかるか！」と興奮し、また出て行こうとした。瞬間、「お前だけではない。この俺もだ！」ととっさに怒鳴ってしまったが、後で妻に「あれでは説得の言葉にもならないでしょうに」と言われた。

次の日、次男も何も言わずに家出した。しばらく二人は家に寄り付かなかった。

子供たちは都会育ちだ。私が体験したような田舎の閉鎖的な圧迫感は経験していない。友達も多く自由に遊んできたのである。家を出て行く理由がさっぱりわからなかった。

親は明るく子供に接しているつもりでも、彼らは逆に親の深層心理を、幼少期から覗ってきたのかも知れない。

代々続く医家の子供は無言の圧力を感じている。では同じ医家の子弟の森鷗外先生に現代に蘇ってもらって、ややこしい子供心理の取り扱い方をお聞きしたらどう答えてくださるだろう。

おそらく先生は、私の質問の意味ですらお分かりにならないであろう。

鷗外の「半日」を振り返ってみる。

「年寄は年の寄るのを忘れて、子供の事を思つてゐる。子供は勉強して、親を喜ばせるのを楽にしてゐる。」

（『鷗外全集』四巻、四七四頁）

鷗外一家のこの日常生活は、親の思いを子供が十全に受け止める能力があるという前提の上に成り立つ。そうでなければ悲劇が待っているだけだ。

平たく言えば鷗外一家は、儒学を基盤とした古い日本の家父長制度のなかで、世に出るという普遍的な美徳をナチュラルにわが子に押し付けることができた母峰子と、親を喜ばせ希望を持たせるだけの天賦の才を持った息子の、一般には蓋然性がゼロに近いコラボレーションなのである。

鷗外は東京に転居後も、観潮楼に森家の家風を持ち込んだ。

勉強が嫌いな三男の類坊ちゃんが、「何か一つの学問をしなければいけないと言って、堂々と迫ってくることに一種の恐怖・絶望を感じた」と、父鷗外を回想する言葉は限りなく重い（森類［一九九五］、七七〜八頁）。

再び遺言状へ

鷗外の生家を見て、一家の津和野での忸怩たる思いがよく理解できた。

では津和野に見切りを付け、殿様を追って上京した一族はというと………

希望の星、鷗外は軍医の最高位まで昇りつめ、観潮楼という豪邸を建て立身出世してくれた。

おかげで名誉も富も手にした森一家にとって、ここに悲願のお家再興が実現したといえる。

晩年の鷗外も人生に悔いなしと法悦にひたっていたと思われるのだが、どっこい、死に臨んでいきなり

「どんでん返し」の遺言をわれわれに浴びせかける。

その言葉「石見人森林太郎として死せんと欲す」がどうしても唐突に感じられるのは私だけであろうか。遺言の、終始一貫した激しさはこれまでさんざん苦しめられてきた陸軍という権力に対して、溜まりに溜まった憤りを一気に爆発させ、死をきっかけに絶縁宣言したものと容易に考えられる。

我々でもこのことはよくわかる。

だからこそ「石見人……」という文言は、権力に対するアンチテーゼとして一切の煩悩を断ち切って、赤裸の人間として、自分を生んだ懐かしい故郷へ回帰する決意表明だというのが多くの研究者の見解である。

しかし鷗外は、十歳で上京して以来、一度も津和野の土を踏んでいないのである。

作家松本清張氏は、津和野は鷗外にとって「捨てた故郷」だと断定する（松本［一九九四］、二七七頁）。

確かに鷗外が津和野を懐かしんだ著述はなく、「ヰタ・セクスアリス」、「サフラン」、「本家分家」の一部に自分の子供の時の思い出をさらりと書いているだけだ。あまりにも淡白だ。

鷗外は故郷・津和野に帰りたくない？

大正十年六月、当時の津和野町長の望月幸雄氏は、鷗外に町歌作詞依頼のため上京した。

その時のエピソードを地元の新聞に投稿している。

「あいさつのため（中略）観潮楼に先生を訪ね『先生は小倉、東京間を再三往来しておられながら山ひとつまたいだ山陰の故郷津和野に顔を出されたことがない。これは不都合です。』と詰めよると先生はカカ大笑いされて『いや……これは参った、来年は必ず帰省することを約束しよう。』と頭をかいておられたのがいまだに印象に残っております。」

（昭和二八年五月二四日付け『毎日新聞島根版』）

翌十一年津和野に鉄道が開通するのを機会に帰省の約束をしたが、このころ確実に鷗外の病状（腎不全と肺結核）は進行しており、とうとう約束は果たされることはなかった。

鷗外は亀井家（旧藩主）奨学会理事長になったり、在京津和野同窓会で講演したり、決して故郷に無関心だったわけではない。

津和野の郷土史家山岡浩二氏はあるエッセイに注目する。

雑誌「少年世界」に載せた「私が十四五歳の時」という一文だ。

「過去の生活は食つてしまつた飯のやうなものである」、「過去に食ってしまった飯は現在の生活や体を作り、その体で未来に向かうことができるのだ。」、「私は忙しい人間だ。過去の生活などを考えてはゐられない。」との記述に鍵があるとする（『鷗外全集』二六巻、三二六頁）。

鷗外は決して故郷に冷たいわけでも、馬鹿にするわけでもないが、この故郷との微妙な距離感の取り方を考えさせられるという。少年相手の記事なので、「過去のことばかりにこだわらずに、未来に向かって羽ばたきなさい」というメッセージを込めたものか、あるいは、狭い田舎の津和野に収まりきれず、刺激あふれる世界（東京暮らしとドイツ留学）を見てしまった人間の照れ隠しか、それは私もわからない。

津和野人の山岡氏は、鷗外が一度も帰郷しなかった理由をなんとなくわかると次のように述べている。

「石見人（津和野人）の基本性質は、『湿っていない』『あっさり』『諦めが早い』『くよくよしない』などかな、と思うからです。」（山岡［二〇一八］、二八二頁）

しかし一度も帰郷しなかった理由は、そんなカラッとしたものであろうか。……没落士族の嫡男、お家再興の宿命。不世出の神童の誉れ。郷党の期待と好奇心と妬み……少年の目には、息が詰まるような「田舎の閉鎖空間」はどう映っていたのだろう。なにしろ鷗外一家は上京する前、近所の目をはばかって、上京を隠していたぐらいだ。山間の津和野の狭い空を見上げた少年は、もっと広い空のかなたに鳥のように自由に飛んで行ってしまいたいと望んだにちがいない。

山岡氏は、遺言そのものを鋭く追及する。これは鷗外最後の作品であるという。「余ハ石見人森林太郎トシテ死セント欲ス」の四行あと、「森林太郎トシテ死セントス」との「石見人」をぬいた繰り返しに注目し、「石見人」は遺言という形をとった人生最後の作品を完成させるためのレトリックであると述べる。

つまり遺言の冒頭でまず、官権力に貰った階級や栄典に敵対するものとして石見人を持ってきて、次の段階で石見人（津和野人）まで捨て去って、最後に何もつけない森林太郎だけとなって消えて生きたい、ということである。

私には、石見人をつけない「森林太郎トシテ死セントス」は、自分を生んだ懐かしい故郷への回帰などではなく、自我が形成されるよりも前の「受精卵」となって消滅したいという、もっと虚無的なものに思えてくる。

この鷗外の遺言解釈は文学界の永遠のテーマだ。

伊藤左喜雄、中野重治ら多くの著名な文学者、作家が分析し議論百出であるが、私には山岡氏の解釈が一番ストンと理解できた（津和野町郷土館［一九九三］、六一～三頁）。

「馬鹿らしい！　馬鹿らしい！」

鷗外研究の先達のおかげで、我々は鷗外最後の日々が手に取るようにわかるようになってきた。

………息が苦しい。痰を吐き出したいが自力ではできない。結核は肺だけではなく、腎臓も容赦なく攻め続ける。尿が出ないため全身が浮腫んできた。肺胞に水がたまり、ゼロゼロと異様な呼吸音がする。

彼には軍医の栄誉も文豪の名声も、何か他人事のように思えてきた。家族も、見舞い客も何かブツブツ話しているようだがどうでもよい。疲れた。もう十分だ。

津和野のことも、子供の頃から守り続けてきた「森家の名誉」も、爵位も、もうどうでもよくなってきた。こんな自分自身に疲れてしまった。

すべてがもういいかという気がする。………そうだ、俺はなにもない林太郎だ……

赤ん坊の林太郎として死んで行くのが俺に残された最後の自由だ………と彼の脳裏によぎった。

七月六日、賀古鶴戸を呼び出した。かすれた声で口を開いた。

「賀古君、なにも言わずに俺の言うことを書き取ってくれ」………鷗外の頭は冴えていた。

八日の記録によると、意識状態が落ちだし、呼吸早く、脈微弱とある。沈頭につく看護婦伊藤久子は、不思議な経験を次のように書き残している。

「意識が不明になって、御危篤に陥る一寸前の夜のことでした。枕元に侍してゐた私は、突然、博士の大きな声に驚かされました。

『馬鹿らしい！馬鹿らしい！』

そのお声は全く突然で、そして大きく太く高く、それが臨終の床にあるお方の声とは思はれないほどカのこもつた、そして明晰なはつきりとしたお声でした。

『どうかなさいましたか』

私は静かにお枕元にいざり寄つて、お顔色を覗きましたが、それきりお答えはなくて、うとうとと眠を嗜むで居られる御様子でした。」

（伊藤［一九二二年］「感激に満ちた二週間……」）

完全な昏睡に入る前の夢うつつの状態で、素顔の鷗外が現れたのである。

「馬鹿らしい！馬鹿らしい！」……これこそ謎に満ちた遺言以上に、我々を救いようのない絶望の世界へいざなう鷗外の最後の絶叫ではないか。

ドイツ文学者高橋義孝氏が言うように、「呪いのようなものに縛られて一生を過ごさざるをえなかった人間、そのためにすべてが『馬鹿馬鹿しく』なってしまった人間の恨み」「人間らしく、愚かな人間らしく生きることのできなかった恨み」そして「ニヒリストもやはり仮面のひとつだったのだ。その仮面のもうひとつ下に、こういう遺言を書いた『人間』がひとり、実は六十年間息を殺して潜んでいたのである。」

との言葉が我々の肺腑をえぐる（高橋義孝［一九八九］、四六〇頁）。

最後の絶叫は、官権力に向けたものではない。あくまで自分自身の宿命、すなわち出自に向けたものではなかったか。

あとがき

私にとって鷗外の文学と生き様は、あまりにも硬く厳めしすぎるので、勝手に今風に変えてみた。くだけすぎていると専門の先生方からきっとお叱りを受けるだろう。

私は仕事柄、患者さんの臨終に立ち会うことがある。在宅死を望まれる場合、なるべく最後までそばに居ることが理想だが、間に合わないことが多いのが現実である。

死に行く人が最後の息を引き取るのを見守っているのはやはり家族だ。

どんな病気でも老衰でも最後は息が浅く早くなり、下顎が規則正しく上下する努力様呼吸になり、やがて呼吸停止、心停止に到る。この時、意識レベルは低下し呼びかけには反応しない。

幽冥界を行ったり来たりの昏睡状態であるが、我々は誰一人として経験したことはない。

しかし実際は、昏睡状態に陥る前から血圧は下がり、脈は微弱になり体温も低下し、問いかけに答えるなどの活力はなくなっている。

家族の話を傾聴しても、昏睡に陥る前にはっきり発声したとのエピソードを聞いたことはない（禅を極めた山岡鉄舟は、臨終のとき『これでおしまい』と言った逸話があるが……）。

鷗外の臨終の、力強い「ばかばかしい！」という叫びが伝説ではなくもし本当ならば、対象は何かということばかり考えてきた。

私なりに考察して出来上がったのがこの本である。

鷗外が亡くなった大正十一年八月の「三田文学」に永井荷風は追悼文を書いている。


「……先生はいつも独りである。一所に歩こうとしても、足の進みが早いので、つい先へ先へと独りになってしまうのだ。………自分は先生の後姿を遥かに望む時、時代より優れ過ぎた人の淋しさという事を想像せずには居られない。」

（永井［二〇一九］、一一～一二頁）

明治日本が天に向かってまさに飛翔せんとする時、運命は三つの命題をこの天才に託した。


国家は鷗外に「西欧医学と軍陣医学の教導者」を求めた。

国民は鷗外に「文芸復興の啓蒙家」を求めた。

森家の血統は鷗外に「お家の再興」を求めた。


しかし時代より優れ過ぎた人も神ではない。

背負わされたものが大きすぎ、求められたものが大きすぎ、……いや、そんなことは些少なことだ。時代より優れ過ぎた人は、有り余る天賦の才を自分自身のものとできなかった。

自分の才を何のしがらみもなく、自由にできなかったことこそ淋しかったのだ。

自分が自分になり切れない悲しみを、この叫びに込めるしかなかったのだ。

東京三鷹の禅林寺の遺骨は、昭和二八年五月二四日分骨され、鷗外と帰郷の約束をしていた元津和野町長望月幸雄氏に抱かれ、三一日八一年ぶりに故郷津和野に帰ってきた。

納骨は七月九日、藩主の菩提寺でもある永明寺で行われ、九月三日には禅林寺と同じ中村不折の題字による墓碑が完成した。まったく同じ墓石である。

私はそれぞれの墓前で念じる言葉は同じことしか出てこない。

「先生、本当に、本当にお疲れ様でした」としかいいようがないのである。

そしてふっとつまらないことを考える。……もし鷗外先生が御典医の家系でなかったら。いや、医者でなかったらどんな生涯を送られたのだろうかと。

作家鷗外研究の一次資料は当然彼の作品と家族の手記である。

この膨大な作品群の、膨大な量のどの部分が、最も簡潔に彼の精神の本質を突いているかとなると選択に難しい。文学者でもない私が、身の程知らずに独断と偏見で原文を引用し、長すぎる部分も多くなってしまった。なんとも面映ゆく感じている。

読者からは「お前は鷗外を上げたり下げたりしているが、いったいどっちなんだ」と追及されるかもしれない。私自身もわからない。彼が複雑すぎて凡人の理解を超えているからである。

でも「上げたり下げたり」のほうが面白いではないか。聖人君子でなく等身大の鷗外に私は会いたいのだから。

鷗外の多くの評伝、研究書が難しすぎるのは、毀誉褒貶の多すぎる鷗外森林太郎を複眼で分析しなければ手に負えないからであり、鷗外研究に没頭しすぎれば、その人の文体までが難解な鷗外文に似てくるという冗談もあるぐらいである。できるだけ砕いた文体にしたつもりであるが、至らないところはお許しいただきたい。また彼の軍医としての活躍を記す場合は林太郎、作家としてのそれは鷗外と分けたつもりであるがごちゃまぜになってしまった。御海容賜りたいところである。

最後にこの本をまとめるにあたってご助言を賜った作品社編集部、福田隆雄氏に深謝申し上げます。

この本は鷗外ワールドの初歩的な入門書ではあるが、「鷗外はちょっと」という方にとってご参考にしていただければ望外の喜びと思っております。

人名・用語一覧

家族及び親類

両親
静男（父）
峰子（母）

兄弟
篤次郎（弟）
喜美子（妹）
潤三郎（末弟）

妻
登志子（先妻）
志げ（後妻）

子供
於菟（長男）おと：登志子の子
茉莉（長女）まり：志げの子
不律（二男）ふりつ：同
杏奴（二女）あんぬ：同
類（三男）るい：同

陸軍軍医関係

西周（あまね）
幕末、明治初期の啓蒙家。森家の縁戚にあたる。林太郎は医学校に入学前下宿させてもらっていた。

（長老グループ）
石黒忠悳（ただのり）
父母を早くに亡くし、伯母の嫁いだ越後の石黒家の養子になる。幕府医学所出身。苦学し明治政府の兵部省に入り権力者を目指す。権謀術数が巧みで、森林太郎を一生にわたって支配する。

橋本綱常

越前藩医の子。幕末の志士橋本左内の弟。森がベルリン到着時世話を焼いてくれた。

緒方惟準（**これよし**）

緒方洪庵二男。長崎で蘭方医学を学ぶ。近衛軍医長の時、東京で兵食を麦に変え脚気を激減させるが否定され陸軍を退職する。

堀内俊国

舞鶴藩士の子。大阪鎮台病院長時代、兵食を麦に変え隷下部隊の脚気を根絶させた。

石坂惟寛

岡山藩医。適塾出身。森の後任の台湾軍医部長時代に、内密で兵食を麦に変え左遷させられた。

土岐頼徳（**よりのり**）

美濃国の村医の子。幕府医学所で石黒と同期。日清戦争時は森の上司。第三代台湾軍医部長時代に兵食を麦に変え、石黒と激しく対立した。

（陸軍東大同期生）

森林太郎・東大3期

賀古鶴戸・東大3期

浜松藩医の子。森の生涯の親友。森の有名な遺言の口述筆記をした。

小池正直・東大3期

鶴岡藩医の子。森の生涯のライバル。森より早く医務局長に出世した。

谷口　謙・東大3期

美作勝山藩士の子。森は生涯にわたって彼を軽蔑し嫌った。

（陸軍非東大閥）

武島　務・東亜医学校卒

埼玉県の漢方医の家に生まれ、苦学して陸軍三等軍医となる。ドイツへ私費留学するも不運のうちに客死する。「舞姫」の太田豊太郎のモデル。森と親交があった。

都築甚之助・千葉第一高等学校医学部卒。愛知県出身。森医務局長の庇護を受け、脚気の研究を進め麦飯の有効性を主張した。
観潮楼歌会にも出席しており、森に非常に可愛がられた。

東大医学部関係

緒方正則・東大2期
熊本藩医の家に生まれる。東京帝大医科大教授、校長。「脚気菌」の発見を北里柴三郎に否定された。
青山胤通（たねみち）・東大4期
美濃苗木藩士の家に生まれる。
東京帝大医科大教授、校長。森の盟友。
内科学の大御所。脚気病原菌説を強硬に主張。
北里柴三郎・東大5期
熊本県出身、脚気病原菌説を完全否定したため東大と激しく対立。後に伝染病研究所を設立した。

陸軍将官関係

山縣有朋
長州藩士。明治陸軍の兵制を整え「陸軍の父」と言われる。後に陸相、首相になり権勢をふるう。歌会「常盤会」で森の才能を高く評価し力強い後ろ盾になる。
大山　巌
薩摩藩士。日清戦争時は森の第二軍司令官。日露戦争時は満州軍総司令官。陸相、参謀総長。
乃木希典
長州藩士。森は古武士的な乃木を尊敬していたらしく彼の作品に時々出てくる。
明治天皇の後を追う殉死に衝撃を受け、「興津弥五右衛門の遺書」を即、書き上げた。
石本新六
姫路藩士。陸軍次官の時、森の文芸活動を徹底的に攻撃した。

海軍軍医関係

石神良策
薩摩藩医。高木兼寛の恩師。鹿児島医学校を英医ウィリスとつくり、海軍にイギリス医学を導入した。

高木兼寛（かねひろ）
薩摩藩士の子。石神良策に師事し海軍入り。イギリス留学後森とは異なるアプローチで脚気制圧に成功する。

文学関係

ロマン主義（浪漫主義）
一九世紀前半の文学思潮。俗物性を排し、制約から解放された個人の自由を求めるあまり、理想的、非現実的な傾向になる。
初期の鷗外作品（ドイツ三部作）などはこれに当たる。

写実主義
一九世紀後半から盛んになるが、非現実的な幻想を追い求めるロマン主義に反撥し、現実をありのままに描くこと自体を目的とする運動。坪内逍遥「小説神髄」「当世書生気質」二葉亭四迷「浮雲」など。

自然主義
人間をあるがままに描くのは写実主義と同じだが、一八七〇年代にエミール・ゾラ（フランス）が客観的な文学表現ではあきたらず、一歩進めて現実社会の問題点を科学的、実証的に抉り取ろうとする運動。日本ではその後、人間の暗黒面や苦悩を描くこと自身が自然主義だと俗化したため鷗外らの怒りを買うことになる。
島崎藤村「破壊」田山花袋「蒲団」など。

反自然主義
あまりにも生々しく、毒々しくなりすぎた自然主義に対し、余裕をもった理知的な表現で人間に迫ろうという主義である。いろいろ分類されるが、後期の鷗外作品はこれに当たる。

坪内逍遥

代表的な写実主義の小説家、劇作家、評論家。「小説神髄」で「ありのまま」の表現を強調したあまり鷗外に目を付けられ、シェークスピア文学の評論で鷗外の「没理想論争」に巻き込まれる。

夏目漱石

反自然主義という面では鷗外と同じだが、鷗外がライバル視していたのは事実。漱石の「三四郎」を意識して鷗外は「青年」を書いている。

観潮楼歌会

明治四十年から四三年まで続いた歌会。斎藤茂吉、佐々木信綱、木下杢太郎、与謝野寛、晶子、樋口一葉、石川啄木、北原白秋など現代人でもさっと名が出る錚々たるメンバーが集まっていた。

単なる歌会の域を超え、日本文学をリードする文芸サロンであった。

高踏派

反自然主義の作家のうち、高い知性と教養にもとずく鷗外らを指す。もっとも鷗外自身は派閥を作らなかったが、「漱石の何倍も森さんは偉い」という柳田國男をはじめ、永井荷風、斎藤茂吉、木下杢太郎、北原白秋など鷗外フリークは実に多い。

医学関係

疫学

人間集団を対象として、疫病の原因を主に統計学的手法を用いて解明する学問。

衛生学

社会医学の一分野。個人、集団の健康保持と疾病の予防を目的とするが、色んな分野の技術を応用するので裾野が幅広い。清潔に保つことを極める学問ではない。

細菌学

衛生学から独立してできた領域。生物学的手法を用いる。

前向きコホート研究

一つの要因が病気と関係があるか否か、現在から未来へ、たくさんの人を使って要因の有無と実際の発症が関係したかを調べる学問。病因がある人とない人とをグループに分けるとき、バイアス（偏向）がかからないように注意する。

後ろ向きコホート研究

現在手持ちのデータを過去までさかのぼって、要因の有無と実際の発症が関係したかを調べる学問。前向きコホート研究に比べ短期間にできる。やはりバイアスに注意を要する。

演繹法

「一定の前提から論理規則に基づいて必然的に結論を導き出すこと。」（広辞苑）

「米の吸収・消化は麦のそれより良い」という仮説をもとに、試験管を振って「米は麦より栄養学的に勝る」と結論を出した森の兵食試験はこれにあたる。当時のドイツ流科学。

帰納法

個々の具体的事実から一般的な法則を導き出すこと。特殊から普遍を導き出すこと。導かれた結論は必然的ではなく、蓋然的にとどまる（広辞苑）。だから森は科学ではないと疫学・統計学をとことん馬鹿にしたのである。

ドイツ関係

青木周三

ドイツかぶれの駐独公使、進歩的な考えに鷗外は度肝を抜かれる。

ライプツィヒ（ザクセン王国）

最初の留学先。芸術と音楽の都。

ドレスデン（ザクセン王国首都）

二番目の留学先。夜な夜な夜会に参加し大いに自由を満喫する。鷗外の貴族趣味が満たされた楽しい時期。

ミュンヘン（バイエルン王国首都）

三番目の留学先。風光明媚で温和な人々に囲まれ心が和む。

ベルリン（**ドイツ帝国首都**）

最後の留学先。上司石黒の滞在や恋人問題で煩悶す。

フランツ・ホフマン

ライプツィヒ大学衛生学教授。鷗外に実験衛生学の基礎を教える。

ウィルヘルム・ロート

ザクセン王国軍医監。鷗外をドレスデンへ呼び軍陣医学の実際を指導する。

マックス・フォン・ペッテンコーファー

ミュンヘン大学衛生学教授。

カール・フォイト

ミュンヘン大学栄養学教授。

この二人のおかげで「日本兵食論」という大論文を独文で発表す。

ローベルト・コッホ

ベルリン大学細菌学教授。

「近代細菌学の父」と呼ばれ、炭疽菌、結核菌、コレラ菌を発見しノーベル賞を受賞。鷗外は細菌学分野で北里柴三郎のような業績を（当然ながら）あげることができなかった。

年譜

西暦（元号）	歳	鷗外の行動・家庭・家族	文学関係 出版関係	軍医関係 その他
一八六二（文久2）		石見国（島根県）津和野藩の御典医の家に生誕。本名林太郎		
一八六七（慶応3）	5	弟篤次郎誕生。	「論語」の素読を始める。	
一八六九（明治2）	7	藩校養老館に入学。神童ぶりを発揮。		
一八七〇（明治3）	8	妹喜美子誕生	父よりオランダ語を習う。	★高木兼寛、英医ウィリスの鹿児島医学校入学。
一八七二（明治5）	10	父と上京。西周邸に寄寓す。	本郷の進文学舎でドイツ語を習う。	
一八七三（明治6）	11	第一大学区医学校入学 母、祖母、弟妹上京		
一八七五（明治8）		森家、小梅村に家を購入。		★高木兼寛、イギリスのセント・トーマス病院医学校へ留学。
一八七九（明治12）	17	父静男、千住に橘井堂医院を開業。 弟潤三郎誕生		

一八八〇（明治13）	18	寄宿舎を出て下宿する。		★高木兼寛帰朝、東京海軍病院長を拝命。
一八八一（明治14）	19	東大医学部卒業（7月） 両親、陸軍入りを勧める。	医学書「医政全書稿本」12巻をまとめる。	陸軍軍医副（中尉） 東京陸軍病院治療課勤務
一八八三（明治16）				★海軍「龍驤」事件。多数の脚気犠牲者を出す。
一八八四（明治17）	22	衛生制度調査のためドイツ留学。ライプチヒ大学のホフマン教授に師事。	「航西日記」往路の日記 「独逸日記」滞在中の日記	★軍艦「筑波」高木兼寛指導の洋食を満載し遠洋航海へ。 脚気患者出ず。
一八八五（明治18）	23	ドレスデンに移りザクセン軍医監のロートに師事。 「日本兵食論大意」を書き米飯の優位性を主張す。	「日本兵食論大意」	一等軍医（大尉） 東大緒方正規教授、脚気菌発見を報告。 ★高木兼寛、海軍軍医総監に任じられる。
一八八六（明治19）	24	ミュンヘン大学ペッテンコーフェル教授に師事。 「ナウマン論争」をひきおこす。	「日本兵食論」	
一八八七（明治20）	25	ベルリン大学コッホ教授に師事。石黒軍医監来独。		一年弱ベルリンで石黒軍医監のお供をする。
一八八八（明治21）	26	鷗外帰朝、千住へ転居。 ドイツ人女性エリーゼ・ヴィーゲルト来日。	「還東日乗」帰路の日記 「日本家屋説自抄」	陸軍軍医学校教官
一八八九（明治22）	27	海軍中将男爵・赤松則良の長女登志子と結婚。	医学雑誌「衛生新誌」「医学新論」創刊、「於母影」「しがらみ草紙」創刊、	

一八九〇（明治23）	28	長男於菟誕生。登志子と離婚。	「舞姫」（国民之友）「うたかたの記」（しがらみ草紙）発表。	陸軍二等軍医正（少佐）★高木兼寛、明治天皇に、改善食により脚気を根絶させたと奏上。
一八九一（明治24）	29		東京美術学校嘱託。坪内逍遥と「没理想論争」を展開。「文づかひ」発表	医学博士の学位授与。
一八九二（明治25）	30	千駄木に新居「観潮楼」完成。	アンデルセンの「即興詩人」翻訳。	★高木兼寛、貴族院議員に勅選される。
一八九四（明治27）	32	日清戦争勃発	従軍日記「徂征日記」	陸軍一等軍医正（中佐）
一八九五	33	日清戦争終結、台湾接収		台湾総督府陸軍局軍医部長
一八九六	34	父静男死去	「三人冗語」（めさまし草）	陸軍軍医学校長へ復職。
一八九七（明治30）	35		医学雑誌「公衆医事」創刊 医学雑誌「衛生新篇」創刊 「かげ草」刊	
一八九八（明治31）	36		「西周伝」「洋画手引草」	近衛師団軍医部長兼軍医学校長
一八九九（明治32）	37	小倉左遷。翌年先妻登志子死亡	「審美綱領」刊	小倉第一二師団軍医部長 陸軍軍医監（少将）
一九〇二（明治33）	40	大審院判事荒木博臣の長女志げと再婚、東京に帰る。翌年長女茉莉誕生。	「芸文」創刊 「即興詩人」刊	第一師団軍医部長
一九〇四	42	日露戦争勃発、翌年終結	「うた日記」	第二軍軍医部長

一九〇六（明治39）	44	帰国、祖母清子死去	山縣有朋の歌会「常磐会」結成　賀古鶴所と幹事になる	第一師団に復帰
一九〇七（明治40）	45	千葉県東海村日在に別荘を建てる。 次男不律誕生 翌年弟篤次郎と不律死去	「観潮楼歌会」を主宰す。 文部省美術展覧会（文展）の審査委員	陸軍医務局長 陸軍軍医総監（中将）拝命 ★高木兼寛、社団法人東京慈恵会を設立。
一九〇八（明治41）	46		臨時仮名遣調査委員会委員	臨時脚気病調査会会長 調査委員をバタビアに派遣。
一九〇九（明治42）	47	次女杏奴誕生	「スバル」創刊 「半日」「仮面」 「ヰタ・セクスアリス」発表 文学博士となる。	
一九一〇（明治43）	48		「青年」「生田川」「沈黙の塔」 慶応大学文学科顧問	都築甚之助委員、動物脚気の実験を発表。森、応援す。
一九一一（明治44）	49	三男類誕生	「カズイスチカ」「妄想」 「雁」「灰燼」	
一九一二（明治45）	50	明治天皇崩御 乃木大将殉死	「かのように」 「興津弥五右衛門の遺書」	
一九一三（大正2）	51		「阿部一族」「護持院原の決闘」	
一九一四（大正3）	52		「大塩平八郎」「堺事件」 「曽我兄弟」「サフラン」	東大三浦、青山ら脚気伝染病説を頑固に主張。
一九一五（大正4）	53		「山椒大夫」「歴史其儘と歴史離れ」 等	

一九一六（大正5）	54	母峰子死去	「高瀬舟」「渋江抽斎」 「伊沢蘭軒」	陸軍医務局長、軍医総監辞任 旭日大綬章を受ける。
一九一七（大正6）	55		「北条霞亭」	帝国博物館総長兼図書頭
一九一八（大正7）	56	奈良正倉院へ出張		都築、米糠エキス有効と確定
一九一九（大正8）	57		創作集「山房札記」刊	初代帝国美術院院長任命 京大島薗順次郎、脚気ビタミンB欠乏説を主張。
一九二一	59	十一月頃より臥床気味	「帝謚考」刊	
一九二二（大正11）	60	於菟、茉莉の渡欧を東京駅に送る。 七月九日、午前七時死亡 向島弘福寺に埋葬	「奈良五十首」 七月六日、賀古遺言を口述筆記	従二位勲一等を叙勲

参考文献

森鷗外の著作

『鷗外全集』全三八巻［一九七一～五年］、岩波書店
森鷗外［一九七五年］、『うた日記』（名著復刻全集　近代文学館）、ほるぷ出版
森鷗外［二〇一七年］、『渋江抽斎』、岩波文庫

「単行本」

荒木肇［二〇一七年］、『脚気と軍隊・陸海軍医団の対立』、並木書房
石黒忠悳［一九七五年］、竹盛天雄編「石黒忠悳日記抄」『鴎外全集』三六～八 月報、岩波書店
上田三四二［一九八五年］、「西行」山本健吉編『目で見る日本名歌の旅』、文春文庫
岡崎桂一郎［一九九〇年］、『日本米食史』、有明書房
尾崎行雄［一九四六年］、『随想録』、紀元社
鹿島茂［二〇一六年］、『ドーダの人、森鷗外』、朝日新聞出版
黒岩涙香［一九九二年］、『弊風一斑　畜妾の実例』、社会思想社
黒田甲子郎［一九八八年］、『元帥寺内伯爵伝』、大空社

小金井喜美子［二〇〇〇年］、「森於菟に」長谷川泉編『森鷗外『舞姫』作品論集』、クレス出版
小金井喜美子［二〇〇一年］、『森鷗外の系族』、岩波文庫
小金井喜美子［一九九九年］、『鷗外の思い出』、岩波文庫
小林哲夫［二〇一七年］、『神童は大人になってどうなったか』、太田出版
小堀桂一郎［一九七八年］、「解説」『鴎外選集』二、岩波書店
小谷野敦［二〇一七年］、『文豪の女遍歴』、幻冬舎新書
斎藤茂吉［一九五〇年］、「解説」森鷗外『ウィタ・セクスアリス』、岩波文庫
渋川驍［一九八五年］、「付録」『現代日本文学大系八・森鷗外集（二）』、筑摩書房
末延芳晴［二〇〇八年］、『森鷗外と日清・日露戦争』、平凡社
太宰治［一九九〇年］、「花吹雪」『太宰治全集』六、筑摩書房
高橋義孝［一九八九年］、「森鷗外」『昭和文学全集三三巻・評論随想集一』、小学館
田山花袋［一九七五年］、『蒲団』、岩波文庫
坪内逍遥［一八九六年］、『文学その折々』、春陽堂
津和野町郷土館［一九九三年］、『鷗外　津和野への回想』、津和野町郷土館
永井荷風［一九八二年］、「麻布襍記／隠居のこごと」『荷風随筆』三、岩波書店
永井荷風［二〇一九年］、『鷗外先生』、中公文庫
林尚孝［二〇〇五年］、『仮面の人・森鷗外』、同時代社
福田清人・河合靖峯［二〇一六年］、『森鷗外・人と作品』、清水書院
星新一［一九七四年］、『祖父・小金井良精の記』、河出書房新社

松田誠［一九九〇年］、『脚気をなくした男・高木兼寛伝』、講談社
松本清張［一九九四年］、『両像・森鷗外』、文芸春秋
森杏奴［一九八一年］、『晩年の父』、岩波文庫
森於菟［一九九三年］、『父親としての森鷗外』、ちくま文庫
森千里［二〇一二年］、『鷗外と脚気』、NTT出版
森茉莉［一九九一年］、『父の帽子』、講談社文芸文庫
森類［一九九五年］、『鷗外の子供たち』、ちくま文庫
山岡浩二［二〇一八年］、『明治の津和野人たち』、堀之内出版
山崎一穎［二〇一二年］、『森鷗外・国家と作家の狭間で』、新日本出版社
山崎國紀［一九九七年］、『鷗外の三男坊』、三一書房
山崎正和［一九七二年］、『鷗外・闘う家長』、河出書房新社
山下政三［二〇〇八年］、『鷗外森林太郎と脚気紛争』、日本評論社
山田弘倫［一九九二年］、『軍医森鷗外』、日本図書センター
横田陽子［二〇一一年］、『技術からみた日本衛生行政史』、晃洋書房
六草いちか［二〇一三年］、『それからのエリス』、講談社
渡部昇一［二〇一五年］、『かくて昭和史は甦る』、PHP文庫

「雑誌・論文」
座談会「森鷗外と現代」［一九七六年］、『文芸読本・森鷗外』、河出書房新社

石川淳［一九七六年］、「渋江抽斎／北条霞亭」『文芸読本・森鷗外』、河出書房新社
伊藤久子［一九二二年］、「感激に満ちた二週日　文豪森鷗外先生の臨終に侍するの記」、『家庭雑誌』八巻一一号、博文館【元雑誌入手困難のため、山崎一穎［二〇一二年］、一九九〜二〇〇頁より再引用】
坂本秀次［一九八二年］、「森鷗外・ドイツ留学最後の一年」、『鷗外』三一号、森鷗外記念会
添川正夫［一九八四年］、「牛痘種痘法奨励の版画について」、『日本医学史雑誌』三〇巻一号、日本医史学会
高橋陽一［二〇〇六年］、「石黒忠悳、森鷗外のアヴァ号船上漢詩の応酬」『鷗外』七八号、鷗外記念会
平上敏明［一九七〇年］、「森鷗外論」『日本文学誌要』一二巻、法政大学国文学会
矢数道明［一九八九年］、「遠田澄庵家伝の脚気薬処方箋について」、『漢方の臨床』三六巻九号、東亜医学協会

［著者略歴］

西村 正（にしむら　ただし）

昭和23年生まれ。奈良医大卒業後、大阪大学大学院医学研究科修了。同大学医学部第一外科入局。現在、医院を経営する傍ら文筆家としても活躍。

主な著作に、『司馬さんに嫌われた乃木・伊地知両将軍の無念を晴らす』（高木書房、2016年）、『明治維新に殺された男――桐野利秋が見た西郷隆盛の正体』（毎日ワンズ、2018年）がある。

闘ふ鷗外、最後の絶叫

2021年8月10日　第1刷印刷
2021年8月20日　第1刷発行

著者――――西村 正

発行者―――和田 肇
発行所―――株式会社作品社
〒102-0072 東京都千代田区飯田橋 2-7-4
tel 03-3262-9753　fax 03-3262-9757
振替口座 00160-3-27183
https://www.sakuhinsha.com
本文組版――有限会社閏月社
装丁――――小川惟久
印刷・製本――シナノ印刷(株)

ISBN978-4-86182-861-4 C0095